「분명, 말이야. 아침에는……. 아침에는, 괜찮아질 거라고, 생각하고 싶어」

「그, 그래. 그건, 응. 알아. 그래서?」

「손, 잡아 줘. 아침이 올 때까지, 여기 있어 줄래? 그럼, 나는 분명……」

스바루의 손가락에 손가락을 걸고, 에밀리아는 그 감촉에 기원을 담았다.

Re: Life in a different world from zero

The only ability I got in a different world "Returns by Death"
I die again and again to save her.

CONTENTS

Re:제로
부터 시작하는 이세계 생활

Re: Life in a different world from zero

나가츠키 탓페이 지음
오츠카 신이치로 일러스트

표지 · 본문 일러스트
오츠카 신이치로

제1장 『울고 싶어지는 소리』

1

──풀꽃 내음이 향긋한 푸른 초원. 아담한 언덕 위에서 마녀들의 다과회가 열린다.

다과회의 참가자는 마녀── 400년 전 세계 각지에서 날뛴, 악명이 자자한 여섯 마녀. 여기에 이방인이자 이세계 사람인 소년을 한 명 더하고, 방금 마지막 참가자를 맞이한 참이었다.

뒤늦게 참가한 그 인물의 모습에 자리를 지킨 여섯 마녀는 저마다 다른 반응을 보였다.

한 명은 쓸쓸한 표정으로 주먹을 쥐었다. 한 명은 지워지지 않은 공포에 움츠렸다. 한 명은 권태감을 눈꺼풀에 드리우며 탄식했다. 한 명은 향락적으로 침을 삼켰다. 한 명은 천진난만하게 두 손 들어 환희했다.

그리고 마지막 한 명은──.

"──겹겹이 놓인 경계를 뛰어넘어 꿈의 성까지 쳐들어왔나. 예의도 없는 것 같으니."

마녀 에키드나가 눈길과 목소리에 날을 세우며 『그림자』에게 가증스럽다는 듯이 내뱉었다. 그 눈에 깃든 증오, 뚜렷하게 떠오른 혐오에 소년── 나츠키 스바루는 놀랐다.

지금 이 순간까지 스바루는 에키드나에게 인간다운 감정이 없다며 그녀를 몰아세운 참이다. 그 직후에 이만한 격정을 보니 놀라지 않을 수 없다.

그것이 비단 긍정적이 아니라 부정적인 방향으로 쏠린 감정이더라도.

"하지만, 지금은……."

──에키드나에게 감정이 싹튼 것보다 더 우선시할 문제가 있다.

스바루와 마녀들의 눈길 앞에서 『그림자』는 천천히 언덕 위로 올라왔다.

다과회에 방문한 『그림자』는 칠흑의 드레스를 두르고 얼굴 생김새를 어둠의 베일로 가리고 있었다. 그 모습의 인상은 기묘하게 흐릿했지만, 이만한 특징이 모인 상황이다. 다른 사람으로 착각할 턱이 없다.

한때 이 자리에 모인 여섯 마녀를 죽이고 세계를 멸망시킬 뻔한 최악의 재앙.

이 『그림자』가, 그녀가 바로── 『질투의 마녀』다.

"──."

긴장과 경계심으로 얼굴이 굳은 스바루는 묵직하게 우는 심장을 느꼈다.

뇌리에 스친 것은 그림자에 삼켜져 사라지는 『성역』과 그 결과를 만든 마녀의 광기, 망집이었다. 그와 같은 일이 이 꿈의 세계에서도 일어난다면. ——상상하고 전율했다.

물론 이 자리에는 『질투』 외에도 여섯 명의 마녀가 있다. 『질투』와 동격이라는 마녀들이면 『질투』에 대항할 수 있을지도 모른다. 그런데——.

"……왜, 아무도 안 움직여?"

눈앞의 광경에 헐떡거리듯 스바루가 의문을 입에 담았다.

정면에서 『질투』는 언덕 위에 도달해 다과회의 참가자와 마주 보고 있었다. 쌍방의 거리는 불과 몇 미터. 느껴지는 압박감은 기억 속 『성역』의 그 순간에 필적했다.

하지만 그뿐이다. 『질투』는 그림자를 퍼뜨리지도, 구면인 마녀들에게 뭔가 하지도 않고 그 자리에 조용히 서 있을 뿐. 그리고 이는 『질투』를 제외한 다른 여섯 마녀도 마찬가지였다.

한 사람도 공격하려고 하지 않았다. 자신의 원수인 『질투』에게. 아무도——.

"——아무 짓도 안 한다는 건."

별안간 그 침묵을 깨트리며 앞으로 나선 인물이 있었다. 팔짱을 끼고 자신의 풍만한 가슴을 올린 여자. 귀여운 얼굴에 강한 분노가 서린 마녀. 『분노』의 미네르바다.

"네가, 내가 아는 너라고 생각해도 되니? 믿어도 괜찮아?"

"——."

기죽지 않고 『질투』에게 말을 붙이는 미네르바. 대답은 없다. 하지만 그 행위에 스바루는 눈을 부릅떴다. 당연하다. 스바루가 아는 한, 『질투』 외의 마녀들 중에서 유일하게 미네르바에게는 다른 이를 공격할 수단이 없다. 가장 약한 마녀.

모든 폭력을 치유로 변환하는 그녀의 힘은 가장 싸움에 부적합하기에.

"……그런 판국인데 왜 아무도 안 말리는 거야?"

전원 마찬가지로 『질투』에게 감정이 있을 것이다. 에키드나는 증오마저 품지 않던가. 그런데도 대화를 시도하는 미네르바를 아무도 말리려고 하지 않는다.

그것은 말에 아무런 반응도 보이지 않는 『질투』 또한 마찬가지였다. 우두커니 선 마녀는 미네르바를 의식하지도 않았다. 완전히 무방비한 그 모습에 스바루는 곤혹감을 느꼈다.

폭력으로, 마력으로, 권능으로, 여섯 명이 한꺼번에 덤비면 지금의 『질투』는 쉽사리——.

"——네 기대감은 알지. 나 역시 진심으로 쌍수 들어 찬동해. 저걸 여기서 먼지 하나 안 남기고 없애버리면 널 둘러싼 문제 대다수는 결판나지. 진정으로."

"너는……."

이해자인 척하며 끄덕인 에키드나의 말에 스바루는 신물 나는 기분을 맛보았다. 하지만 이 자리에 스바루의 의문에 대답해 줄 사람은, 속이 타게도 이 『탐욕의 마녀』뿐이다.

"——그럼 넌 왜 쌓인 원한을 풀 기회에 아무것도 안 하는 거야?"

"간단하지. 저걸 배제하려고 움직이면, 다른 마녀들에게 등을 내놓는 처지가 된다. 난 미네르바는 몰라도 세크메트나 튀폰을 적으로 돌리고 살아남을 만큼 강한 마녀가 아니거든."

"뭐……?"

이해하지 못할 논리. 에키드나의 설명에 스바루는 곤혹스러웠다.

"말귀를, 못 알아먹겠군. 왜 네가 『질투의 마녀』를 죽이려다가 다른 마녀랑 붙는 꼴이 되는데. 자기 원수랄까, 저 녀석이 적인 거야 다들……."

"아, 안, 그런데……?"

스바루의 의문을 가로막고 『색욕』의 카밀라가 더듬거리며 끼어들었다. 그녀는 흠칫한 스바루를 개의치 않고 미네르바와 『질투』의 대치를 바라본 채 말했다.

"모, 모두에게, 『질투』가, 원수인, 건…… 응, 마, 맞지만. 그, 그거랑, 저 애, 하곤…… 다, 다른, 이야기, 잖아?"

"무슨……. 『질투』가 원수인 건 맞는데, 저건 다르다고?"

"그 말 그대로예요오. 스바룽은 너무 어렵게 생각할 뿐이라니까요오."

갈피 못 잡을 카밀라를 대신해 『폭식』의 다프네가 달콤한 목소리로 웃었다. 그녀는 안대에 가려진 얼굴로 스바루를 바라보고, 그 감미로운 고뇌에 입맛을 다셨다.

"여기에 온 게에, 테라테라냐 『질투』냐 하는 이야기예요오. 그걸 모르면, 우리 또한 아무것도 못하고요오. 현인 후보라면, 그쯤은……."

"관두지, 다프네, 하아. 그 이야기는 아직, 후우. 당사자는 모르는 이야기지, 하아."

"아아, 그랬던가요오? 다프네, 실수했어요오."

악의 없는 얼굴로 벙글대는 다프네. 그녀를 나무라며 『나태』의 세크메트는 긴 속눈썹이 가장자리를 장식한 눈을 내리깔고 몹시 나른하게 한숨을 쉬었다.

"큭――. 너희는."

내막이 있다는 투로 나누는 대화에 방치당한 스바루가 뒤늦게 분개했다.

가뜩이나 완전히 상황에 떠밀려서 여기에 왔다. 절망적인 『사망귀환』을 거쳐서 바라지 않는 두 번째 『시련』을 겪고, 그다음에 키드나의 본성을 알고, 잇따라 나타나는 마녀들에게 마음이 희롱당하다가 끝내는 『질투의 마녀』와 대면하기까지.

그런 끝에 스바루의 머리 위를 넘나들며 대화를 주고받고 있다. 사람을 얼마나 우습게 본단 말인가.

"작작 좀 해! 나는…… 난, 이런 짓이나 할 때가 아니라고!"

"오― 바루 무섭네―. 화내게―? 화내면, 피곤해진다―?"

천진하게, 『오만』의 튀폰이 자기 뺨을 괴고 스바루를 보며 갸우뚱했다.

"저기 있지―? 엄마랑 다른 애들은 있지― 테라한테 화 안 났지―. 하지만 마녀한텐 화내고 있단 말이지―. 튀폰도 있지―. 테라는 좋아하지―."

"테라…… 사테라? 그건, 『질투의 마녀』의 이름이고……."

"요컨대 말이야. 세상에 전해지는 『질투의 마녀』 사테라. 그러나 역사에 남지 않은 사실에서, 사테라는 일종의 인격장애였던 거다."

 튀폰의 설명을 넘겨받아서 에키드나가 스바루도 알 수 있는 말로 풀어 설명했다.

 인격장애. 그 말에 스바루는 말문을 잃었다. 그건, 예를 들자면——.

 "——이중인격이라거나, 그런 거? 그렇단 말은, 사테라와 『질투의 마녀』는."

 "적성이 없는 인자를 흡수해 정신에 이상을 일으킨 사테라에게 싹튼 마녀 인격, 이라고 해둘까. ……내가 보기엔 구별할 의미가 없다만."

 에키드나는 불만 있는 내색이지만 스바루는 새롭게 발각된 사실에 경악을 숨기지 못했다.

 사테라와 『질투의 마녀』가 다른 인격이니 하는 말은 들은 적이 없다. 전해질 수도 없는 정보다. 그와 동시에 이 교착 상태에도 이해가 갔다.

 마녀들도 모르는 것이다. 이 마녀가 『질투』인지, 아니면 사테라인지를.

 "따라서 난 섣불리 손댈 수 없는 거야. 한 명을 없애기 위해 다른 다섯 명을 적으로 돌리면 잠시도 못 버텨. 영혼이 소멸하면 나도 죽음은 피할 수 없거든."

 "……하지만 그건 다른 다섯 명에게도 위험부담이 큰 이야기

아닌가. 다른 다섯 명의 영혼은 네가 맡고 있다며. 그런 네가 사라지면, 다른 녀석들도."

"다른 마녀들은 본인의 『죽음』을 수긍하고 있지. 그래서 이렇게 영혼뿐인 존재로 목숨을 부지하는 데 미련이 없어. ——자기 자신을 굽히며 남아 있을 바에는 자기 신념에 목숨을 바치고 사라지는 편이 훨씬 낫다. 그렇게, 파멸적으로밖에 살지 못하기에 『마녀』인 거야."

에키드나의 단언에 다른 다섯 마녀는 아무도 반론하지 않았다.

미련 없이 떳떳하다고 인정하기에는 너무나 찰나적이라 스바루는 마녀들의 삶을 긍정할 수 없었다. 생전에도 사후에도, 자기 뜻을 관철하다니 이만저만한 일이 아니다.

그리고——.

"너희가, 그렇다는 건 알았어. 그건 수긍……하긴 어려워도, 이해는 돼. 하지만 그건 너희 이야기지. 사테…… 저 마녀는, 달라."

마녀들의 입장은 이해했다. 그러나 그건 어디까지나 피해자 측 의견이다. 가해자 측 의견은 아직 듣지 못했다. 들을 수나 있을지도 솔직히 미심쩍다.

"————."

칠흑의 그림자는 말없이 스바루와 마녀들의 대화를 지켜보고 있다. ——아니, 대화를 보는 게 아니다. 이 상황에도 『질투』가 보는 것은 스바루뿐이다.

"다짜고짜 덮치지 않으니 전에 만났을 적보다 나을 뿐이지. 이 녀석은 여기 와서 무슨 짓을…… 아니, 이 녀석은 나한테 무슨 짓을 시키고 싶은 거지? 이 녀석은 나한테……."

──무슨 짓을 저지른 것인가. 나츠키 스바루한테, 이 세계에서 무슨 짓을 시키고 싶은가.

"그걸 알고 싶으면, 네가 직접 이 애한테 물어봐."

"──웃."

목소리에 비장감이 섞인 스바루의 말을 미네르바가 가로막으며 짜증 서린 투로 말했다. 그녀는 『질투』 옆에 서서 동그랗고 물기 어린 벽안으로 스바루를 노려보았다.

"구질구질한 변명은 듣기 싫어. 이 애는 너랑 만나려고 여기 온 거야. 본인에게 직접…… 그러지도 못한다면 우리가 잘못 본 거지!"

"잘못 봐……? 잘못 보고 자시고 있겠냐! 너희끼리 멋대로 날 품평하지 마! 내가 뭐라고! 내가 맞춰 줄 수 있겠냐……."

"맞춰 줄 수 없다면, 하아. 너는, 어쩌고 싶다는 거지, 후우."

땅바닥에 드러누운 세크메트가 감정적이 된 스바루에게 질문을 던졌다. 『나태』는 별명처럼 해이한 자세로, 낯을 붉힌 스바루를 창백한 얼굴로 쳐다보며 말했다.

"우리는, 하아. 보는 바와 같은 교착 상태지, 후우. 이 자리의 열쇠는, 하아. 말 그대로 네가 쥐고 있는 거지, 후우. 좋든 나쁘든, 말이지, 하아."

세크메트의 말에 스바루는 마녀들의 눈길이 자신에게 쏠리는 것을 느꼈다.

이 자리에서 가장 약하고, 가장 어리석으며, 가장 모자란 나츠키 스바루에게 모든 것이 맡겨졌다.

『질투』와 여섯 마녀의 관계는 설명을 들은 바와 같다. 마녀들은 서로 견제하고, 『질투』의 의식은 스바루에게만 쏠려 있어서.

"에키드나. 날 여기서 내보내 줄 마음은, 없는 거지?"

"이 상황을 방치하고 내보내란 의미라면, 없지. 난 네게 야멸차게 차여 상심한 소녀야. 하다못해 이 자리에서 네 선택쯤은 봤으면 좋겠어. 욕심을 부리자면 네가 다른 여자를 호되게 차는 모습을 보고 속을 풀고 싶군."

"너, 역시 마녀다."

악질이나 다름없는 대답을 들은 스바루는 눈을 감고, 짧게 숨을 내뱉었다. 그리고 각오를 다지며 한 발짝, 다시 한 발짝, 그림자를 두른 마녀에게, 『질투』에게 걸어갔다.

"……결단이 느려."

악담처럼 미네르바가 뇌까리고, 본인은 『질투』 곁에서 한 발짝 떨어졌다. 이로써 스바루와 『질투』 사이에 훼방꾼은 없다. 두 사람은 만질 수 있는 거리에서 대치했다.

"―――."

줄어든 거리는 불과 몇 미터인데, 한 발짝마다 위압감의 농도가 높아지는 것을 느꼈다. 이렇게 정면에서 마주 봐도 그림자의 베일에 가려진 얼굴은 전혀 보이지 않았다. 그림자가 짙기 때문에 보이지 않는 것이 아니다. 본능이 '보지 않는 것'을 선택하고 있다.

"누구나, 자기 자신의 가장 추악한 망념을 외면하고 싶은 법이지."

"——."

"그 얼굴이 안 보인다면, 그건 네 마음가짐 문제야."

뒤에서 스바루의 의문에 대답하는 고마운 충고가 있었다. 그 말에 스바루는 혀를 차고 싶은 기분을 참고—— 아니 그렇다기보다 에키드나에게 의식을 쪼갤 여유가 없었다.

눈앞의 『질투』, 사테라, 어느 쪽인지, 어느 쪽에게서도 눈을 떼지 못했다. 시선을 영점 몇 초도 돌렸다간 그 순간에 무슨 일이 일어나도 이상하지는——.

"——아."

별안간, 눈앞에 내미는 두 손을 보고 스바루의 목이 얼어붙었다.

스바루는 한순간도 눈을 떼지 않겠다며 『질투』의 움직임을 경계했다. 그런데도 그건 가뿐히 돌파당했다. 안 보였던 게 아니다. 움직임은 계속 보였다.

단지 『질투』의 팔이 움직이고 내미는 모습을, 잠자코 지켜보고 말았을 뿐이지.

"넌, 정말로…… 대체 뭐야? 날, 어쩌고 싶은 건데……?"

내민 손에 스바루는 도리질 쳤다. 『질투』의 행동을 못 본 척했다. 지금도 눈앞에 서 있는 그녀의 모습에 스바루 마음속에서 열기를 띠는 감각이 있다.

그것이 증오나 혐오, 어두운 감정이라면 다행이다. 그런데 이것은, 안도감이다.

——나츠키 스바루의 영혼은, 눈앞의 마녀에 『안도하는』 감정을 품고 있다.

"——해."

"——아?"

자기 자신의, 마음의 오류에 스바루는 곤혹스러웠다. 따라서 고막을 두드린 희미한 소리에 반응이 늦었다. 이해도, 늦었다. 그것이 눈앞의 『질투』가 꺼낸 소리라는 이해가.

그림자를 두른 『질투』가, 보이지 않는 표정으로 스바루를 바라보며 내민 두 손을 그대로 놔두고서 천천히 시간을 들이며 스바루에게 무언가를 전하려 한다.

스바루는 마른침을 삼키고 기다렸다. 이윽고 『질투의 마녀』는 말했다.

"——당신을, 영원히. 당신만을 영원히, 사랑해요."

2

그 말, 그 사랑의 고백을 들은 순간, 스바루의 온몸을 꿰뚫은 충격을 뭐라고 부르면 될까.

정수리부터 발끝까지, 번갯불이 뚫고 지난 듯한 착각이 스바루를 엄습했다.

전신의 털구멍이 벌어지듯 소름이 끼치는 감각. 온몸에 흐르는 피가 남김없이 펄펄 끓는 감각. 가슴이 아플 만큼 펄떡거리고, 스바루는 호흡이 가빠지며 뒷걸음질 쳤다.

이해했다. ──이곳에 있으면 안 된다.

왜냐면 이곳에 있다간, 숨결이 닿고 만다. 손끝에 닿고 만다.

이성이 본능을 억누를 수 있는 곳이 아니라면, 스바루는 『사랑』에 휩쓸린다──.

"그만해……."

"사랑해요."

"그만해 줘……."

"당신을, 당신만을, 언제나, 사랑하고 있어요."

"그만하랬잖아──!!"

언성 높여 거절했다. 그럼에도 스바루의 가슴을 두드리는 뜨거운 고동은 전혀 그치지 않았다.

의식은 거절한다. 영혼은 안도한다. 그 모순에 스바루는 마음을 불태우며 저항하려 했다.

그러지 않으면, 말 그대로 자신의 근본이 일그러질 거라는 확신이 있었다.

──나츠키 스바루가 이 세계에서 처음으로 얻은 광명은 에밀리아에게 보내는 『연심』이다.

다른 세계에 소환돼 기댈 곳이 없던 스바루가, 첫 궁지에서 손을 내밀어 준 그녀의 존재에 도대체 마음을 얼마나 구원받았던가. 『죽음』을 기점으로 반복되는 나날 속에서 그녀를 생각하는 마음이 심화되며 얼마나 영혼을 애태웠던가.

지금은 에밀리아를 생각하는 마음만이 원동력이라고는 말하지 못한다. 스바루가 이 세계에서 얻은 많은 것들이 있다. 만난 사람들이, 마음이 오간 상대가, 많이 있다.

『질투의 마녀』는 그 모든 것에 필적하는 감정을 스바루에게 강요하고 있다.

주고받은 말도, 맞닿은 온기도, 함께 보낸 시간도, 키운 인연도. 양쪽 사이에 아무것도 없는데도 불구하고 『애정』만을 강탈하려 든다.

이걸 두고 끔찍하다고 안 하면, 뭐라고 해야 한단 말인가.

"너도, 에키드나도…… 정신이 나갔어! 여기는…… 여기는, 모조리 이해 못할 놈들뿐이잖아! 이젠 지긋지긋해! 지긋지긋하다고!"

스바루는 거절을 태도로 표현하며 필사적인 얼굴로 고함을 쳐댔다.

『질투』 옆에, 에키드나 앞에, 마녀들 사이에, 더는 1초도 있기 싫다. 스바루에게는 해야 할 일이 셀 수도 없을 만큼 많다. 이곳은, 이곳의 모든 것은 쓸데없다.

──쓸데없는 것이다. 그러니 지금 당장, 여기서 해방해 줬으면 한다. 해방, 해 줘.

"너희 힘은 안 빌려! 바깥 문제는, 전부 내가 알아서 수단을 강구할 거야. ──그러면 되잖아! 처음부터 그래야 했는데……."

"그래서? 또 죽어 가지고, 그거 반복해서 많은 사람을 울릴 거구나? 울리고서, 이건 어쩔 수 없는 희생이었다고 변명할 거구나? 헤— 잘났네. 대단해.”

스바루가 결별의 말을 내뱉자 미네르바는 속이 상한 표정으로 손뼉을 쳤다. 스바루는 핏발 선 눈으로 “왜.” 하고 콧방귀 뀌는 미네르바를 노려보았다.

“너랑, 무슨 관계가 있는데. 『사망귀환』에 불만 있는 거냐? 아픈 거든 힘든 거든, 지독한 꼴을 보는 건 전부 내 문제 아니냐고. 이러쿵저러쿵 잔소리 들을 이유는 없어.”

“고통은 각오했다고 말하는 쪽은 속 편해서 좋겠더라. 보는 쪽이 무슨 기분이든 가장 힘든 건 자기가 맡았다고 변명할 수 있는걸.”

“뭐라고……?!”

“자기가 가장 알기 쉬운 방식으로 괴로워하면 주위 사람들은 아무 말 못하지. 네가 가장 힘드니까…… 주위의 넋두리는 막히는 게 당연하지.”

서서히 감정이 욱한 미네르바의 말투가 거세지자 스바루도 잠자코 있을 수 없었다.

“내가! 내가 다른 사람 입을 막자고, 호들갑 떨며 비극에 취해 있다고 말하고 싶은 거냐! 지금 내가 겪는 궁지가, 비극의 주인공 행세란 거야?!”

“딱히 그런 건 아니야. 단지 『내가 누구보다도 더 많이 상처받으면 된다』는 결론은 비겁해. 난 에키드나의 음흉함은 뭐하다 싶고, 그 애의 번거로운 점도 이해해 줄 수는 없지만…… 난, 너의 그 삐뚤어진 방식은 마녀보다 훨씬 더 소름 끼쳐."

"――――――."

"무엇보다 상처 입은 모든 것을 때려서 고치는 내 삶의 방식에서 보자면, 그렇게 사는 네 방식은 대극은커녕 완전 천적인걸. ――그래서, 이 애가 너무나 보답받지 못해."

미네르바는 떠들고 싶은 대로 스바루에게 감정을 쏟아내다가 마지막으로 『질투』쪽을 쳐다보았다.

『질투』는 스바루의 매도를 받고 난 뒤 침묵한 채 긍정이든 부정이든, 방금 대화에 반응할 낌새가 없다. 그 사실이 서운한 듯 미네르바가 슬며시 벽안을 적시는 것을 알 수 있었다. ――하지만 그딴 건 아무래도 좋다.

"소름 끼친다……? 보답받지 못해……?"

고개 숙인 스바루의 어깨가, 떨렸다. 떨림은 서서히 커지다가 이윽고 고개를 쳐들었을 때 스바루는 웃고 있었다. 너무나 기가 막혀서, 이걸 안 웃고 배기겠는가.

"그건 뭐야. 소름 끼치고 자시고, 내가 이런 방법으로 나가게 된 이유가 뭔데. 내가, 네가 말하는 삐뚤어진 생각을 가지게 된 이유는 뭐냐고. 방법이고 생각이고, 내가 가진 걸 두고 보면 당연한 귀결이잖아. ――안 그러냐고."

"――――――."

"네가! 날! 이렇게 만들었잖아!!"

스바루는 부르짖으며 침묵을 통해 책임에서 달아나려는 『질투』에게 분노를 발산했다.

스바루는『사망귀환』을 받아들여서 이용하고 갖가지 난관을 극복했다. 수없이 맛본『죽음』의 절망을 영혼에 새기며 스바루는 여기까지 달려온 것이다.

　──그 상처투성이 여정이 나츠키 스바루를 그 생각에 이르게 해 주었다.

　"상처받는 것도 괴로워하는 것도! 전부, 모조리, 나쁜이야! 나 혼자면 돼. 만만세잖아! 아무리 괴로운 경험도, 이를 악물고 참아서…… 아무에게도 나랑 똑같은 경험을 맛보게 하진 않아! 처음부터 끝까지 상처 입는 게 나쁜이면…… 뭐가 잘못됐는데?!"

　"그런 식으로 몽땅 떠안는구나. 아무에게도 무엇에게도 말 안 하고…… 마치 자기 말고는 아무도 뭘 할 수 있다고 생각 안 하는 것 같아."

　"그럼 내가 아무것도 안 했으면 변했냐? 지독한 미래밖에 없었던 거 아니야? ──나 말고 누가 해 준다고 그래?! 내가 여기까지 한 일을!!"

　『사망귀환』을 반복해서 시행착오 끝에 최선에 이르는 길을 찾을 수 있다.

　에키드나가 한 말과도 같다. 그 각오에 편승해서 자신의 지식욕을 채우려던 마녀의 감언이설에는 넘어가지 않아도, 홀로 똑같은 행위에 끝없이 도전할 수는 있다.

　아무도 상처받지 않고 끝나는 미래가, 상처투성이의 스바루가 걷는 길 끝에 있다면.

"아까는 이해 못하겠다, 지긋지긋하다고 말해버렸군. 미안하다. 그래, 미안하다고. 그 마음에 한 점도 거짓말은 없지만, 네게 감사하는 부분도 있었지. 그걸 까먹다니 나도 이만저만 배은망덕하지 않았군."

"―――――."

"내가 네게 감사할 부분은 하나뿐이다. 『사망귀환』하게 해 줘서, 고맙다. 이것만은 감사해 주지. 이게 없으면 난, 소중한 걸 하나도 못 지켰어. 앞으로도, 이 힘에는 계속 의지할 거다. 그러니 이것만은 감사해 주지."

트라이＆에러에 끝없이 도전할 각오는 있다. 도망친다는 선택지는 진즉에 잃었다.

――손을 잡고 같이 도망치자고 한 말을, 거절당한 순간부터.

도망친다는 선택지는 없다. 끝없이 싸울 수밖에 없다. 그렇게 맹세했다. 그녀도 스바루가 그러기를 기대하고 있다. 믿고 있다. 스바루가 도망치지 않고 계속 싸우기를.

끝없이 일어나는 남자가 스바루라고. 그러지 않으면, 그녀를 볼 낯이 없다.

"그러니 네가 준 이 힘만큼은 고맙게 여기마. 덕분에 나 같이 내세울 것 하나 없는 놈이라도, 막막한 상황을……."

"――지 마요."

"상황을……."

가슴속을 지배한 거무칙칙한 감정의 토로. 그것이 『질투』의 한마디에 턱 막혔다.

희미한, 속삭이는 듯한 중얼거림에 기세가 무뎌졌다. 얼굴을 굳히며 스바루는 신음과 함께 눈을 깜빡였다.

　방금, 무슨 말을 들었던가. 잠시 침묵하다가 『질투』는 스바루에게 말했다.

　"──울지 마요. 상처받지 마요. 괴로워하지 마요. 슬픈 표정, 짓지 마요."

　호소하듯이, 기도하듯이, 『질투』가 스바루에게 애원했다.

　그 내용에, 스바루의 마음이 격정에 떨렸다. 그것은 분노이자 놀라움이며, 알지 못할 온갖 감정이 한데 꼬인 것이었다.

　"네가…… 그런 소리를……."

　격정에 목구멍이 막혀서 무슨 말을 하면 될지 모르겠다. 그저 멍하니 『질투』를 쳐다보았다.

　그런 스바루의 동요를, 『질투』가 여전히 말을 거듭하며 흔들어댔다.

　"그러니까, 사랑해 줘요."

　"결국, 그 소리냐……. 넌 그런 식으로 내 감정을 왜곡하다가, 마지막에는 자기가 사랑받겠다고, 항상 그런 식이야. 그런, 녀석한테……."

　"──아니야."

　떨리는 스바루의 거절에, 『질투』가 처음으로 대화를 성립시켰다.

　여전히 표정은 보이지 않는다. 그러나 스바루는 그 어둠의 장막 너머에 있는 『질투』의 표정이, 자신을 어떻게 보고 있는지 영혼으로 감지했다.

『질투』는—— 아니, 『사테라』는 지금, 스바루를.

"——더, 자기 자신을 사랑해 줘요."

——필시, 사랑하는 얼굴로 바라보고 있다.

전달된 말의 의미가 뇌에 침투하는 데에 상당한 시간이 필요했다. 뇌에 그 말뜻이 번진 직후에 스바루의 마음을 지배한 것은, 형태 없는 감정의 물결이었다.

"무슨 말을…… 지껄이고, 있어."

"상처받지 마요. 한탄하지 마요. 좀 더, 자기를 소중히 여겨요."

"네가 나한테 『사망귀환』의 힘을 줬잖아. 네가 준 이 힘이, 내게 그런 식으로 전진할 방법을 준 거잖아."

"——당신을 사랑해요. 그러니 당신도, 당신 자신을 사랑하고, 지켜줘요."

"내가 자기 귀하다고, 내게서 이 방법을 앗아가면! 나한테 뭐가 남는다고 그러는 거야!!"

끝없는 사랑을 속삭이는 사테라를 거절하고 외친 스바루는 자기 가슴에 손을 꾹 눌렀다.

"너도 알잖아?! 나한테는 아무 힘도 없어! 지혜도 기술도! 특별한 힘은 아무것도 없어! 아무것도 없는 내가 가진 건, 네가 준 『사망귀환』뿐이다! 그렇다면, 내가 치를 수 있는 건 내 생명밖에 없지 않느냐고!"

"슬퍼하지 마요."

"내가 누구보다도 상처받고, 내가 누구보다 많이 둘러봐서,

내가 모두를 지킬 수 있게 행동하면, 나 말고는 아무도 괴로움을 겪지 않고 끝난단 말이야! 더는 안 바란다고!"

"울지 마요."

"나 같은 건 어떻게 되든 상관없잖아?! 나 같은 놈이 어떻게 되든지 아무도 마음에 안 두잖아?! 내가 아무리 망가지든, 모두 다 무사히 미래에 당도할 수 있다면, 그걸로……!"

그렇다. 스바루가 그런 식으로 최전선에서 계속 상처받지 않으면——.

"한 명도 빠짐없이 내일을 맞이할 수 있다면, 그걸로……."

——또, 돌이킬 수 없는 곳에서 누군가를 잃어버릴지도 모르니까.

"……렘이, 없어."

"————."

"내가 더 똑똑하고, 내게 더 힘이 있고, 내가 더 자신을 아끼지 않고, 제일 선두에서 몸을 바쳤으면…… 피할 수 있었을 거란 말이야."

그때의 상실감은, 절망감은, 나츠키 스바루를 줄곧 옭아매고 있다.

그렇기에 스바루는 아무에게도 의지하지 않고 혼자서, 상처받으며 계속 싸우기를 선택한 것이다. 스바루가 의지하는 바람에, 버팀목을 원하는 바람에 누군가를 잃는다면——.

"그렇게, 안 믿으면…… 어떻게 할 수 있는 방법이 있다고, 안 믿으면……."

『사망귀환』이, 모든 것을 해결해 줄 수단이라고.

그 힘을 잘 이용할 수만 있으면, 스바루는 아무것도 잃지 않아도 될 거라고.

그렇게 믿고 타이르며, 상처받을 필요가 있다고. 자기 자신을 설득하지 않으면 어떻게 그 절망에 다시 도전할 수 있단 말인가.

"나는……! 더는, 아무도 렘처럼 잃기 싫단 말이야아──!!"

머리를 부둥켜안고 스바루는 자기 이외의 모든 것을 거절하며 절규했다.

정신이 드니 어느새 지면에 주저앉아 있었다. 사테라의 바로 눈앞에서, 자신의 껍질에 틀어박히듯 무릎 꿇고 웅크려서 달콤한 속삭임을 부정했다.

독이다. 맹독이다. 사테라의 존재는 스바루의 완강한 마음을 녹이는, 달콤한 맹독이었다. 그 독이 녹인 틈새로 비쳐드는 차가운 절망이, 그때의 상실감을 끌어내는 것이다.

"완전히, 애구나."

나직하게 중얼거린 말이 들렸다.

울부짖고 혼자서 내린 결론에 고집 피우며 도리질 치는 스바루. 그 모습을 보고 그때까지 침묵을 지키던 마녀 중 한 명이 나직이 중얼거렸다.

"울고, 아우성치고, 싫다고 떼쓰고, 전부 혼자서 떠안고…… 이래선, 완전히."

"────."

"——외톨이, 어린아이가 아니니."

가엾어하는 목소리로 세크메트가 지금의 스바루를 그렇게 평했다. 그 중얼거림에, 말없이 있던 마녀들은 아무도 부정하는 말을 던지지 않았다. 그 말은 너무나 정곡을 찌르고 있었다.

애처로워서 두고 볼 수 없다. 지금의 스바루는 정녕 약하고 작은 어린애였다.

"——바루, 울어——?"

주저앉은 스바루의 머리를 별안간 부드러운 감촉이 감쌌다. 눈물로 뿌연 시야에 비쳐드는 것은 갈색 피부의 『오만』을 관장하는 어린 소녀, 튀폰이었다.

곁에 선 소녀가, 스바루의 머리를 다정하게 안고 있다. 그리고, 그대로——.

"이렇게 울리다니, 불쌍해라——. ……울린 사람, 누구야——?"

스바루를 가엾어하는 『오만』, 그 붉은 눈동자가 다과회에 모인 마녀들을 흘겨보았다. 그 험악한 기색에 슬며시 긴장감이 팽팽해지고, 마녀들의 균형이 무너질 낌새가 보였다.

"테라야——? 프네야——? 밀라야——? 엄마야——? 아니면, 르바는 바루를, 괴롭……힐 리 없지——. 드나가 또 나쁜 짓 했냐——? 악인이냐——?"

"나, 난 왜 바로 제외한 거야? 나도 남을, 사, 상처 줄지도 모르잖아."

"상상만으로도 얼굴이 해쓱해지는 네게는 버거울걸. 그보다 나만 단정형인 건 어찌 된 노릇이지? 그 부분에 관해서 키워 준 부모에게 자세히 물어보고 싶다만."

"평소 행실이지, 하아."

튀폰은 물음에 대꾸하는 마녀들에게 빈틈없이 눈길을 보내고 있었다. 『스바루를 울린 악인』을 찾아내기 위해서 기를 쓰고 있다. 그리고 그 심판의 의지는 같은 마녀라는 이유로 경감되는 게 아니다.

한 명, 한 명이 나라를, 세계를 멸할지도 모르는 초월적인 힘을 가진 마녀들이다. 그네들이 한자리에 모여서 일부가 일촉즉발 상태인 현재는, 이미 화약고에서 불장난을 하는 것 이상으로 위험하다.

『오만』은, 가슴에 껴안은 소년을 울리고 죄를 범한 존재에게 벌을 내리기 위해.

『분노』는, 자기 원수를 두둔하며 그 마음이 이뤄지도록 분발하고.

『나태』는, 전원에게 공평하게 눈길을 보내며 무슨 일이 생기면 즉각 때려잡을 듯이 나른하게.

『폭식』은, 상황 변화에 관심 없이 추이에 편승해서 공복을 채울 수단에 허덕이며.

『색욕』은, 자기하곤 상관없다는 자세를 유지하며 자기 몸만은 지키고자 머리를 부둥켜안고.

『탐욕』은, 희미한 증오를 남기면서 자리의 추세 변화에 대한 호기심으로 눈을 빛낸다.

그리고 『질투의 마녀』가 아닌, 사테라라고 불린 마녀는———.

"──저는, 당신을 사랑해요. 당신이 제게 빛을 주었기 때문이에요. 당신이 제 손을 잡고 바깥세상을 가르쳐 주었기 때문이에요. 당신이, 제가 고독에 떠는 밤, 곁에서 내내 손을 잡아 주었기 때문이에요. 당신이, 혼자가 된 저를 혼자가 아니라며 입맞추어 주었기 때문이에요. 저는 너무나 많은 것을 당신에게 받았습니다. ……그래서, 저는 당신을 사랑해요. 당신이, 당신이 제게 모든 것을 주었기 때문이에요."

무릎 꿇은 스바루에게 짚이는 구석도 없는 사랑을 속삭이는 행동을 그치려 하지 않았다.

모른다. 하나도 모르겠다. 사테라와 만난 적도, 말을 주고받은 적도 없다. 그녀가 이야기하는 말은 망상의 산물이다. 사랑에 미친 페텔기우스와 하나도 다를 바 없다.

그럴 텐데도, 『나츠키 스바루』는 그것을 알고 있다.

"왜 이래……. 내 안의, 이건 대체 뭐야? 이런 감정, 원하지 않아. 있지도 않은 기억으로, 날 옭아매지 마……. 나는, 난 너 같은 거…… 너 같은 거……!"

정말 싫다고, 한마디 뱉어주면 그만이다.

싫다는 말로는 부족하다. 밉다. 미운 상대다. 호의라곤 한 톨도 없다. 이기적인 애정을 강요하지 말라며, 어떤 표정이나 짓는지 봐주면 그만이다. 걸작이지. 볼만하다.

──네가 어떻게, 그녀에게 그런 짓을 할 수 있는데?

"──으."

있을 수 없어야 할 모순이 정점에 이르러 스바루의 사고가 하얕게 물들었다. 그 직후 스바루는 그 혼란에 『대처』했다. 더할 나위 없을 만큼, 분명하게.

"……바루?"

변화를 처음으로 알아챈 사람은 스바루와 접촉해 있던 튀폰이었다. 어린 소녀는 품속의 웅크린 스바루로부터 힘이 빠져나간 것을 깨닫고 눈이 동그래졌다. 그리고 곧바로 깨달았다.

——혀를 깨문 스바루의 입에서 대량의 피가 뚝뚝 떨어지는 상황을.

"——아아, 그것도 한 가지 선택이지. 나츠키 스바루."

결단에 마녀들이 저마다 반응하는 가운데, 에키드나만이 기쁘게 웃음을 띠고 있었다.

"——커, 헉."

이곳은, 에키드나가 마련한 꿈의 성. 이곳에 있는 스바루의 육체는 진짜가 아니다. 따라서 이곳에서 맞이하는 죽음은 정신의 『죽음』. 폐인이 될 가능성을 품은 위험한 소행이었다.

그 사실을 알면서도 『죽음』에 구원을 청했다. 『죽음』만이, 스바루의 희망——.

"이, 왕바보——!!"

스바루의 자해를 깨달은 순간, 미네르바가 얼굴을 붉히며 전진해 치유의 힘이 끓어오르는 주먹으로 스바루를 때려 치유하려고 들었다. 하지만 그 앞을 튀폰이 막아섰다.

어린 마녀는 두 팔을 벌리고 작은 몸 전부로 스바루를 등 뒤로 감싸면서 외쳤다.

"바루는 스스로 선택했어! 르바가 방해하면, 안 돼!"

"자해든 자살이든 상해든 타살이든, 내 앞에선 하나도 용납 못해! 마음의 고뇌 따위 알 까 보냐! 안 보이는 상처는 내 알 바 아니야! 그러니까! 그 대신에! 보이는 상처만은 세상이 멸망하더라도 못 본 척할 수 없어!"

내딛기 한 방으로 언덕을 함몰시키며 미네르바의 주먹이 튀폰의 안면을 후려쳤다.

그 위력은 과장 없이, 바위마저 깨트릴 포탄 수준이다. 그러나 그 공격은 생물에 직격한 순간, 파괴가 아니라 치유의 힘으로 변환──타격의 임팩트만 그대로 남기고 내달렸다.

폭음이 터지고 미네르바 회심의 일격이 성장하지 못한 어린 소녀의 몸을 날려버렸다. 방해는 돌파했다. 그러나 피해를 본 건 튀폰만이 아니었다.

내갈긴 미네르바의 오른팔이 유리 세공품처럼 금이 가다가 산산이 깨졌다. 『오만의 마녀』의 심판에 저촉되어 『악』이라고 판단된 행위가 부정당한 결과다.

미네르바는 팔을 잃은 아픔에 하늘을 쳐다보고, 크게 입을 벌려 절규를──.

"──요까짓 거──!!"

터트리지 않는다. 다른 이의 아픔에 민감한 『분노의 마녀』는, 자신의 아픔은 언제나 뒷전이다. 나츠키 스바루의 사고방식을 무시하고 자신의 삐뚤어진 방식을 관철한다.

"아무튼! 이걸로……."

"하아……. 다음 방해자는 나지."

다음 순간, 수직으로 떨어진 충격에 미네르바는 언덕에 찍혀 엎어졌다.

온몸이 바닥에 짓눌리며 인간형의 홈을 초원에 새기는 미네르바. 그녀는 고개를 들어 격분한 얼굴로 누워 있는 세크메트를 쳐다보며 부르짖었다.

"방해하지 마아! 세크메트으!"

"그럴 수는 없지, 후우. 난 심정적으로 그 아가 편이지, 하아. 덧붙이자면 튀폰 편이기도 해, 후우. 방해하지 않을 이유가 없지, 하아."

세크메트의 적대 선언에, 미네르바는 분한 듯 입술을 깨물고 주위를 돌아보았다.

하지만 다프네와 카밀라는 이 분쟁에 중립이며, 에키드나에 이르러서는 결과를 관측하는 방관자다. 그리고, 사테라는——.

"아아, 아아아……."

검정 드레스 차림새로 무릎을 꿇고, 대량의 피를 토하는 스바루를 보며 목소리를 떨고 있다.

넘치는 피와 끊어진 혀에 목이 막혀서 자기 피에 꺽꺽대며 질식하는 스바루. 꺼지는 의식 말미로 사테라의 모습을 포착했다.

이로써 겨우 해방된다. ——그런 안도는, 그녀의 한탄 앞에서 낱낱이 흩어지고.

"왜 깨닫지 못해요……? 당신이 구하고 싶어 하는 모든 것에는, 당신도 있어야 한다는 당연한 사실을."

왜, 그런 투로 스바루를 염려하며, 마음을 주는 것일까.

도대체 스바루는 그녀의 망상 속에서 얼마나 그녀의 마음을 지탱해 줬단 말인가.

"많은 사람들과 비슷하게, 운명의 막다른 길은 당신에게도 찾아왔어. 당신에겐 단지 그걸 뒤집을 가능성이 있을 뿐이지……. 당신 또한 구원받아야 마땅할 사람인데, 왜."

그건 전부 틀린 말이다.

스바루는 구제불능인 놈이라 손이 닿는 줄 알았던 일조차 해내지 못해서, 구하고 싶던 상대마저 구하지 못하고 어정쩡한 놈이라는 사실에서 빠져나오지 못했다.

그런 자기 자신을 바꿀 수 있다고, 반편이 짓은 때려치우겠다고 맹세하지 않았던가.

폼을 잡겠다고 분명히 결심했었는데.

──자기 안에서 약한 자신과 약하게 있기 싫은 자신이 겨루고 있다.

맹세를, 했다. 한 소녀에게, 스바루더러 영웅으로 있으라고, 소망해 준 그녀에게.

굽히면 안 된다. 『죽음』에 도전해서, 『죽음』을 바라며, 『죽음』에 임하는 것이다.

──이걸 알면 그녀는 기뻐해 줄까. 슬퍼하고 있을까.

──스바루에게 영웅으로 있으라고 소망해 준 그녀는 어떻게 여길까.

생각해서는 안 된다. 알아서는 안 된다. 그건 위태로운 사고방식이다. 와해한다.

　나츠키 스바루는 이러면 된다. 자기 자신을, 누군가가 소중히 여길 인간이라고 생각하지 마라.

　그럴 가치가 있는 인간이 아니다. 스바루의 생명은 소모품이다. 쓰고 또 써서, 못 쓸 때까지 써서, 그리하여 끝까지 다다르면 그만인 소모품이어야 마땅하다.

　마음을 굳게 먹어라. 가치가 있는 것을 얻기 위해 무가치한 것을 소비한다. 당연한 행위다. 누구나 당연히 하는 행위가 아닌가. 그게 단지 스바루는 『생명』일 뿐이다.

　구원받아야 할 소중한 사람들의, 돌이킬 수 없는 『생명』을 구하는 것이다.

　그럴 수만 있으면, 스바루는──.

　"두 가지 『시련』에서, 당신은 대체…… 뭘 보고 왔어요……?"

　시련. ──시련. 시련, 『시련』. 시련시련시련, 『시련』 시련시련시련, 시련──?

　산소부족과 쇼크 때문에 머리 회전이 극도로 둔해졌다.

　시야가 마침내 불안정해지고 세상이 붉게 점멸하기 시작한다. 치직거리는 TV 화면처럼 사고에 노이즈가 내달린다. 끝이 가깝다고 스바루는 멍하니 생각했다.

　끝이, 천천히 찾아온다.

　이로써 『죽음』을 맞이하는 건 몇 번째인가. 헤아리기도 귀찮지만, 그러면 된다.

　언젠가 세는 것도 지긋지긋해질 만큼 『죽음』에 끝없이 도전해야만 하는 판국이다.

『죽음』의 횟수를 기억하려는 정신성으로는 버틸 수 없을 것이다.

강철의 마음을. 그 무엇에도 흔들리지 않는 강철의 마음을 가지고——.

이윽고 스바루의 의식은 느릿느릿하게, 암흑 속에 녹아들어서——.

『기대하고 있다, 아들.』

소리가, 들렸다.

노이즈 저편에서, 소리의 난반사 속에서, 유달리 명료한 소리가 들렸다.

『——다녀오려무나.』

또 들렸다.

다른 소리가, 들렸다. 하지만 가슴에 가져다주는 감상은 똑같은, 소리가 들렸다.

『——난 너를, 벗이라고 부르고 싶었다.』

다른 소리. 느껴지는 마음도 바뀌는 소리.

몹시 안절부절못할 마음이 드는 소리. 그렇지만 편안하기도 한 소리.

『왜…… 왜냔 말이다! 왜, 이다지도 쉽게…… 스바루 님, 당신은……!』

또 다른 소리.

가슴에 오가는 것은 적막감과, 동경과 비슷한 무언가에 미안해지는 소리.

『네가, '그 사람'이 아니란 것쯤, 알고…… 그래도…….』

　가슴이 옥죄는 소리가 들렸다.

　그 소리를 들으면 까닭 없이 참을 수가 없어진다. 울 것만 같은 소리. 울려서는 안 될 소리. 지켜 주어야만, 구해 주고 싶은, 그런 소리. 소리. 소리. 소리.

『멋있는 모습을 보여 주세요. 스바루 군.』

　소리에 반응해 두근 하고 뭔가가 터지는 소리가 났다.

　온몸이 뜨거워진다. 사명감에 떠밀린다. 이 소리가, 줄곧 지탱해 주었다.

　그리고——.

『고마워, 스바루.』

　소리가, 났다.

『——나를 구해 줘서.』

　——모든 것의 발단을 고하는 소리가, 났다.

3

　울어버릴까.

　스바루가 소중하게 생각하는 사람들은, 스바루의 『죽음』을,

슬퍼해 줄까.

스바루가 제멋대로 『죽음』을 경험해서 벗어난 세계에 남은, 둘도 없는 사람들은 스바루의 죽음을 아쉬워해 줄까, 슬퍼해 줄까.

스바루가 『사망귀환』을 반복하듯이, 그들 또한 원통한 마음을 품어 줄까.

소중하다는 생각에 지켜야만 한다고 믿으며, 구하고 싶다고 비는 사람들이 있다.

——그 소중한 사람들이, 아쉬워할 가치가 나에게 있을까.

우쭐해도, 될까.

이런 나라도 소중한 존재라고, 소중한 사람들이 생각해 줄 거라고.

믿어도, 될까.

이런 나라도 지키고 싶어 할 만큼, 지키고 싶은 사람들이 필요로 한다고.

소망해도, 용납될까.

이런 나라도 잃어버리면 눈물을 흘려 주는 사람들이 있어서, 구하고 싶다고 손을 뻗어줄 가치가 있다고.

——생각해도, 될까.

죽고 싶은 마음일랑 없다고.

그것밖에 방법이 없다고, 포기하고 싶은 마음일랑 없다고.

소중한 사람들의 미래를 지키고자, 그 초석이 되어 사라지기 싫다고.

지켜낸 미래에, 자신 또한 소중한 사람들과 함께 있고 싶다고.

그렇게 생각해도, 될까.

내게 그럴 자격은, 있을까.

만약 있다면——.

"죽고 싶지, 않아……."

핏덩이가 소리와 함께 넘치고, 공기가 새어 나오는 소리와 함께 소리가 났다.

호흡이 편해진다. 의식이 회귀한다. 뿌예진 시야에, 색깔과 세계가 돌아오기 시작했다.

거기에——.

"그게, 본심이잖아……!"

바로 눈앞에 근성으로 기어와 박치기로 스바루를 치료한『분노』의 얼굴이 있었다.

4

기침하며 스바루는 핏덩이를 뱉어내고 있었다. 몸을 옆으로 굴리고 하늘을 쳐다보았다. 거친 호흡을 반복하며, 산소를, 삶의 양식을 원해서 열심히 허덕거렸다.

그렇게 삶에 매달리는 자기 자신을 한심스럽다고 비참하게 느낄 마음의 여유는 없었다. 그저——.

"나한테……."

"————."

"나한테, 살 가치가 있어⋯⋯? 죽지 않는, 나한테⋯⋯ 죽어서, 반복하는 것 말고, 가치가 나한테⋯⋯ 나한테, 있는 거야⋯⋯?"

『사망귀환』해서, 소중한 사람들을 절망의 운명으로부터 구해낸다.

생명을 지불해서 얻을 수 있는 결과. 그것만이 나츠키 스바루의 가치라고 믿었다.

그런데 그렇지는 않다고 생각해도 된단 말인가.

"나란 인간한테, 『사망귀환』 말고 다른 가치가 있다고⋯⋯ 생각해도 되는 거야? 나는, 내가 좋아하는 사람들이⋯⋯ 좋아할 거라고, 생각해도⋯⋯ 되는, 거야?"

"⋯⋯난 그런 거 몰라."

스바루의 허약한 물음에 미네르바는 매정하게 대답했다.

지독한 몰골이었다. 깨진 팔에, 온몸에는 구타 흔적. 그러나 그녀는 태연히 일어나더니 그 상처에 이를 박아 자기 자신을 재생했다. 그리하여 『분노의 마녀』는 두 발로 단단히 서서 팔짱을 끼고 스바루를 내려다보았다. 그리고――.

"네 가치 따위, 난 몰라. 하지만 저 애는 그런 너더러 살아 달라고 빌고 있고⋯⋯ 두 『시련』에서 너도 봤잖아?"

"⋯⋯하지만, 두 번째 『시련』은, 내 잘못을, 저지른 죄를."

"바보 아니니? 그건, 네가 실수한 세계의 책임을 지우려는 게 아니야. 그건 네가 실수한 결과, 누가 얼마나 슬퍼했는지를 네게 보여 준 거야. ――그게 바로 네가 원하던 답이잖니."

"──힉."

뇌리에, 되살아난다. 떠오른다.

우는 소리가. 원통함을 억누른 목소리가. 배웅하는 굳센 목소리가. 평소와 같은 다정한 배웅이.

믿어주는 사랑의 속삭임이. 운명에 항거하는 계기이자 원점인 발단이.

아무것도, 가지지 못했어야 할 인생이었다.

아무것도 가지지 못한 채로, 가지고 있어야 할 것도 흘린 채로, 스바루는 이 세계에 불려온 줄 알았다.

그런 자신의 가치를 증명하려면 끝없이 항거할 수밖에 없어서. 끝없이 항거하는 중에 얻은 소중한 존재를 지키려면, 더욱 고독하게 끝없이 걸을 수밖에 없어서.

받기만 했을 뿐이라고 믿었는데, 그렇지 않았다고 생각해도 된단 말인가.

──날 위해서, 울어 준단 말인가.

──날 위해서, 힘이 모자란 것을 한탄해 준단 말인가.

──나와 함께, 미래를 보고 싶다고 갈망해 준단 말인가.

──소중한 사람들 옆에 웃으며 설 자격을, 내게 준단 말인가.

필시 그 자격은 바로 직전까지 스바루가 고집스럽게 홀로 걷겠다고 결심하던 길 끝에선, 이미 소유가 허락되지 않았을 것이며.

마음을 강철로 삼아 그 무엇에도 흔들리지 않는 경지. 이는 웃음을 짓는 상냥함과는 무관한 경지이니.

그렇다면, 믿어도 되는 것인가.

소중한 사람들의 미래를 얻을 대가로, 자기 마음을 깎아내는 선택이든.

자기 마음을 지키겠다고 죽기 살기로 발버둥 친 나머지, 길을 걷지 못하게 될 선택이든.

양쪽 다 아닌, 욕심 많은 선택지가 있어도 된다고.

소중한 사람들과의 미래를, 나츠키 스바루인 채로 걸을 수 있는 선택지가 있다고.

──그렇게 믿고 그것을 갈망해도 되는 것인가.

"──허락할게요."

말로 꺼낸 것은 아니던 스바루의 마음. 그 마음에 대답이 있었다.

땅바닥에 위를 보고 누운 채로 얼굴을 옆으로 쓰러뜨렸다. 가만히 서 있는 미네르바 맞은편에 초원에 무릎을 꿇고 눈물에 젖은 얼굴을 닦지도 않으며 미소 짓는 얼굴이 있었다.

그 얼굴은 그림자에 가려서 지금도 스바루에게는 보이지 않는 상태다. 어둠의 장막에 가려서, 바라보는 얼굴의 표정은 보이지 않았다. 그런데도 미소를 짓는다는 사실은 전해졌다.

"저는 당신에게 구원받았어요. 그러니 전 당신이 구원받는 것을 허락합니다. 당신이 구원받기를 바란다고 빌겠어요."

사테라의 말이, 목소리가, 미소가, 금이 간 마음에 스며들었다.

스바루는 팔로 얼굴을 가리며 눈물을 흘렸다. 오열을 터트렸다. 우는 얼굴을 계속 가렸다.

지금 이 얼굴을 누구에게도, 특히 그녀에게는 보이고 싶지 않다. 그런 조그마한, 오기 때문에.

　"……미네르바가 튀폰과 세크메트의 방해를 돌파한 것도 놀랍지만, 나로서는 너희 둘의 행동이 더 뜻밖인걸."

　우는 얼굴을 가린 스바루를 방치해 두고, 에키드나가 자그맣게 중얼거렸다.

　에키드나의 시야에 붕괴한 언덕 위, 검게 칠한 관(棺)에서 뻗어 나온 갈고리발톱에 제압된 튀폰과, 그 관의 주인인 다프네가 세크메트와 대치하는 광경이 비쳤다.

　에키드나의 그 말에 다프네가 낮게 그르렁대며 웃었다. 그녀는 구속구를 풀고 맨발로 초원에 내려서서 허리를 꺾고 혀를 내밀었다.

　"튀튀와 상성이 제일 좋아서어, 다프네면 틀림없고 말이죠오. 지네관은 생각할 머리가 없는, 다프네의 손발이니까요오. 튀튀의 권능과 궁합 최악이니까요오."

　"으—! 프네, 방해하지 마! 웅—! 으—!"

　"그리고, 하아. 내 쪽은 너 자신이 견제하고 있단 말이냐, 후우. 에키드나는 아니지만, 하아. 왜 네가 그런 짓을 한다지, 후우. 미네르바와 다르게 네가 편들 이유를 모르겠는데 말이지, 하아."

　세크메트가 관 밑에서 버둥대는 튀폰을 흘긋 보며 무겁게 한숨을 내쉬었다. 튀폰이 인질로 잡힌 상황에선 마녀 최강도 섣불리 움직일 수가 없는 모양이다.

세크메트의 그 말에 다프네는 한데 묶은 머리카락을 찰랑이며 "아아뇨오." 하고 웃었다.

"스바룽이요오, 백경(白鯨)은 죽었으니까, 다음은 대토(大兎) 차례다~ 하고 다프네한테 큰소리를 쳤거든요오. 그으럼, 하다못해 도전할 때까지는 있어 줬으면 좋겠다 싶어서요오."

"흥미로운 의견인걸. 그가 마음만 먹으면, 그건 확실히 달성된다. 너도 그건 알 텐데……. 다프네, 너는 대토를 없애고 싶나?"

"딱히이? 다프네가 낳은 시점에서어, 걔들의 공복이랑 다프네의 공복은 관계없고요오. 어디서 없어져도 알 바 아니지만요오……. 기왕이면 다프네의 끝없는 굶주림 그 자체인 대토가아, 어떻게 끝날지 흥미 있을지도 모르겠네요오."

다프네는 침을 삼키며 '왜냐면.' 하고 말했다.

"만족할 수 있는 끝이라아면, 그건 다프네로서도 미지의 행복이고 말이죠오."

끝없는 공복감에 시달리는 다프네에게 만족이란 영원히 닿지 못할 꿈이다.

그리고 대토는 그녀의 종식되지 않는 굶주림을 반영한, 본인의 욕망을 체현했다고도 할 수 있는 존재였다. ──하긴 다프네 본인은 그런 친근감과는 인연이 없지만.

그러나 다프네가 기아를 충족시키는 것 외의 행위에 흥미를, 『호기심』을 품었다는 사실.

그것은 에키드나에게 만족스러운 회답이었다. 그 사실에 에키드나는 미소와 함께 끄덕이고, 또 다른 한 사람── 집단에서 떨어져서 서 있는 『색욕의 마녀』에게로 눈길을 돌렸다.

"카밀라, 너는 어떻지? 다프네처럼 이유가 있어서 한 일인가?"

"무, 슨 말을…… 하고, 싶은데? 에, 에키드나는……."

"간단한 거지. ──죽음의 구렁텅이에 빠져 있던 그를, 도로 불러낸 것은 너겠지? 『얼굴 없는 신부』의 권능으로, 그렇게까지 한 이유를 모르겠더군."

"─────."

"네 호소는, 그에게 무수한 유대감을 의미했을 테지. 넌 그에게 호감을 못 느꼈을 터. 그렇기에 묻고 싶군. 왜 그랬느냐고 말이야."

에키드나의 물음에 카밀라는 목에 두른 목도리로 입가를 가리고, 힐끔대는 눈초리로 주위의 마녀에게 도움을 청했다. 자기 외의 누군가가, 자신을 구해 주기를.

그러나 누구에게나 사랑받는 카밀라에게 매료당할 『마녀』는, 이 자리에 없다.

카밀라는 어쩔 수 없이 목을 움츠리고 물끄러미 에키드나를 올려다보며 말했다.

"딱, 히…… 이유, 없는, 데? 에키드나, 너는, 저 애한테…… 응, 권유를 거절당했으니까, 만족, 했고…… 다들, 싸워도, 내가 무사, 하다면……. 단지."

"단지?"

"사, 『사랑』은, 중요……하, 거든? 그건, 업신여기면, 안 돼……. 응, 안 되는 거야. 저 애, 가…… 보고 싶지 않다고, 생각

해도, 『사랑』은 거기에, 있으니까…… 있는, 것은…… 부정, 하
게 못 돼. 그리, 고, 나는…… 빚지기만 하는 건 절대로 싫어."

더듬거리는 말. 그러나 끝부분만은 명료하게 카밀라는 주장
했다. 그 말을 듣고 에키드나는 어깨를 으쓱이면서 마녀들 각각
의 얼굴을 쳐다보고 말했다.

"세크메트와 튀폰은 그의 의사를 존중하려고 하고, 생명을 존
중하는 미네르바는 그를 치유했다. 다프네는 그의 싸움을 지켜
보기 위해서 연명에 협력하고, 카밀라는 그가 눈을 계속 돌리던
『사랑』을 알게 하게끔 권능을 사용했다. ──그래. 전원이 다,
저마다 주장은 있어도 나츠키 스바루를 도우려 한다는 뜻이로
군."

에키드나의 평가에, 마녀들은 부정도 긍정도 하지 않으며, 서
있을 뿐.

『나태』도 『오만』도, 『분노』도 『폭식』도 『색욕』도, 그저 서 있
을 뿐.

마녀들의 그 모습에 『탐욕』은 즐겁게 뺨을 일그러뜨렸다. 그
리고──.

"역시, 재미있어. ──그런 생각은 안 드나?"

질문은 비틀비틀 일어나는, 초췌한 모습의 스바루에게 던져
졌다.

"─────."

머리는, 지독하게 무겁다. 고열에 시달리는 것처럼 온몸이 느

른했다.

　지금도 눈물은 다 마르지 않았다. 뺨에 남은 눈물의 흔적을 소매로 닦으면서 가까스로 두 다리로 선 스바루는 기력 없는 눈으로 에키드나를, 마녀들의 얼굴을 둘러보았다.

　"너희는…… 정말로, 대체 뭐야."

　의문——. 그것은 마녀와 만난 보잘것없는 인간이 품는, 당연한 의문이다.

　"호기심. 동정. 연민. 사명감. 기대. 혐오. ……나를 편드는 이유가, 다 이해가 안 되고 수긍도 안 가. 마녀라고, 불리는 이유도 알겠다 싶어."

　"악담이 나올 정도로는 기운을 차렸나 보지?"

　"……모르겠다."

　한쪽 눈을 감은 에키드나의 물음에 나온 대답은 스바루의 심정을 단적으로 표현하고 있었다.

　"해야 할 일은, 결심했어. 그건 지금도 안 변했고. 그럴 수단도 이것밖에 없다고…… 각오 또한 하고 있었고. 그런데."

　스바루는 남에게 들려주는 게 아니라 자기 자신을 타이르듯 주섬주섬 말했다.

　"각오가, 여기서…… 이곳에 와서, 『시련』에 깨졌지. 힘을 빌릴 수 있을 것 같던 네 본심도 알고, 사테라까지, 나타나서…… 내 머릿속은 엉망진창이다. 너희, 하나같이 맘대로…… 나는, 내가 해야 할 일을 결심했다고. 그런 판국에……."

　이제 와서, 소모품이어야 할 생명에 매달린들 어떻게 되나.

이제 와서, 끝까지 써먹을 게 전제인 생명을 아까워해서 어떻게 되나.

이제 와서, 자신이 사랑받았다는 사실을 깨우친다고 어떡하면 된단 말인가.

"지금은…… 어떡하면 될지, 모르겠어."

『죽음』을 바라지 않으면, 『사망귀환』이 없으면 구할 수 없다고 이성은 호소한다.

『죽음』을 거듭하여 잃어버리는 스바루를 애도하는 눈물이 흐른다고 기억은 가르쳐 준다.

『죽지 않으면』 누군가가 슬퍼하는데, 『죽으면』 누군가가 슬퍼하고 만다.

"――내가 다시금 네게 묻겠다, 나츠키 스바루."

스바루가 생각을 정리하지 못하고 있을 때, 에키드나가 어조를 낮추며 엄숙하게 말했다.

고개를 드니 바로 눈앞에 서 있는 에키드나가 천천히 끄덕였다.

"내가 네게 협력하면, 너는 반드시 구하고 싶은 사람들을 구하는 미래에 당도한다. 고민할 필요도 없어지지. 극단적으로 말하면 네가 직면할 문제의 해결은 내가 담당한다. 너는 그걸 실천하고, 벽을 넘어서기만 해도 돼. 끝없이 고민하는 게 두렵다면 내게 의탁하는 것도 한 가지 선택이다. 난 그 선택을 책망하지 않아. 환영하지. 그러니 내가 다시금 네게 묻겠다."

"――――."

"어떡하면 될지 모르겠다는 네 손을, 내가 이끌게 해 줄 수 없을까? 널 반드시, 네가 바라는 미래로 데려가겠다고 약속하지."

그 말과 함께 에키드나가 스바루에게 손을 내밀었다.

이 손을 잡으면 계약은 이루어진다. 에키드나는 자기 말대로 스바루에게 협력할 것이다.

아까는 감정에 맡겨서 거절한 제안이다. 하지만 에키드나의 발언은 핵심을 찌르고 있다. 진정한 의미로 자기 자신을 희생하고, 정녕코 미래를 바란다면 그녀를 마땅히 이용해야 한다.

그 손을, 마땅히 잡아야 한다.

상처받기를 두려워하지 않으며 힘들고 괴로운 것도 받아들이면서 끝없이 싸울 각오가 있다면, 그 손을 마땅히 잡아야 했다. 그렇기에——.

"에키드나. ——난, 상처받는 게 무서워."

"————."

"힘든 것도 괴로운 것도, 슬픈 것도 질색이야. 아프기도 싫고, 나 말고 다른 누군가가 지독한 꼴을 당하는 상황도 보고 싶지 않아. ——죽고 싶지, 않아."

"————."

"그러니까, 희생을 전제한 네 손은—— 이미, 나로선 잡을 수 없어."

스바루도 자기가 무엇을 할 수 있는지 모르고 있다. 그렇지만 에키드나가 제시하는 길은 걸을 수 없다. 고를 수 없다. ——죽고 싶지 않은 자기 자신을, 깨닫고 말았다.

──나츠키 스바루는『죽는 것만이 가치』인 남자가 아니었다.

스바루의『죽음』을 안타까워해 준 사람들은 스바루의『죽음』에 가치를 찾아내서, 스바루를 안타까워하던 것이 아니었으므로. 그들이, 안타까워하던 이유는──.

"그게 뭔지는 아직 몰라. ──하지만 그걸 찾으려고 해. 그걸 알 수 있으면 나는,『죽음』말고 다른 방식으로 모두에게 보답할 수 있을 것 같아."

"……하지만 그건 가시밭길이지.『죽음』을 도구라고 단정하고 길을 개척하는 선택은 미래로 가는 최단 경로였어. 제공하는 건 네 마음만으로 충분했지. 그 길을 거절해서 자기 마음과 누군가의 미래, 일거양득을 노리겠다는 건 너무나도 어려우며, 무엇보다──."

에키드나는 말을 끊고, 숨을 돌렸다.

그리고 마녀는 지금까지 중에서 가장 고혹적인 미소를 띠며 말했다.

"──탐욕스럽군."

욕망을 긍정하는『탐욕의 마녀』는 스바루의 결단을 흡족하다는 듯이 받아들였다.

제안을 거부당했는데도 기쁜 눈치인 마녀의 생각은 스바루는 알 수 없다. 단지.

"내가 네게 몇 번이고 거듭해서 구원받을 뻔한 것만은 사실이야. ……네가 속으로 나를 무슨 실험동물 같은 걸로 여겼다고 해도, 그것만은 사실이지."

에키드나의 존재를 마음의 버팀목 삼아서 고난을 극복한 적도 확실히 있었다.

그렇기에 그 시간에 마음을 구원받은 것만은 분명하게 감사하고 있다.

"——어리석고 가엾은 가필은, 바깥세상을 두려워하지."

"……뭐?"

"첫째『시련』에서 그 녀석이 본 것이 그 마음을 내내 옭아매고 있는 거야. 네가 혼자 힘으로 상황을 타파하겠다면 그 주박을 풀 필요가 있을 거다."

"에키드나."

"뭘, 오지랖과 오기야. 네가『마녀들은 다들 본성은 좋은 녀석들이었지만, 에키드나만은 끝까지 나쁜 녀석이었다』고 생각하는 건 사절이다. 난 이래 봬도 여자애고, 네게 호의를 품은 건 사실이라서."

빠르게 말한 에키드나는 스바루가 잡아주지 않은 손으로 그의 가슴을 가볍게 찔렀다. 그리고 뒤돌아선『탐욕의 마녀』는 하얀 머리카락을 나부끼며 거리를 벌렸다. 그사이에 다프네는 관에, 튀폰은 세크메트에게 다가붙고, 카밀라도 집단 속으로 돌아왔다.

마녀들의 그 모습에 스바루는 한숨지으며 말했다.

"너희는 내가 이해 못할 괴물이다. 서로 이해할 수 없고, 좋아질 수도 없을 거야."

그건 거짓 없는 본심이었다. 마녀들이 품은 개개의 가치관은

군건하며, 그것은 스바루와는 결코── 아니, 일반인과는 결코 융화할 수 없는 것이다.

그렇기에 스바루는 그녀들을 이해할 수 없고, 행동에 공감도 느껴 줄 수 없다.

하지만 에키드나에게 품은 생각과 비슷하게, 이해할 수 없다는 사실과 감사는 별개다.

"나를, 죽게 해 주려고 해서 고마워. 나를, 죽게 하게 해 줘서 고맙다. 내게, 소중한 목소리를 들려줘서 고맙다. ──그건, 고맙다."

마녀들 한 명, 한 명에게 머리를 숙인다. 『오만』은 웃고, 『나태』는 탄식하고, 『색욕』은 싫은 내색으로 얼굴을 찡그리고, 『폭식』은 흥분으로 입맛을 다시고, 『분노』는 딴청을 피웠다.

그리고 고개를 돌려 등 뒤── 거기서, 언덕에서 무릎을 꿇은 사테라 쪽으로 걷기 시작했다.

사테라는 걸어오는 스바루를 올려다보며 숨을 죽였다. 불안과 두려움으로, 몸이 떨고 있다.

끔찍하다고 여긴 상대에게, 따스한 감정이 가슴에 차오르는 이유는 어째서인가.

접촉한 적도 없는 상대에게 계속 품는 감정은 대체 무엇인가.

답이 나오지 않는 수수께끼가 이곳에서는 스바루에게 너무나 많은 것을 선물해 주었다.

그 답을 하나도 내놓지 못한 채로 스바루는 『끝없이 고민하는』 것만 선택하고, 주저앉아 있는 마녀에게 손을 뻗었다.

사테라는 당황한 듯 그 손을 응시했다.

　"나는…… 네가 대체 뭔지, 모르겠어. 네가 어째서 날 좋아한다고 말해 주는지도, 네가 말하는…… 내가 널 구했다는 말의 의미도 모르겠어."

　"──아."

　"하지만 네가 내게 준 『사망귀환』에 도움을 받은 건 사실이다. 내가 그것에 전적으로 기대서 기어코 여기까지 온 것도 진실이지."

　"───────."

　"나한테, 『사망귀환』은 선택지 중 하나……라는 뜻이야?"

　"───────."

　"거기에 전적으로 기대지 않는 게, 자기 자신을 사랑하는 일이라고…… 그렇게, 말하는 거야?"

　"───────."

　"쉽게는, 떼어서 생각할 수 없어. ──하지만 『사망귀환』을 준 네가, 내가 죽고 싶지 않다고 생각하게 한 것도, 틀림없어."

　그러니까,

　"네 말대로, 조금만 더…… 나 자신을, 좋아해 볼게. 소중하게 여겨 볼게. 그래서 어떻게 될지 모르겠지만, 그거면 돼."

　"……괜찮아요?"

　"그래…… 죽는 거에 비하면, 별것도 아니지."

　걱정스러워하는 사테라의 목소리에 스바루는 대답하고 허약하게나마 웃음을 지어냈다. 그 표정에 사테라도 안도한 것처럼 스바루의 손을 잡았다.

그 직후, 세계에 금이 가는 소리를 스바루의 고막이 포착했다.

파란 하늘과 푸른 초원이 퇴색하며 꿈의 성이 나츠키 스바루를 해방한다.

"──밖으로, 돌아가나."

무엇을 하다가, 어쩌다가 이곳에 당도했는지도 지금은 애매하다.

밖으로 돌아가 맨 처음 무엇을 하면 되는가. 마음의 문제는 그마저도 혼돈에 빠트리고.

"혼자서, 고민하지 마요. 당신을 소중히 여기는 사람들과, 함께……."

"────."

"당신이 죽기를 바라지 않는 사람들과, 당신이 죽게 하고 싶지 않은 사람들과, 함께 저항해서. ……그럼에도 이루지 못했을 때는, 『죽음』을 두려워하며 죽는 것을 잊지 마요."

"────."

"당신이 죽어버리는 것을 슬퍼하는 사람이 있다는 사실을, 잊지 마요──."

세계가 소리를 내며 부스러진다.

사테라의 목소리도 아득해지고, 그 사실이 스바루의 마음을 지독하게 쥐어뜯었다. 연결된 손바닥이 유달리 뜨겁다. 이 손이 떨어져서는 안 된다고, 미련이 거세졌다.

"──나는."

부르려던, 말이 나오지 않았다. 그녀를, 『사테라』를 부르는 목소리가 나오질 않는다.

그 이름을 입에 담으면, 그녀를 거절할 수 없어진다. 받아들이고 싶은 마음에 패배한다. 그 감정을 어떻게 다루어야 하는가. 영혼이 끝없이 절규를 터트렸다.

하늘이 떨어진다. 땅이 갈라진다. 빛이 넘쳐 나와서 이미 주위 광경은 일변했다.

마녀들의 모습도 지워져서 세상에는 스바루와 사테라 둘만 남았다.

사라진다. 그리고, 시작된다.

──정면의 사테라를, 스바루는 아무런 말도 못한 채로 응시했다.

"────."

불현듯 어둠의 장막이 개였다.

보고 싶지 않다고, 스바루의 무의식이 보여 주지 않던 베일 너머가 비쳐 보였다.

그리고 그 뒤로 엿보인 얼굴을 목격한 스바루는 숨을 집어삼켰다.

사테라는 은빛 머리카락을 찰랑이며 남보랏빛 눈동자를 좁히고, 그 눈가에서 눈물을 흘리면서── 말했다.

"그리고 언젠가── 꼭, 절 죽이러 와 줘요."

소실된다.

상실한다.

세계가 지워지고 눈앞에 있던 소녀의 모습조차 없어진다.

스바루는 그저 손바닥의 온기만을 확인하듯이 강하게 쥐고.

"——내가 반드시, 널 구해 보이겠어."

눈앞에서 사라지는, 사랑스러운 소녀를 향해, 그 말만큼은 확실하게 했다.

제2장 『승산 무시』

1

──깨어나니 꺼슬꺼슬한 뭔가가 뺨을 어루만지는 감촉부터 찾아들었다.

의식이 부상함에 따라 지독한 권태감이 온몸을 지배했다. 온몸의 혈관에, 혈액 대신에 모래를 부어 넣은 것처럼 온몸이 나른하다.

산소를 찾아 입을 벌리니 말라붙은 입술이 갈라지고 아픔과 함께 피 맛이 혀끝을 자극했다. 희미한 물기에 안구를 굴려서 무거운 눈꺼풀을 밀어젖혔다.

시야가 트이고 세계에 색이 돌며── 그때, 칠흑색 지룡의 모습이 눈에 들어왔다.

"……너냐."

갈라진 한숨을 듣고 노란 두 눈에 웃음을 띤 것은 스바루의 애룡인 파트라슈였다. 파트라슈는 목을 뻗어 잠자는 스바루를 위로하듯이 뺨을 계속 핥고 있었다.

"이게, 꺼슬거리던 혀의 정체란, 말이지……. 여기는……?"

스바루가 깨어나 스킨십을 중단하고 주저앉은 파트라슈는 침묵했다. 애룡을 옆에 두고 스바루는 주위를 보며 자신이 묘소 밖에 있다는 사실에 눈썹을 찌푸렸다.

——직전까지 꿈의 세계에서 이뤄진 마녀들과의 만남은 기억한다.

그 에키드나의 다과회로 초대받는 조건은 묘소에 들어가는 것. 그리고 여태까지와 같다면 깨어나는 것은 마찬가지로 묘소의 석실이었어야 한다.

그런데도 지금 스바루의 몸은 묘소 입구, 그 돌벽에 기대고 있었다.

"누군가가, 날 데리고 나왔다……? 하지만, 누가……."

"——기, 기다려! 기다려요! 파트라슈 양……! 좀, 허억, 허억…… 기다려요……. 마, 만약에 도망치면, 내가 큰일이 난다고요……!"

의문 어린 중얼거림을 가로막은 것은 밤의 숲에 울리는 처량한 목소리였다.

목소리 임자는 숨을 헐떡이며 엉키는 발로 열심히 묘소의 돌계단을 뛰어 올라온다. 그리고 계단 뒤에서 파트라슈의 모습을 발견하자 노골적인 안도감에 힘을 뺐다.

"아아, 다행이다! 이런 곳에 있어서…… 응, 어라? 나츠키 씨?"

"……이런 오밤중에도 기운차군, 오토. 뭐해? 도둑질?"

"그 말은 저도 고스란히 돌려드리죠. 아니 그보다 제가 이렇게 낑낑대는 거, 나츠키 씨랑 무관하지 않거든요."

그런 말과 함께 오토가 땅바닥에 다리를 널브러뜨린 스바루에게 어깨를 으쓱거렸다. 그 모습에 스바루는 반사적으로 평소와 같은 너스레를 던졌지만 금세 갸웃거렸다.

"나랑 무관하지 않다? 그럼 무슨 일 있었어?"

"파트라슈 양 말예요. 실은, 구사(廐舍)에서 파트라슈 양이 날 뛰어서요. 익숙하지 않은 환경이니 기분전환 삼아서 산책이라도 보내 주자고 줄을 풀었더니…… 콰앙! 하고 달아났거든요."

오토의 항의 어린 시선. 하지만 당사자 파트라슈의 고귀한 얼굴은 모르는 척이다.

"그야말로 안중에 없단 거죠, 이거. ……아무튼 구사를 뛰쳐나가버려서, 그냥 달아나기라도 했다간 제 입장이 위험하다고 안절부절못하다가 지금에 이르렀단 거죠."

"그래서 내가 있는 곳에 왔다, 이 말이고. 뭐야, 파트라슈 너 외로움 잘 타나 봐?"

"단순히, 나츠키 씨가 그리워서 그런 것 같지는 않지만요. 그도 그럴 게……."

팔짱을 끼고 오토는 의미심장하게 파트라슈를 보는 눈을 가늘게 떴다. 그의 시선에 따라서 스바루도 밤의 어둠에 녹아드는 지룡의 비늘에 시선을 집중하다가, 깨달았다.

파트라슈의 검은 비늘에 질금질금 피가 번지는 상처가 있다. 딱딱한 비늘에 덮인 몸은 쉽사리 다치지 않을 터고, 무엇보다 그것은 외상이 아니라 내부의 것으로 보였다.

──순간, 스바루의 뇌리에 스친 것은 묘소에 들어오는 자에게 부과되는 규칙.

"자격이 없는 녀석이 묘소에 들어오면, 거절당한다고……."

실제로 묘소에 들어간 로즈월은 그 규칙 때문에 중상을 입었다. 규칙은 위반한 자에게 용서가 없다. 그리고 그것이 만약, 사람만이 아니라 지룡에게도 적용된다면.

"설마, 너…… 날 데리고 나오려고, 그렇게 크게 다친 거냐?"

중얼거린 스바루는 자신의 어깨를 만졌다. 풀린 체육복과 타액의 흔적. 등과 허리에는 질질 끌린 먼지 자국도 있다. ──스바루를, 밖으로 데리고 나온 것은 파트라슈다.

묘소에 들어가는 페널티 때문에 다치면서도 애룡은 스바루를 밖으로 데리고 나온 것이다.

"왜 그런 바보 같은 짓을……. 난 딱히, 깨기만 하면 별일 없이 밖으로…… 네가 그렇게, 다쳐서까지 허겁지겁 끌고 나올 필요는 없었는데."

피가 번지는 상처를 볼 수 없어 스바루는 얼굴을 내리깔았다. 그런 스바루에게 다시 목을 뻗고 파트라슈가 코끝을 문질렀다. 그 진의를, 스바루는 모르겠다.

말은 나눌 수 없으며, 통한 줄 알았던 마음도 일방통행이고, 막 구원받은 관계인데.

"오토."

"어, 뭐죠? 방해된다면 어디 갈까 했는데요……."

"파트라슈가 왜, 날 구해 줬는지…… 물어봐 주지 않겠어?"

──파트라슈의 진의를 알 방법이 딱 한 가지 있다.

그것이, 오토가 가진 『언령의 가호』다. 말이 통하지 않는 새나

동물과도 대화할 수 있는 가호의 힘이라면, 파트라슈의 마음을 알 수 있을 것이다.

그러나 스바루의 요청에 오토는 입술을 뒤틀고 싫은 티를 냈다.

"어어…… 솔직히, 마음이 안 내키네요. 나츠키 씨, 농담하시는 거예요?"

"……너한테는, 지금의 내가 농담하는 낯짝으로 보이냐?"

"걸레짝이 되어도 시답잖은 농담을 할 수 있는 기개가 나츠키 씨에겐 있던 느낌이 들고, 지금 이야기는 농담이란 편이 그나마 웃을 수 있죠. ──정말로, 모르겠어요?"

낮은 목소리로 되묻는 소리를 듣자, 스바루는 반론하기보다 오토의 시선에 주눅이 들었다.

믿을 수 없는 것을 보는 듯한, 대놓고 말하자면 바보를 보는 눈으로 오토는 스바루를 보고 있다. 뭔가, 장대하게 놓친 게 있는가. 그러나 짚이질 않는다.

그 모습에 오토는 못 말리겠다며 이마에 손을 짚고서 한숨지었다.

"제 가호, 나츠키 씨 생각만큼 만능이 아니라고요. 의사소통이란 것뿐이지 번역과는 다르니까, 중간에 끼어서 대화하는 건 애를 먹는단 말이죠."

"──."

"그래도 하란 눈이네요. 상관없는데…… 이거 하는 의미가 있나."

투덜투덜 불만을 뇌까리면서도 오토는 마지못해 스바루의 요청을 들어주었다. 오토는 스바루에게 다가붙은 파트라슈의 등을 다정하게 어루만졌다.

　──그런 오토의 목에서, 고음의 갈라진 숨결이 터져 나왔다.

　인간의 말일 수가 없는 그것은, 『언령의 가호』의 힘으로 변환된 『지룡의 발성』이었다. 그 부름에 파트라슈가 반응해 오토에게 고개를 돌리고 똑같이 높은 소리를 질렀다.

　그 말에 오토도 높은 목소리로 응했다. 그것이 몇 번쯤 반복되고.

　"끝났는데요……. 끄응, 어렵네. 이거, 어떻게 인간식으로 변환해야 한담……."

　"애태우지 마. 부탁이니, 가르쳐 줘."

　"애태우는 게 아니고…… 아, 이거 진짜로 난처하네! 아니 그보다 이걸 전하는 건 엄청나게 이상한 배려가 필요하거든요?!"

　머리를 쥐어뜯은 오토는 연거푸 고심하며 적절한 말을 찾아 헤맸다. 이윽고 애가 탄 스바루의 이 가는 소리에 마침내 체념한 분위기로 한숨을 쉬었다. 그리고──.

　"── '그런 걸 왜 묻고 그래?' 가 가장 가깝지 않을까요."

　"……뭐?"

　쑥스러운 티와 함께 뺨을 긁고, 시선을 뗀 오토의 말에 스바루는 눈이 동그래졌다.

　그대로 뒷말을 기다리지만 오토는 그 이상의 말을 잇지 않았다. 그러기는커녕 그는 말도 못하는 스바루에게 "그러니까." 하고 눈썹을 세우고 말했다.

"'그런 걸 왜 묻고 그래?' 라나 봐요. 저도 그렇겠거니 하지만 요."

"그런 걸 왜 묻긴…… 그건, 그런……?"

"그러고 자시고 그냥 그거죠. 제 개인적인 인상을 덧붙이자 면, '굳이 말로 해야 알겠어요?' 라는 것쯤 되죠."

오토의 불평에 스바루는 더욱더 곤혹이 깊어졌다.

모르는 거냐고 해도 모르겠다. 하나도 모르겠다. 스바루는, 자신은, 도대체 뭘 모르고 있다는 말인가.

"……그 사람이 위험하다고 깨닫자마자, 가만히 있을 수 없어 서 뛰쳐나가고, 자신이 다치는 것도 상관하지 않고 구하고, 깨어 날 때까지 옆에 있고, 깨어난 데에 안심해서 웃어 준다── 그렇 게 행동하는 상대에 대한 마음이야, 사람이든 지룡이든 똑같다 고 전 생각하는데 말이죠."

"아──."

"그야, 파트라슈 양이 아니어도 『왜 묻고 그래』가 되죠. 이만 큼 태도로 나타냈는데 눈치 못 채다니, 둔감을 초월한 거 아녜 요? 복도 많으시지."

진정으로 어이없는 표정을 지은 오토의 말에 스바루는 자신의 미련함을 깨달았다.

이어서 바로 지척에 있는 파트라슈를 돌아보니, 지룡은 부드 러운 눈길로 스바루를 쳐다보다가 그 코끝을 다시 목덜미로 들 이밀었다.

자연히 손은 지룡의 머리를 쓰다듬고 있었다. 딱딱해서 바위

같은 비늘이. 다정해서.

　"그래…… 너, 날, 좋아하는 거냐."

　"＿＿＿＿."

　"좋아, 해 주는 거냐. ……그래."

　쿵 하고 가슴속에 얹혀 있던 게 뚝 떨어지는 감각이 들었다.

　스바루의 수궁에 파트라슈가 울부짖고, 쑥스러운 마음을 감
추려는 듯이 비비는 코끝의 움직임이 강하고 거칠어졌다. 그 감
촉에 살갗이 쓸리는 바람에 스바루는 항의하려고 입을 벌리다
가—.

　"우, 어……?"

　별안간 스바루의 뺨에 뜨거운 물방울이 흘렀다. —눈물, 눈
물이다.

　의식하지 않은 순간에, 급격히 치고 올라온 감정이 흘러넘쳤
다. 허둥지둥 손을 대지만 숨기려고 해도 늦었다. 오토가 깜짝
놀란 표정을 지었다.

　"나, 나츠키 씨? 지룡이 따르는 걸 알고 울다니, 그건 좀……."

　"아니야……! 지금 이건, 그게 아니고…… 그냥, 좀 타이밍이
되게 맞물리는 바람에…… 제길, 지금 바로, 그 실감이 희박했
던 참에, 답이 먼저 달려들어서……."

　—비겁하다. 완전 적시타다. 과연, 파트라슈. 완전 모사꾼
이다.

　속마음을 그렇게 한심한 말로 속이면서, 스바루는 필사적으
로 눈물에 저항했다.

마녀의 다과회에서 스바루는 자신의 '죽고 싶지 않다'는 본심을 자각했다. 소중한 사람들을 지키고 싶은 것과 비슷하게 소중한 사람들과 함께 있고 싶다는 욕구도.

그리고 자기 자신이, 소중한 사람들이 안타까워할 가치가 있는지, 알고 싶다고 소원했다.

그럴 때에 파트라슈가 대가 없는 충성과 사랑을 바쳤다. ──이런 걸, 어쩌라고.

"설마, 네가 처음 가르쳐 줄 줄이야. ──고맙다, 파트라슈."

받은 충성과 사랑, 이에 응하듯이 스바루도 손바닥에 마음을 담아서 애룡을 어루만졌다.

그 손바닥의 감촉을 만끽하고 파트라슈는 숙녀 같은 몸짓으로 일어섰다. 그래도 흔들리는 꼬리에 그녀의 신바람이 나타나고 있었지만.

"파트라슈 양과의 사이를 재확인한 차에, 괜찮아요?"

"그래, 도움됐다. 네게도 폐 끼쳤어. ……괜찮다는 말은?"

"마음도 그렇지만, 몸도 말예요. 묘소에 들어갔었다는 거야 보면 알겠어요. 에밀리아 님을 구하러 들어갔을 때도 쓰러졌고, 지금도 그런 거죠? 걱정이야 하죠."

그렇게 말하고 파트라슈와 접촉하는 스바루에게 오토가 한쪽 눈을 감았다.

"네가, 나를 걱정이라……. 혹시 너도 나 좋아하냐?"

"소름 끼치는 말 하지 마시죠?! 파트라슈 양에게 사랑받는 것만으론 성에 안 차고, 만나는 사람 전부에게 묻고 다닐 셈은 아니겠죠?"

"안 되나? 솔직히 지금은 하나라도 더 격려의 메시지를 원하는 차인데……."

"네, 네, 평소 느낌이 돌아온 것 같아서 바람직하군요. ……어디까지나, 제가 나츠키 씨 편을 드는 건 장래를 생각한 거라고요. 어디까지나 말이죠."

스바루의 기행 예고에 몸을 떨며 오토는 두 손을 내밀고 그렇게 견제했다.

장래를 생각한 거라며 시치미 떼는 표현이, 참으로 상인 행세하는 그다운 말투다.

"그 전제가 미심쩍어지거나, 저 자신이 위험해질 상황이 되면, 냉큼 부리나케 도망치겠어요. 그 점만은 기억해 두세요."

야박하다면 야박한 발언이지만, 일선을 긋는 의미로 필요한 암묵적인 양해다. 그 말을 구태여 입에 담는 점에서 오토의 좋은 인성이 드러났다.

"그래, 알아. 너는──."

오토의 현실적인 의견에 스바루는 끄덕이려다가, 멈췄다.

위화감이 있었다. 그리고 그 정체를 금세 깨닫는다. "하." 하고 숨이 새어 나왔다.

"……뭐죠?"

"아니다. 기억이 났거든. 아아, 그랬지 그랬어."

스바루는 의아한 표정의 오토에게 연거푸 끄덕이고 밤하늘을 올려다보았다.

이 『성역』이 발단인 루프 속에서, 스바루는 오토와 여러 번 행동을 함께했다. 그리고 그때마다 스바루는 봤다. 그래서——.

"자기 몸이 위험해지면, 냉큼 부리나케……라."

"네, 당연하죠. 제가 그렇게까지 나츠키 씨에게 지킬 의리는……."

"넌 안 도망쳐."

"——어."

한층 경박하게 현실주의자 행세하려는 오토에게 스바루는 중얼거렸다.

그리고 눈이 휘둥그레진 오토에게 스바루는 정면에서 말을 이었다.

"——넌, 날 두고 안 도망쳐, 오토."

가필의 협박에 굴하지 않고, 감금당한 스바루를 구하러 와 주었다.

수화(獸化)한 가필로부터 스바루를 감싸고 마을 사람들과 함께 저항해 줬다.

아무리 야박한 척해도 그러지 않는다고 스바루는 알고 있기에.

"오토. ——넌 내, 친구니까."

2

오토와 파트라슈의 격려를 받아 스바루는 일단 마음의 안식을 얻었다.

솔직히 꿈의 성에서 있었던 사건은 아직 다 소화하지 못했다. 그런데도 하나씩, 야무지게 곱씹어서 양식으로 삼아 나가자고 앞을 볼 수는 있었다.

"파트라슈 양은 제가 돌려놓을게요. ……아아, 기분이 좀 묘하네."

떠날 적에 오토는 그런 푸념을 마냥 흘려댔고, 파트라슈는 왠지 미련이 남는 눈치로 묘소를 뒤로했다. 두 사람(한 사람과 한 마리)을 배웅하고 밤바람을 쐬고 싶다고 그 자리에 남은 스바루는 천천히 묘소를 뒤돌아보았다.

——파르스름한 달빛을 받아 변함없는 모습으로 서 있는 『탐욕의 마녀』의 묘소.

의지하고 있었을 터인 마녀와의 결별, 그것은 스바루에게 원통한 사건이다. 치명타라는 말로는 부족할 정도로. 하지만 그 치명타를 뒤집어써서라도 『마녀』와는 손을 끊을 필요가 있었다. 무조건 악이라고 단언할 수 있는 존재는 아니다. 그러나 서로 이해할 수 없는 존재였다.

그것은 미네르바나 다른 마녀들, 그리고 『질투』인 사테라도 마찬가지로——.

"자기 자신을 소중히 여기겠다고, 말한 건 좋은데……."

헤어질 적에 주고받은 약속을 말로 내뱉고, 스바루는 기분이 막막해졌다.

"날 소중히 여겨 주는 사람을 의지하라니, 어떡하면 되는 건데……."

털어놓고 의지하라는 의미일까.

하지만 그것을 금지한 것은 다름 아닌 사테라── 꿈의 대화를 감안하면 스바루에게 『사망귀환』의 발설을 금지한 것은 『마녀』의 인격 쪽인가.

사테라와 『질투의 마녀』는 서로 주장이 엇갈리고 있다. 그렇다면 마지막 약속은──.

"──그러니까, 지금은 뒷전이란 말이야."

물 흐르듯이 자연스럽게 사테라 쪽으로 사고가 쏠릴 뻔했을 때 제동을 걸었다. 필요한 것은 그 깜깜한 상황을 타파할 방법, 하다못해 그 실마리만이라도 잡아야만 한다.

"저택의 이벤트 트리거는 내가 저택에 돌아가는 것……이라면, 먼저 『성역』 문제를 진행해야 하겠지. 『시련』과 가필, 그리고 로즈월이 가진 『예지의 서』인가."

열거한 문제는 개별적으로도 까다롭지만, 가장 큰 난점은 각각 밀접하게 연관됐다는 점이다. 특히 로즈월의 처절한 사고방식은, 『죽음』을 사이에 둔 지금도 전율을 잊을 수 없다.

로즈월은 스바루의 『사망귀환』을── 정확히는, 『루프』를 알고 있다. 스바루에게 시간을 거슬러 올라가는 힘이 있음을 알고, 목적을 위해 이용하려고 든다.

그 목적은, 그가 소유한 『예지의 서』에 적힌 내용의 실현. 이를 위해서 로즈월은 『성역』에 눈을 내려 이곳을 마수 『대토』의 포식장으로 뒤바꾼다.

그리고 『성역』 주민들이 피난하는 것을 방해하는 요소가, 『시

『련』을 극복할 때까지 풀리지 않는 결계와 루프할 때마다 완고해지는 가필이다.

루프할 때마다 가필은 위치를 바꾸어서 스바루를 가로막는다. 한 번은 스바루를 『시련』에 추천해 『성역』 해방에 협력적인 자세를 보인 적도 있었다. 지금 생각하면 그것도 자신이 『성역』 해방에 반대한다고 들키지 않기 위한 연극이었다.

『성역』 해방에 스바루가 다가서면 가필은 강경책으로 나선다. 그 이빨이 오토나 아람 마을 사람들을 해쳤을 때의 분노는 잊기 어렵다. 하지만 가필에게 생명을 구원받은 적도 있었다. 따라서 횟수를 거듭할 때마다 스바루는 그의 본심에 대한 위화감이 강해졌다.

그것은 에키드나의 마지막 조언을 듣고, 더욱 강하고 깊은 가시로 변해 있었다.

"어리석고 가엾은 가필은, 바깥세상을 두려워한다……."

과거, 가필이 『시련』에 도전한 적이 있는 건 이미 판명된 사실이다. 그 결과, 그는 탐욕의 사도가 되어 류즈와 복제체들을 지휘하는 권한을 얻었다.

그 『과거』야말로 가필이 바깥세상을 두려워해 그를 『성역』에 옭아매는 저주라고 친다면—— 그것은, 한 번은 생각할 게 아니라고 떨쳐냈을 터인 의문이었다.

가필을 깊이 알 필요는 없다고. 또다시 눈앞의 문제로부터 눈을 돌려서.

"결국 돌고 돌아 그걸 알 필요가 있단 뜻인가. 근데 이것만으론 낙제점이란 말이지.”

　가필의 진의를 알지 못하면 벽이 되어 가로막는 그를 넘어설
수 없다.

　하지만 만약 가필을 넘어서더라도 『성역』에는 결계와 로즈월
이라는 문제가 여전히 남는다. 그 최악의 조합이 낳은 막막한
상황을 타개하려면──.

　“──도주 경로를 확보하는 데 묘소 클리어는 급선무, 이것
도 결국 매한가지란 말인가.”

　문제를 정리하니 궁극적으로는 초심으로 되돌아오는 처지가
된다. 『성역』의 여타 문제를 해결하려면 묘소 클리어가 필수 조
건── 문제는, 남은 『시련』의 수다.

　“호된 꼴을 당한 두 번째 『시련』을, 나는 클리어한 걸로 치는
걸까……?”

　『있을 수 없는 현재』라는 명목으로, 스바루는 선택지가 달랐
을 때에 당도하는 세계── 이른바 평행세계를 여럿 체험당했
다.

　──스바루에게만은 비정하게 꽂히는, 지옥의 다음 광경을
그린 다른 세계선을.

　갖가지 후회, 무수한 말로, 그 끝에 통곡한 스바루를 『시련』은
어떻게 평가했는가.

　“＿＿＿＿.”

　목뼈를 뚜둑 꺾고 스바루는 세계 숨을 내뱉고는, 묘소의 통로
에 그 발소리를 울렸다.

이를 확인하는 것이 오토 일행을 먼저 돌려보내고 이곳에 남은 가장 큰 이유다. 과연 묘소는 스바루를, 두 번째와 세 번째, 어느 쪽 『시련』으로 이끄는가.

그것은 다시 말해, 다시 『있을 수 없는 현재』를 보게 될 가능성에 대한 도전이다. 이 세상에서 가장 두려운 광경 중 하나, 그 가능성에 스바루의 마음은 겁먹고 떨었다.

도전할 수밖에, 없다. 그럴 의무가 있다. 그걸 다하기 위해서——.

"——으?"

각오와 함께, 세계 한 걸음을 내디뎠다. ——그 직후, 시야가 확 흔들렸다.

"아, 오, 욱."

느닷없는 현기증에 자세를 무너뜨리고 벽에 부딪힌 스바루는 땅바닥에 주저앉았다. 두개골을, 뇌를 휘젓는 맹렬한 역겨움. 버티다 못해 사지를 땅에 짚으며 바닥에 위액을 쏟아낸다.

——경종, 경종, 경종, 경종, 경종이, 울려 퍼진다.

"우, 웩…… 헉, 읍, 우악…….."

사고가 뒤섞인다. 두개골에 구멍을 뚫고 전극을 박아서 뇌를 끓이는 듯한 감각이다. 토해도 편해지지 않고, 스바루는 본능적으로 통로를 굴러서 밖으로 뛰쳐나왔다.

바깥 공기에 접촉한 순간, 노골적으로 온몸이 이완됐다. 구토감이 흐려지고 시야가 돌아온다.

"바, 방금, 그건……?"

눈물 어린 눈으로 신음하면서 스바루는 멍하니 묘소를 뒤돌아쳐다보았다.

묘소는 변함없이 고요한 공기와 함께 있다. ——그것이, 묘하게 흉흉하게 보이는 것 말고는.

재차, 묘소에 기어가려다가 거부감이 스바루의 손발을 통증으로 묶었다.

——거부당하고 있다. 그 감각이, 전격적으로 다른 이해로 결부된다.

단순한 이야기다. 바로 직전, 파트라슈의 몸에 발생한 상황. 언젠가, 로즈월의 몸에도 발생한 거부 반응이, 비슷하게 스바루의 몸에도 발생했을 뿐.

그뿐이어야 할 상황이, 치명적인 사실을 가리키고 있다. 그것은——.

"——묘소에 도전할, 자격이 없어졌다? 설마, 그럴 리가."

일어나서 스바루는 결론을 부정하려고 묘소로 들어선다. 그러나 앞으로 한 발짝, 안에 들어가기 위한 다리가 움직이지 않는다. 본능이 이해하고 있다. 묘소의 거절을, 자격의 상실을.

——뇌리에 떠오른 것은 상복처럼 검은 드레스를 두른 백발 마녀.

"그, 악질이……!"

헤어질 적, 마녀는 스바루에게 분명히 물어봤다.

자신의 손을 잡을지, 아니면 사테라의 손을 잡을지, 하나를 선택하라고.

그리고 스바루는 사테라의 손을 잡았다. 이것이, 그 앙갚음이라면——.

"야, 얼마나 성격이 더러운 거야, 망할 마녀 에키드나아——!!"

들을 리 없는 마녀를 향해, 스바루는 밤하늘에 노성을 터트렸다.

하지만 아무리 외쳐도, 한탄해도 화내도, 일어난 일은 바뀌지 않는다.

——나츠키 스바루는 『성역』을 해방하는 『시련』에 도전할 자격을, 잃었다.

3

——스바루에게, 그것은 묘소에 도전하는 것과 마찬가지로 용기가 필요한 결단이었다.

실수를 최악의 형태로 제시당한 『시련』, 그 공포에도 다리는 움츠러들었다. 묘소 안으로 가지 못한 건 그 공포가 원인이었던 게 아닐까 싶을 정도로.

그러나 실상은 그렇지 않다. 공포는 다리를 멈출 이유가 되지 않았다. 그리고 사태의 타개에 대한 의욕이 공포를 넘어서는 건, 이 결단에서도 마찬가지다.

『시련』에 대한 도전도, 마녀의 협력도 가능성이 사라졌다면, 남은 선택지는 한 가지——.

"이렇─게 밤늦게 찾아와 주다니, 의외로 기쁜거─얼."

그렇게 말하며 미소를 짓고 스바루를 맞은 것은 침대에 누운 광대 분장의 남자── 아니, 마인(魔人)이라고 불러야 할 집념과 사상을 속에 품은, 로즈월 L. 메이더스다.

베개를 등받이 삼아 상반신을 일으킨 로즈월, 그 하얗게 분칠된 얼굴이 실내에 켜진 촛불에 밝혀져 그의 비인간적인 기이한 분위기를 더욱 강조하고 있다.

그 마인 앞에서 스바루는 긴장을 애써 숨기며 침을 삼켰다.

──스바루에게 남은 선택지. 그것이, 이 로즈월을 의지하는 것이었다.

단, 의지한다고 해도 『성역』에서의 문제를 하나가 되어 돌파하자며 제안하러 온 것은 아니다. 그것은 스바루의 심정을 생각해도, 로즈월의 목적을 봐도 불가능하다.

스바루는 람과 가필을 직접 죽이고 마을 사람들을 희생한 로즈월의 행동을 용서할 수 없고, 로즈월도 목적에 맞지 않은 스바루의 방식이 마음에 들지는 않을 것이다.

따라서 지금부터 시작되는 것은 결코 마음을 터놓을 수 없는 두 사람의, 속고 속이기다.

"그래서? 일부러 밤중에 덮치러 와 줬잖아. 뭐─언가, 내 흥미를 끌 만한 매력적인 유혹을 들고 와 준 것 아니─인가?"

"……유혹하러 왔다는 말은 틀리지 않겠군. 묻고 싶은 게 있다. ──이 『성역』에서, 묘소를 무시하고 빠져나갈 방법은, 없나?"

견제라고는 말하기 어려운 스바루의 발언에 로즈월의 미소가 냉기를 띠었다. 광대의 웃음은 입술을 옆으로 찢고 로즈월은 그 노란 쪽 눈에 스바루를 비추더니 말했다.

"스바루. ──네가 내게 그걸 묻는 건, 이번이 처음 있는 일이려나아──?"

그 물음이, 서로가 상대의 입장을 안다는 사실을 명시했다.

로즈월은 스바루의 『루프』를 알고, 스바루는 로즈월이 그 사실을 안다는 사실을. 서로 그 정보를 안 다음에, 대화의 카드를 꺼내게 된다.

그걸 염두에 두고 스바루는 구태여 있는 척하는 동작으로 어깨를 으쓱였다.

"『이』 질문은 이번이 처음이야. 이런 느낌으로 속을 서로 떠보는 짓을 너랑 하는 것도 벌써 몇 번째가 되는지, 세는 것도 어처구니없지만 말이지."

"그런……가. 과연. 네 그 태도는…… 그런 일이라고, 생각해도 되겠나?"

"글쎄, 어떨까."

시선을 피하고, 스바루는 로즈월이 바라는 결론을 뒤로 미루었다.

그 대화 도중, 스바루는 로즈월의 두 눈에 희미한 기대가 깃든 것을 놓치지 않았다. 그 자그마한 변화, 그것을 깨닫는 것이 『사망귀환』의 어드밴티지다.

루프한다는 사실밖에 모르는 로즈월은, 루프한 스바루가 어떤 감정을 가지고 넘어왔는지 알 도리가 없다. 따라서──.

"지금도 한창 시행착오 중이야. 너도 도와주면 고맙겠는데."

——스바루가 로즈월의 의도대로 움직인다고, 그렇게 연기해도 깨닫지 못하는 것이다.

그가 가진 『예지의 서』는 스바루의 세세한 행동까지는 언급하지 못한다. 그것은 지난 루프 때, 대토에게 습격받기 전 로즈월의 발언에서 짐작할 수 있다.

로즈월은 어디까지나 기록의 큰 틀을 따라가고 있을 뿐이다. 즉, 스바루가 멋지게 광대를 연기하면 로즈월을 속여서 쥐고 흔들 수 있을 터. 그럴 터다.

"그 시행착오 중 일부가, 묘소를 무시한 『성역』의 돌파라? 그렇다면 약한 소리 아닐까. 네게 가능한 권능이라면 무한한 도전 끝에 난관을 타파할 수 있을 터. 그것을 도중에 내던지다니, 각오가 부족한 것도 심각한 게 아니—일까?"

"발상의 유연함이 장점이라서. 네 말대로, 내게는 무한하게 찬스가 있지. 하지만 이번 목적은 과정이 아니라 결과…… 에밀리아에게 성역 해방의 공적만 있으면 그만이잖아?"

냉담과 평정을 전면에 내세우면서 스바루는 발언에서 진실이 드러나지 않게끔 신경을 갉아먹었다. 심장이 뛰는 속도나 등에 흐르는 식은땀이 심상치 않지만 로즈월을 속이려면 필요한 소모다.

잔혹한 선별—— 그것이 로즈월이 스바루에게 바라는 자세일 것이다.

에밀리아를 최우선하며 그녀를 위해서 성심성의를 다하는 용

사. 그러기 위해서 스바루가 모진 방식을 고를수록, 로즈월이 기뻐할 것은 상상이 갔다.

"과─아연. ……그건 확실히, 내 취향의 대답이라고 할 수 있겠어어─."

그리고 아나나 다를까 스바루의 답변에 로즈월은 만족스럽게 뺨을 움직였다.

소름이 쭈뼛한 로즈월의 시선은 스바루를 자신의 동류라고 간주한 환영의 눈초리다. 이해할 수 없는 마인의 사상, 그 동류라고 인정받아 생리적인 혐오감이 치민다.

그렇게 느낄 만한 차이가 어디 있느냐고, 자신의 일그러진 면을 자각하고도 여전히.

"네 변화는 기쁜걸. 단지 질문의 답변은 어렵군. 누가 뭐래도 결계는 친 이래로 400년간 한 번도 깨지지 않았거든. 전례가 없는 거야. 빈틈을 의심한 적은 없고, 결계를 친 자를 감안하면 실수가 있었다고는 생각하기 어려우니 말이지이─."

"에키드나의 결계, 말인가."

"너로서도 이미 낯익은 상대겠지?"

야유하는 말투에 희미한 시샘이 있던 건 기분 탓일 리는 아니리라. 로즈월의 에키드나에 대한 집착은 노골적인 것이다. 다만 이번에는 그것을 이용한다.

"그래, 당연하지. 말해두겠는데 그 밖에도 이것저것 회수 끝났다고. 숲속에 있는, 류즈 메이엘의 시설도, 가필이 탐욕의 사도라는 것도."

"아하──아, 그건 반가아──운걸. 이야기가 빨라서 편해에──."

스바루가 잇달아 귀중한 정보를 공개하자 로즈월의 의심도 풀리기 시작한 느낌이 있다. 이 낌새라면── 그런 공을 안달하는 마음이, 이어지는 말에 대한 반응을 늦게 했다.

"그러나 그렇다면 더욱더 의문이군. 왜, 너는 『성역』에 샛길을 찾는 거지? 각오를 다진 너로서는, 퍽 소극적으로 가능성을 모색하는 것인데. ──오히려 지금 제안은, 각오를 다지기 전의 네가 할 것…… 그렇게 여겨지는데에──."

"……그거야, 생각하기 나름이지."

로즈월의 반격에 스바루는 한순간 대답이 막혔으나 곧 손가락을 세우고 말을 이었다.

"너도 아는 바대로 내가 에밀리아의 명성을 벌 기회는 얼마든지 있어. 말하면 뭐하지만 『성역』이란 관계자도 적은, 작은 이벤트라고. 백경이나, 마녀교처럼 화제성이 있는 이벤트를 우선해야지. ──여기에, 그런 가치는 없어."

"그러니까 샛길을 찾겠다고? ──그 답변에는 회의적일 수밖에 없겠는데에──."

"회의적?"

능숙히 헤쳐 나갔다고 생각한 스바루를 배신하며 로즈월은 고개를 가로저었다.

"난 이 눈으로 네 권능을 확인할 수 있는 게 아니이──야. 그렇다면 네 언변에 넘어가지 않는다고도 단정할 수 없단 거지. 그리되면 피차 수긍할 만한 선을 그어야지 않겠어."

"수긍할 만한, 선."

"그 선을, 『성역』의 해방으로 하고 싶군. 샛길이 아니라, 바른 의미로 해방 말이야. 그게 이루어지면 너와 난 당당히 같은 목적에 매진하는 공범자…… 에밀리아 님을 왕좌에 앉히기 위해서 뛰는 동지. 좋은 관계를 쌓을 수 있다고 생각한단 말이이—지."

로즈월의 말에 도망칠 구석이 막히자, 이번에야말로 스바루는 뺨이 굳었다.

그 주장에는 거스르기 어려운 힘이 있다. 가령 스바루가 『사망귀환』을 실컷 활용해 에밀리아의 소원을 이루려고 한다고 해도, 로즈월의 힘은 불가결하다.

로즈월의 뒷배가 있어야 에밀리아의 목적을 비로소 달성할 수 있다. 그녀를 왕좌에 앉히려면 스바루도 로즈월도 빠질 수 없다. ──그 부분을 찔렸다.

하지만 그 정론에 치명타를 입으면서 스바루는 기묘한 위화감 ── 언뜻, 정론으로 여겨지는 의견 뒷면에 뭔가 다른 의도가 숨어 있는 것을 느꼈다.

그 점을 깨달은 것은 아마, 스바루가 완전히 같은 논리로 그를 속이려고 하고 있었기 때문이다.

"좀, 마음에 걸리는데…… 너, 유난히 『성역』의 해방에 연연하는걸."

──마치, 꼭 그러고 싶은 이유가 있는 것처럼.

그런 의도를 담은 스바루의 발언에 로즈월은 그저 수상쩍은 미소를 진하게 지었다.

"──큭."

그 미소에 스바루는 로즈월과 대면하면서 품은 최대급의 경계를 느꼈다.

다시 말해 지난번 루프 마지막에서 로즈월이 대토에 뜯어 먹히기 직전, 그가 람과 가필을 때려죽이고 그 속내를 밝힌 순간에 필적한다.

가까운 사람의 생명을 희생하는 것도 여의치 않는, 거무칙칙한 집착심이 넘쳐 나온 순간에.

"──어째서, 그렇게 생각했다지?"

하지만 이 마당에 이르러서도 로즈월은 스스로 흉금을 터놓을 작정은 없는 모양이다.

되묻는 말에 스바루는 "어째서고 자시고." 하고 혀를 찼다.

"내 제안을 쳐내는 방식이 솔직히 너답지 않다 싶거든. 말을 꺼낼 때마다 『성역』의 해방이 조건이라고 하면 뭔가 있겠다 싶어 의심하는 건 당연하잖아."

"그에 관해서는 설명했다 싶다만. 네가 에밀리아 님을 위해서 모든 것을 헌신한다. 그 자세를 내게 증명하기 위해서, 가장 가까운 난제로 본다. 거기에 의문이?"

"해방 이외의 해답을 금지당했으니 공평하다고는 생각 못해. 증거는 그 밖에도 내세울 방도가 있어."

"평행선이군. 반대로 묻고 싶은데에── 말이지."

물고 늘어지는 스바루의 말에 이번엔 한쪽 눈을 감은 로즈월 쪽에서 손가락을 하나 세웠다.

"네 쪽이야말로 유우—난히『시련』에 소극적이잖아. 마치 너야말로『성역』을 해방하고 싶지 않는 이유가 있는 것처럼 느껴져."

 "해방하고 싶지 않을 리 있겠냐! 얼른 결계 뜯어 열고 여기선 해결할 수 없는 문제를 밖으로 끄집어내 주고 싶다고! ……근데."

 "근데?"

 이야기의 물살에 휩쓸리려고 한다. 그 사실을 깨닫고 스바루는 순간적으로 입을 다물었다. 여기서 생각 없이 떠들면 모든 게 물거품이다. 애써 냉정하게, 말을 가린다.

 "묘소의…… 묘소의『시련』에 도전해서 상처받는 에밀리아를 더는 못 보겠어."

 "그렇기 때문에, 네가 있지. 에밀리아 님이『시련』에 무릎 꿇는다면 그것을 네가 대행하면 돼. 누가 결계를 풀지는 문제가 아니야. 그야말로 네 말대로 말이지."

 "으, 그……."

 생각이 없어서 생긴 대화다. 이곳저곳에 억지가 발생해서 스바루는 어금니를 깨물었다. 스바루가 궁색하게 입을 다물자 로즈월은 눈이 가늘어졌다.

 "설마, 에밀리아 님 대신에『시련』을 받는 게 괴롭다고? 자기 몸 아끼려고『시련』의 샛길을 찾겠다고? 그렇다면 네 에밀리아 님에 대한 마음은 그 정도란 거군."

 "웃기지……! 그럴 리……."

"없다고? 정말로? 어떻게 단언하지? 누구를 믿게 할 수 있지? 에밀리아 님을 생각하면, 어떤 고통에도 견딜 수 있어야 마땅해. 네가 에밀리아 님을 정녕 사랑한다면 당연히 가능하지 않나. 에밀리아 님을 위해서라면 자기 마음은 뒷전…… 가능하지?"

타이르듯이, 짓누르는 말의 파도에 스바루는 삼켜질 뻔했다.

로즈월의 말은 극단적이다. 하지만 그것은 스바루가 받은 『사망귀환』을 이해하면 누구나 다다를 한 가지 결론이다.

──한때는 스바루도, 그 결론에 매달릴 뻔한 적이 있었다.

아마 에키드나가 내민 손을 잡았더라면, 스바루도 가장 소중한 것 이외의 존재를 괄시하고 살았을 것이다. 상처도, 아픔도, 미래를 위한 희생으로써.

하지만 이제는 그렇게 못 산다. 그렇게 살기 싫다고, 깨닫고 말았다.

"──아무래도 아직 넌 각오를 덜 갈고닦은 것 같군그으─래."

스바루의 검은 눈에서 무엇을 봤는지 문득 그렇게 뇌까리고 로즈월은 서글프게 탄식했다.

"살짝…… 그래, 아주 살짝 기대하고 말았어. 어쩌면 나는 내가 바라는 미래를 볼 수 있을지도 모른다고. 하지만 역시 그리 잘 풀리지는 않는 모양인걸."

실망을 숨기지 않고 로즈월은 몸의 힘을 빼더니 침대에 몸을 눕혔다. 이야기는 끝났다고 나타내는 태도에 스바루는 대화에 실패했다고 후회했다.

방금 발언으로 로즈월이 『이번 루프』에서 살 이유를 잃은 것이 전해진다. 나머지는 준비된 일정을 치르는 심경으로 스바루의 발버둥을 지켜보고 이 생명을 끝낼 작정이다.

　하지만 그것을 허용하면, 그야말로 지금의 스바루는 완전히 헛걸음이다.

　"왜 그렇게…… 뭐든 금방 내던지고! 아직 아무것도 안 끝났는데!"

　"끝났어. 아니, 시작되지 않았다고 해야 할까. 너는 아직 각오의 출발선에도 서지 못했어. 거기서 제자리걸음 하는 이상, 이 난국은 결코 넘어설 수 없지."

　"각오의 출발선?! 모르겠어! 넌, 어디까지 나한테……."

　"――나는 네게, 에밀리아 님의 뜻을 짓밟아서라도 목적을 수행할 의지를 기대한다."

　그 말에, 스바루는 찬물을 뒤집어쓴 것처럼 경악하고 눈이 휘둥그레졌다.

　경직된 스바루에게 로즈월은 "알겠어?" 하고 어린애에게 가르치듯이 말했다.

　"정녕 네가 에밀리아 님을 위한다면, 에밀리아 님의 생각은 무시해야 해. 유치한 낙원을 꿈꾸는 어린애가, 네가 선택해야 할 매서운 지옥을 걸을 각오는 못 가져. 넌 에밀리아 님의 생명을 구하기 위해 본인의 뜻을 짓밟아야 하는 거야."

　"그, 그딴 건 앞뒤가 안 맞잖아?! 에밀리아를 위해서, 그런데, 그 생각을……."

"생명이, 있지. 생명만 있으면, 미래가 있고. 미래가 있으면, 희망이 있다."

스바루의 말문이 막히자 로즈월은 그렇게 말을 이었다. 그것은 한숨처럼 가늘지만, 그럼에도 납탄처럼 강렬하게 스바루의 마음에 직접 박혔다.

"희망이 있으면, 가능성이 있어. 가능성이 있으면, 사람은 구원받는다. ──내 말이 틀린가?"

틀리다고 목청 높여 말하고 싶었다. 그러나 스바루에게는 그걸 대신할 답이 없었다. 스바루는 감정적으로 굴지도 못하며 주체 못할 감정에 울부짖을 뻔했다.

"──큭."

"대꾸도 못한단 말이군. 나는 너한테 앞으로 몇 번 더 낙담해야 하는 거지?"

주먹을 쥐고 입술을 떠는 스바루에게 로즈월은 연민의 눈길을 보냈다. 그리고 그는 다시 상반신을 일으켰다. 그 가슴에 검은 책을──『예지의 서』를 껴안고.

그리고 로즈월은 경직된 스바루에게, 책 가장자리를 손가락으로 쓸면서 말했다.

"그렇다면 부족한 각오를 만들어 주는 겸사겸사. 너를 한 번 더, 몰아세우지."

전율한다. 이 이상으로, 뭐가 있나. 이 이상, 스바루를 어떻게 몰아세울 수 있나.

"너는 이미, 이 『성역』에서 일어나는 많은 문제에 직면했을 터다. 그에 관해서는 아마도 나보다 네 쪽이 소상하겠지. 하지만 문제는 이 『성역』에만 한정하지 않아."

"저, 저택, 말이냐……? 너도, 그거, 알고……."

로즈월의 입에서 저택의 습격을 시사받아 스바루는 경악했다. 『예지의 서』에는 그 정도까지 적혀있는 것인가. 문제의 제시가, 로즈월의 시금석인가.

그런 스바루의 이해는 다음 순간에 흔적도 없이 날아갔다.

왜냐하면——

"——물론이지. 저택을 자객에게 습격시킨 의뢰는, 내가 한 것이니까."

——저택의 참극은 자신이 주선한 것이라고, 사태의 흑막이 스스로 고백했으므로.

4

——와해된다, 와해된다. 발밑부터 무너져 내린다.

분명하게 있었을 터인 발판을 놓치고 스바루는 암흑에 떨어지는 착각을 맛보았다. 그 정도로 로즈월의 고백이 초래한 충격은 너무나 컸다.

"잠깐…… 잠깐. 잠깐만, 있어 봐……. 네가?"

"저택에 자객을 보냈다. ——네가 각오하게 하려고 말이야."

"각오? 각오라니, 무…… 무슨, 소리야?"

"간단하지. 네 권능을 가지고도, 두 장소에서 소중한 것이 위험에 처하면 양쪽 다 구할 수는 없어. 너는 가장 소중한 것을 선택하지. 한 가지, 놓치고 흘리면 그다음은 멈추지 않지. 이윽고 너는 완성된다. ——단 하나 말고는, 구하지 않는 존재로서."

말이, 나오지 않는다. 그것은 감언이설에 넘어갔기 때문도, 논파당했기 때문도 아니다. 단지 이 격정을 표현할 말이 존재하지 않았다. 그뿐이다.

——어이가 없어서 말을 안 나온다는 표현을, 이보다 더 실감한 적은 없다.

프레데리카도, 페트라도, 베아트리스마저도 그런 황당무계한 계획 때문에 죽는 것인가.

스바루를 완성시킨다, 그런 같잖은 계획 때문에, 그녀들은 신뢰하는 주인에게 배신당해 목숨을 잃는다는 말인가.

"로즈월……. 너, 정말로, 정신이 나갔다고……."

"그렇다마다. 난 진작 정신이 나갔지. ——400년 전에, 그 눈동자에 홀린 이래 줄곧, 난 줄곧 계속 정신이 나갔다."

"400……?"

내던진 말의 의미를 알 수 없어 스바루는 멍청하게 반복할 뿐.

또다시 화제에 오른 400년의 시간. 그러나 그것을 로즈월이 입에 담는 것은 부자연스럽다. 그에게, 이 시대를 사는 그에게, 400년 전을 알 방법이라곤 없다.

그런데 로즈월은 마치 그것이 친근했던 것처럼——.

"——나츠키 스바루 군."

"아."

"왜, 너는 아직 정신이 멀쩡하지? 왜 덜 나가고 있지? 나랑 똑같이, 아니 나 이상으로 너는 미쳐야 해. 정신이 나가지 않고서는 도전할 수 없는 경지에, 고독한 길을 가는데 인간의 마음 같은 건 거추장스러울 뿐이다. ──그러니까, 내가 네게 그것을 강요하지."

그 선고는 각오를 다졌을 터인 스바루의 마음을 깨트리기에는 너무나도 알맞았다.

『루프』를 아는 로즈월을, 경시하고 있었다. 『사망귀환』의 경험적 어드밴티지가 있는 만큼, 아직 자신이 유리하다고 우쭐하고 있었다.

로즈월은 『사망귀환』으로도 타개할 수 없는 외통수 상황을, 만들고 있었는데.

"그건, 무슨 생각이지?"

로즈월의 차가운 목소리가 머리 위에서 떨어진다. 침대에 누운 그보다 낮게 스바루는 그 자리에 사지를 짚고 바닥에 이마를 문지르고 있었다. 엎드려 빌고 있다. 다른, 무엇도 아니라.

꼴불견으로, 바닥에 머리를 박고, 스바루는 꼴사납게 애원했다.

"기다려, 주세요……. 부탁드립니다. 용서해 주세요. 제가, 제가 잘못했습니다. 그러니까, 다른 사람들을 살려 주세요……. 제, 제가……."

"나 원 참, 고개를 들어 주게나, 스바루. 네가 사과할 건 하나도 없어. 넌 하나도 잘못하지 않았어. 그러니까……."

"그게, 그게 아니야……. 네, 말대로 하고 싶어도, 못해. 내 마음이 어떻고 자시고 아니라, 못하는 거야. 『시련』을, 받을 수 없어. 자격이, 없어졌다고."

"……뭣이?"

코를 훌쩍이면서 열심히 전한 스바루의 더듬거리는 말에 로즈월이 처음으로 당혹스러워했다. 아무리 그래도 이 사실은 그에게도 예상 밖이리라.

로즈월이 뭔가 골똘히 생각하는 중에 스바루는 재차 세게 바닥에 머리를 찧었다.

"부탁해! 부탁드립니다! 못한단 말이야. 저택을 습격시켜 봤자 헛일이야! 아무도, 죽어 봤자 의미가…… 그러니까, 그만해 줘, 그만해 주세요……!"

"──아니야, 안 돼. 오히려 그 말을 듣고 더욱 필요성이 강해졌어."

하지만 애원에 주어진 것은 비정한 통고였다. 스바루는 대경실색하며 고개를 들었다.

로즈월의 두 눈이 스바루를 비추고 있다. 검은 눈과, 파랗고 노란 시선이 얽혔다.

"자격의 상실은, 솔직히 예상 밖이군. 그러나 그건 속수무책을 의미하지 않아."

"어째서…… 날 아무리 들볶아도 자격은 안 돌아와! 희생에 의미는……."

"정말로 그런가? 너 스스로도 속으로는 알 텐데?"

스바루의 호소를, 얼어붙은 로즈월의 목소리가 내쳤다.

심장이 세차게 쿵 뛴 건 예상 밖의 한마디에 놀랐기 때문이 아니다. 로즈월의 진의를, 말뜻을, 스바루도 이해했기 때문이다.

자격을, 빼앗겼다. 회수당했다. 상실했다. 하지만 그렇다고 해도——.

"에키드나는, 네가 진심으로 바라면 자격이든 뭐든 재발행할 거다. 네가 그녀의 마음을 상하게 했다면, 상한 마음에 파고들면 그만이지. 그게, 그녀의『탐욕』한 성질이다."

손을 잡으면, 의견을 번복하면 에키드나는 스바루에게 협력한다. 그것을——.

"우쭐대지 마라, 나츠키 스바루. 에키드나를 이해하는 것은 너어—만이 아니야."

——그것을 로즈월은, 진심으로 선망을 담아서 스바루에게 후려쳤다.

"자격은 되찾을 수 있다. 상황을 회복할 수 있다. 따라서 내 행동은 변하지 않아. 변함없이 너를 몰아세워, 각오하게 하고, 너를 완성시키겠다."

"아……."

이미 애원마저도 헛수고라고 깨달아 스바루는 무릎을 꿇은 채로 무기력해졌다.

단지 메말라버린 입술을 움직여 천천히, 물었다.

"나를…… 내가, 밉다면, 나만을……."

"네가 미워?"

이만한 처사를 받고 달리 무슨 감정을 품으란 말인가. 그러나 로즈월은 스바루의 말에 진심으로 뜻밖인 듯이 눈썹을 쳐들고 —— 미소 지었다.

　"네가 미울 일은 없지. 넌 내 희망이다. 내가 이 세상에서 기대라고 불러야 할 감정을 품을 수 있는 건 너와 람밖에 없어. ——너를, 진심으로 믿고 있다."

　각오의, 격이 달랐다. 말 그대로, 무게가 너무나 달랐다.

　아주 작은 경험에서 스바루가 배운 것쯤, 로즈월은 손쉽게 짓밟아 터트린다. 『사망귀환』으로도 뒤집을 수 없을 정도로 외통수 판을 준비함으로써.

　지금 이 자리에서, 가령 로즈월을 죽여도 저택의 습격은 막지 못한다. 애당초 로즈월에게 자신의 생명은 교섭거리가 되지 못한다. 그의 존재 빼고 에밀리아는 왕선에서 싸울 수 없다. 생명과, 왕선과, 소원과, 타협, 죄다 혼돈스러워진다.

　"————."

　정신이 드니 스바루는 비틀비틀 일어나 벽에 등을 부딪치고 있었다. 그대로 벽을 따라 방의 입구로, 한시라도 빨리 이 자리에서 떠나는 데에 주력한다.

　대화에, 의미는 없다. 타협은 이끌어낼 수 없다. 한정된 시간을, 허비할 수밖에 없다.

　"나는……."

　뭔가 생각이 있어서 입에 올린 말이 아니었다. 그저 입을 비집고 목소리가 흘러나왔다.

"나는, 너처럼은, 되지 않아. ──나는, 인간이다. 끝까지, 인간으로 있을 거야."

그 말만을 남기고 스바루는 로즈월의 방을 나섰다.

끝까지 로즈월은 아무 말도 하지 않았다.

그 사실에 약간 안도한 사실이, 자기 자신이 한심했다.

5

로즈월의 침소를 떠나 스바루는 달빛 아래를 무작정 걸었다.

"……어떡하면, 되는 거야."

흘러나온 것은 앞날이 보이지 않는 상황에 대한 물음. 마음속에서 반복되는 것도 이와 완전히 같은 말로, 답이 메아리처럼 돌아오는 것만은 있을 수 없다.

이미 거의 속수무책이던 상황이, 마침내 모래알 같은 광명마저 잃은 것처럼 느껴진다.

이로써 협력자의 가능성은 완전히 사라졌다. 마녀도 마인도, 양자 모두 이해할 수 없다.

단지 로즈월의 고백은 기묘하게 수긍이 갔다.

"내가, 저택에 돌아간 타이밍에 습격이 있던 것도……."

로즈월의 지시라면 수긍이 간다. 저택을 에워싸고 유유히 안에 침입하는 수완도, 베아트리스의 『징검문』을 깨트리는 법 또한 로즈월이라면 숙지하고 있을 터다.

그것만이 아니다. 아마 로즈월이 엘자를 고용한 것은 이번이 두 번째다.

"왕도에서, 에밀리아의 휘장(徽章)을 펠트에게 훔치게 시킨 것도……."

모든 것은 에밀리아를 구하기 위해, 스바루가 개입한다고 알고 한 짓이었던가.

그날, 열심히 달린 것도, 에밀리아를 구하기 위해서 세 번 죽은 것도, 에밀리아의 웃음과 함께 이름을 들은 것도, 죄다 로즈월의 손바닥 위였던가.

"전부, 『예지의 서』에 있는 대로…… 그렇다면 렘의 존재를 빼앗긴 것도, 이렇게 『성역』에서 사면초가에 빠지는 것도, 전부 누군가의 예정대로냐고."

그렇다면 스바루의 자유의지란 누군가가 조종하는 실의 연장선에 불과한 것인가.

모든 것은 예지대로 진행되고, 기록과 다른 전개가 되면 로즈월이 그것을 바로잡는다. 삐뚤어진 여정은 억지로 수정되어 예지는 반드시 실현을──.

"──어?"

방금, 뭔가, 이상한 점이 있었던 느낌이 든다.

천천히, 순서를 세워서 로즈월의 『예지의 서』에 대한 고찰을 재시도했다. 확실히 위화감이 있었다. 걸렸던 것이다. 그것이 무엇인지, 기억나지 않는다.

"뭐지? 뭐야, 뭐가 이상하지? 뭔가가, 이상해. 뭔가가 이상해……!"

답이 없는 수수께끼. 지난번과 같은 상황이지만, 속수무책의 그것과는 다르다. 이 아지랑이 앞에는 길이 있다. 그리고 그 길은 잃어버린 광명으로 이어질 느낌이 드는 것이다.

로즈월의 『예지의 서』, 기록의 실현, 베아트리스의 『예지의 서』, 마녀교의 『복음』, 백지 페이지, 예언의 페이지, 예언과 같은 결과, 수정, 미래——.

"——스바루?"

"——우."

별안간 사고의 도가니에 목소리가 끼어들어서 스바루는 어깨를 들썩이며 뒤돌아보았다.

배후, 약간 떨어진 곳에 서 있는 것은 어스름 위에 내리쬐는 달빛을 받는 소녀—— 반짝이는 은발을 찰랑이는 에밀리아가, 남보랏빛 눈을 동그랗게 뜨고 스바루를 쳐다보고 있었다.

예기치 못한 조우에 스바루의 가슴이 묵직하게 쑤신다. 하지만 허둥지둥 스바루는 표정을 고치고 말했다.

"아, 에밀리아……땅. 왜 이런 곳에. 이미, 꽤 늦은 시간인데?"

"그건 스바루도 마찬가지잖아. 잠이 안 와서 산책 중이었어."

"……그래. 아니, 그랬었지."

"——?"

수긍한 스바루의 끄덕임에 에밀리아가 이상하다는 듯이 갸우뚱했다.

에밀리아와 밤에 만나는 것. 이것은 이번이 처음 있는 일이 아니다. 전에도 한 번, 이렇게 달밤을 산책하는 에밀리아와 만나 말을 주고받은 적이 있었다. 그때와는 상황이 다를 테지만, 그런데도 여기서 만난다면 에밀리아의 행동은 필연인 것이다.

스바루가 다과회에 초대받고, 파트라슈와 유대를 확인하고, 숲속에서 류즈의 비밀을 듣고, 로즈월이 흑막임을 아는 등, 갖가지 행동을 취하는 가운데, 에밀리아도.

당연한 사실일 텐데, 지금의 스바루에게는 유달리 신선했다.

"……스바루, 기운 없구나."

"그런가. 그런 느낌은, 없는데."

"거짓말. 보면 아는걸. 무슨 일 있었던 거지? 나라도 괜찮으면, 말해 줄래?"

걸어오는 에밀리아가 스바루의 안색을 지켜보며 그렇게 말해 준다. 고쳤을 터인 가면도 싱겁게 간파당하고, 스바루는 약한 자기 자신이 진심으로 원망스러웠다.

"이건…… 내, 문제야. 에밀리아에게 폐는, 끼칠 수 없어."

"폐라니, 나……."

"괜찮아, 걱정 마. 내 일보다, 힘든 건 너야. 『시련』에서, 그토록 평정을 잃고…… 지금은 저기, 괜찮은, 거야?"

"응, 멀쩡해. 그때는 폐 끼쳤어. ……진짜로, 미안해."

얼굴을 돌리고 억지로 화제를 피한 스바루의 말에 에밀리아가 힘없는 웃음을 지었다. 상처받기가 싫어서 에밀리아의 아물지 않은 상처를 서슴없이 건드렸다. 추악한 행동이다.

그런 자조를 깨닫지 못하고 에밀리아는 자기 가슴에 살며시 손을 얹고서 말했다.

"전혀 준비 못 한 문제에 부딪친 모양이라…… 정말, 하나도 각오 못 했다고, 그걸 깨우쳤어. 난 자꾸, 자꾸 도망쳐서……."

"도망쳐도…… 도망쳐도, 되잖아."

"스바루?"

에밀리아의 말꼬리에 겹쳐서 스바루는 순간적으로 그런 말을 던질 뻔했다.

곤혹감에 에밀리아의 긴 속눈썹이 흔들렸다. 그 모습을 거들떠 보지 않으며 스바루는 손톱이 박힐 만큼 세게 손을 움켜쥐었다.

"싫은 일에서 도망치는 게 뭐가 잘못인데. 싫은 일을 계속 보면 언젠가 극복할 수 있나? 극복해야만 하는 거야? 도망친 길에서, 도망치기 전과는 다른 길이 발견되면, 그걸 선택해서…… 그건, 책망받아야만 하는 일이냐고."

빠른 말로, 무슨 말을 하고 싶은지도 정리되지 않은 채로 말이 넘쳐 나왔다.

도전하는 것은 무조건적으로 칭찬받고, 도망치는 것은 무조건적으로 욕을 먹는다. 그런 것은 잘못된 게 아닌가. 정면으로 부딪쳐서, 깨져서, 그래서 어떻게 되나.

에밀리아의 결의도, 뜻이고 뭐고 죄다, 존귀한 모든 게 타인에게 농락당한 것인데.

"에키드나도, 로즈월도, 가필도, 다들 제멋대로야. 사람 휘두르는 짓 좀 그만하라고. 나더러 어쩌란 거야. 나도, 내 딴의 방식으로 어떻게 하려고 하는데, 그게 아니라고 불평만 하고——."

감정이 욱해 영문 모를 분노에 현기증마저 느꼈을 때였다.

"_____."

뒤통수를 두르는 팔에 무슨 일인가 싶을 겨를도 없이 머리가 끌어당겨졌다. 정면에서 부드럽고 뜨거운 감촉이 받아내서 스바루는 호흡과 사고가 정지했다.

눌리는 감촉, 그 건너편에서 온화하게 울리는 것이 심장 소리라고 깨달았다. 심장 고동. 그 사실을 이해하자마자 눈치챘다. ——에밀리아의 가슴에, 안겨 있다고.

"에밀……."

"천천히. 조용히. 천천히라도 되니 내 심장 소리를 듣고 있어."

고막을 간질이는 은방울 음색에 스바루는 저항 없이 순종적으로 따랐다.

등을 간지럽히는 쾌감에 날숨이 들뜨고 눈시울이 뜨거워진다. 하지만 그런 시답잖은 갈등은 더욱 크게 밀어닥치는 감정의 파도에 휩쓸려 사라졌다.

그대로 한동안, 에밀리아의 심장소리에 기대어 굳은 마음을 풀어내고.

"진정됐어?"

천천히 팔이 풀려서 스바루의 머리가 에밀리아의 가슴에서 해방됐다. 눈앞에 있는 남보랏빛 눈의 우려에 스바루는 작게 숨을 내쉬었다.

"평정을 잃어서, 미안해. 이런, 애들 같은 폐 끼치기 싫었는데."

"폐라니, 그런 생각 전혀 안 한다니깐. 스바루는, 엄—청 고집스럽네."

키득키득, 에밀리아가 입가에 손을 대고서 살풋 웃었다. 그러나 스바루는 그 웃음에 덩달아 웃을 마음이 안 들었다. 그저 변명에 집중하고자 생각했다.

에밀리아를 불안하게 만들고 싶지 않다. 괜찮다고, 안심시켜 주고 싶은 것이다.

"일이 하나같이 잘 안 풀려서, 진짜로…… 방금도, 실은 로즈월과 한바탕하고 온 직후라서. 어떻게든 묘소의『시련』없이 이곳을 나갈 수 없느냐고."

"뭐?"

"사실은, 내가『시련』을 대신 질 수 있으면 그게 제일이었어. 하지만 그건 할 수 없을 것 같아서. 그래서 그나마 그거라도 하잔 생각이었는데…… 쓸모가 없어서, 미안해."

머리를 숙인다. 안심시키고 싶은데, 안심할 만한 요소가 수중에 아무것도 없어서.

몇 번『사망귀환』해서 재시작해도 단 하나의 깔끔한 방식이 발견되지 않는다. 더 잘했더라면. 그 후회는 두 번째『시련』의 기억에도 파급된다.

스바루가 모자란 바람에 발생한 비극. 그것도 원래라면 없어야 했을 텐데.

"하지만 내가 꼭 어떻게 할게. 어떻게 해 보겠어. 에밀리아에게…… 네게, 힘든 경험도 싫은 경험도 하게 두지 않을 거야. 그러니 날 믿어 줬으면 해."

약한 소리를 뱉고 싶지 않았다. 그러니까 스바루는 앞날이 보이지 않는 암흑에 선전포고한다.

　방법은 아직 아무것도 발견되지 않았다. 그런데도 반드시 에밀리아를, 모두를──.

　"──스바루."

　그 각오를 전한 스바루에게 에밀리아가 촉촉한 눈길을 보냈다.

　젖은 눈에 자신이 비치는 것을 보고 스바루는 한심한 자신에게 활기를 불어넣는다. 흔들리고 있는 마음속, 가장 소중한 부분만은 뒤틀리지 않게끔.

　에밀리아를 지키고, 『성역』을 넘어서서, 저택을 구하고, 모든 것을──.

　"──스바루 마음은 기뻐. 정말로 기뻐. 하지만 그 마음은 받을 수 없거든."

　그런데 그 각오는, 다름 아닌 에밀리아 본인에게 정면으로 부정당했다.

　"……어."

　한순간 무슨 말을 들었는지 알 수 없어서 스바루는 얼빠진 소리를 내고 있었다.

　눈이 동그래지고 아연실색한 스바루. 에밀리아는 그런 스바루를 응시하면서 자신 안의 생각을 구체화하듯이 한 마디, 한 마디 확인하면서 말했다.

　"스바루가 그런 식으로, 날 위해서 생각해 주는 것도, 힘내 주는 것도 아주 기뻐. 아주아주 기뻐. 아주 믿음직스럽고, 아주 믿고 있어. ……하지만 그런 식으로 도망칠 길을 찾으려고, 샛길을 찾으려고 하면 안 돼."

"아, 안 된다고 그래도…… 이런, 일방적인 강요에!"

"그래도 한다고 결정한 건 나인걸. 내가 목표하는 것이 있어서, 거기에 다다르기 위해서 노력해야만 하고, 그 때문에 지금이 있어. 그 사실에 변명하기 싫어."

단단히 입술을 다물고 결의의 표정을 짓는 에밀리아에게 스바루는 말을 잃었다.

의연한 그녀의 얼굴에는 강한 의지의 빛이 차올라 있다. 거기에는 스바루가 손을 뻗어서 잡아당겨 주지 않으면 길도 못 걸을 나약한 소녀의 모습은 없다.

"그리고 있지, 난 왠지 모르게 알겠더라. ──그 묘소의『시련』에는, 분명 지름길도 샛길도 없을 거라고."

"────."

"신기하지만 그걸 알겠어. 시간을 들여서도 도전하는 내 마음가짐이 단단해지지 않으면, 결과는 아마 똑같아질 거라고. 그게, 알 수 있어."

부정하는 말이 나오지 않는다.

샛길을, 찾기는 했다. 하지만 그게 없는 것은 스바루도 알고 있었다. 이『시련』을, 결계를 준비한 마녀가, 그런 파행을 허락할 리가 없다고.

──애당초 어째서 자신은 이토록 필사적으로 에밀리아에게 반론하려고 한단 말인가.

"저기, 스바루. ──스바루는 왜 날 도와주려고 하는 거니?"

“————.”

　소용돌이치는 의심에 망설이는 스바루에게 에밀리아는 앞질러 가듯이 물음을 던졌다.

　그것은 전에도 비슷하게 제시된, 두 사람에게 중요한 의미를 가진 물음.

　그 대답을 고하기 위해서 스바루가 얼마나 필사적인 시간을 보냈던가. 그것을 에밀리아에게 전하기 위해서 얼마나 많은 고난을 넘었던가.

　따라서 같은 물음에 스바루는 망설임 없이 대답할 수 있다.

　“내가 널 돕고 싶은 이유는, 내가 너를—— 너를 좋아하기 때문이야.”

　“——응, 알아. 아니까, 난 노력할 수 있어.”

　가슴의 손을 대고서 희미하게 뺨을 붉히면서 에밀리아는 한 걸음 물러나 눈을 감았다. 그리고 만감의 마음을 담아 “그러니까.” 하고 말을 이었다.

　“뭔가 해야만 한다고, 내몰리지 마. 스바루가 봐 주기만 해도 난 힘낼 수 있으니까. 뭔가 하고 싶다면, 내 투정을 들어줄 거면, 곁에 있어 줬으면 해. 응원해 줬으면 해. 내 등을, 지탱해 줬으면 해.”

　“에밀리아…….”

　에밀리아의 말에 가슴 안쪽에서 부풀어 오른 감정이 있다. 제어할 수 없는, 말로도 못할, 이해하기 어려운 그것이 무엇인지, 스바루는 모르겠다. 단지 존재를 강하고 강하게 주장하는 그것에 의식 전부를 빼앗길 것만 같아서 스바루는 이를 악물고 꾹 버텼다.

"응석만 부렸으니까…… 그러니까, 이번은 그러지 않고, 해보고 싶어. 실패할 때마다 스바루나 모두에게 걱정을 끼치는 것만이 마음에 걸리지만…… 그렇게 안 되게끔 하루라도 빨리 넘어설 수 있게 할게."

말을 잇지 못하는 스바루를 보고 에밀리아는 꿋꿋한 미소를 지었다.

그것이, 몹시 아름다워 보여서.

"그렇게 노력하는 나를, 보고 있어 줘. ──그게, 내가 스바루에게 하고 싶은, 부탁이야."

6

"_____."

세계 땅을 차고 바람을 가른다. 마음이 다그치는 대로 행선지도 정하지 못한 채.

바닥이 안 좋은 경사를 날듯이 내달려 나뭇가지에 뺨이 긁혀 찰과상을 만들고 몇 번이나 넘어질 뻔하면서도 숨이 이어지는 한 달리고 달린다.

말이 되지 못하는 소리를 지르고, 찢어져라 목을 열고 스바루는 하늘을 쳐다보며 달렸다.

차갑고 맑은 공기에, 맑은 하늘에 떠오른 파르스름한 달에, 스바루는 수치심을 품고서 외쳤다.

──눈꺼풀 안에, 마지막에 본 에밀리아의 강한 미소가 새겨졌다.

그 미소와 선고받은 각오, 스바루 본인의 오해. 가슴을 태우듯이 내면에서 부풀어 오른 충동의 정체를 겨우 알아냈다.

그리고 그 충동의 정체를 알아냈기에 스바루는 에밀리아와 헤어져 충동적으로 숲으로 뛰어들어 짐승처럼 하염없이 달리는 것이다.

가슴속, 뜨겁고 뜨겁게, 주장하는 감정, 격정── 이것을, 사람은 『수치심』이라고 부른다.

"나는…… 나는……!"

──이 무슨 잘난 척! 이 무슨 오만! 이 무슨 어리석음이란 말인가!

에밀리아를 무시하고 연민하는 로즈월의 언동에 분노를 느꼈다. 격분했다. 용서 못한다고 마음에 맹세하고, 그 직후에 에밀리아와 만나서 속마음을 훌훌 털어놓고── 상냥하게 거부당했다.

그리되어서야 비로소 스바루는 깨달은 것이다.

──에밀리아의 각오를, 결의를, 강함을, 가장 신용하지 않던 건 스바루 자신이라고.

지켜줘야만 한다고, 괴로운 경험도, 슬픔도 겪게 두고 싶지 않다고, 그런 말을 내걸고 스바루는 에밀리아가 아무것도 못한다고 단정했다.

스바루가 독선적인 보호욕구 때문에 이것저것 획책하는 동안에도 에밀리아가 에밀리아 나름의 각오와 결의를 홀로 굳히고 『시련』에 맞서자고 마음먹었는데도.

그러는 자신의 결단을, 누구보다 스바루가 지탱해 주길 바란다고 소원해 줬는데도.

──다름 아닌 나츠키 스바루야말로 에밀리아를 가장 얕보고 있었던 것이다.

"큭──!"

그 사실을 깨달은 순간, 스바루는 견딜 수 없는 수치심에 얻어맞아 죽고 싶어졌다.

에밀리아의 결의에 시원찮은 응답을 하고 걱정해 주는 그녀로부터 달아나듯이 등을 돌리며 곧장 숲으로 도망쳐서 이 꼴이다.

옛날, 왕도에서 스바루는 비슷한 독선으로 에밀리아에게 상처를 줬다.

그것을 후회했을 터다. 반성했을 터다. 그래서 지금 그녀 옆에 돌아올 수 있었는데.

──그런데도 또다시 스바루는 그르쳤다.

에밀리아 대신에 상처받고 고난을 떠맡아 그녀를 위한 것이라고 길을 포장한다.

하나도 변하지 않았다. 상처받는 것을 숨기는 짓이 능숙해졌을 뿐이다. 떠맡는 고난을 자랑하지 않게 됐을 뿐이다. 자기만 생각하고 기찻길을 깔고 거짓을 떠벌이는 모습은 하나도 변하지 않았다.

"나는…… 내, 가…… 우악?!"

숨이 차서 헐떡이듯이 고개를 든 순간, 발밑이 무너져 내디디는 발이 허공을 할퀴었다.

창졸간에 몸을 가누지 못하고 스바루의 몸이 숲의 비탈길을 미끄러졌다. 흙과 낙엽투성이 지면을 구르고, 굴러떨어져서, 스바루는 지면 위에 대(大) 자로 누웠다.

"_____."

열을 모조리 빼앗듯이 차가운 흙에 등을 대고 호흡이 가쁜 상태로 밤하늘을 올려다보았다. 숲 틈새로 보이는 하늘을. 그럼에도 별빛이 무수히 들이대고.

──머리 위에서 하늘 가득 빛나는 별들이 땅에 드러누운 외톨이 『스바루』를 비웃고 있다.

본 적 없는 별자리에 둘러싸여 자그마한 스바루는 밤 속에 녹아든다.

더럭 피로가 밀어닥쳤다. 육체는 몰라도 정신을 지나치게 소모했다.

──『사망귀환』, 마녀의 다과회, 로즈월의 진의, 그리고 자신의 수치심과 에밀리아의 각오.

시간이 지난다. 한정된 시간이, 남은 시간이, 귀중한 시간이, 시간만이 째깍째깍.

의문이 휘몰아치는 미궁으로 변해 출구가 보이지 않는 갈등이 마음을 좀먹는다. 모든 것에 배신당해서, 역효과로 나와서, 손바닥이 뒤집혀서. 어떡해야──.

어떡해야, 어떡해야, 어떡해야, 어떡해야, 어떡해야, 어떡해야어떡해야떡해야어떡해야어떡해야어떡해야어떡해야어떡해야어떡해야——.

"——어떡해야 할지, 가르쳐드릴까요?"

"——?!"

머리 위에 들린 목소리에 스바루는 당황해서 펄쩍 일어났다. 굴러 떨어진 비탈길 위에, 어둠을 등진 인영이 있다. 천천히 미끄러져 내려오는 인영은 서서히 윤곽을 띠었다.

"……오토?"

"네, 맞아요. 좋은 아침입니다. 그래요, 접니다."

"아침……?"

생뚱맞은 인사가 날아와 당혹한 스바루는 또다시 뒤늦게 깨달았다.

이미 밤의 시간은 끝을 고하고 세계에는 아침의 기운이 퍼지고 있다고. 도대체 몇 시간, 허공을 바라보며 멍하니 시간을 허비했던가.

"아침이에요. 그런 것도 모르고 있었나요. 이건 심각한데요."

"부정은, 못한다……. 근데, 너, 어떻게 여기에."

"제가 여기에 온 건 일단 넘어가죠. 그보다 나츠키 씨가 처한 상황이 우선이에요. 꿈에 나올 듯한 얼굴로, 헛소리를 중얼중얼 반복했었다고요."

시간 경과에 놀란 스바루를 아랑곳하지 않고 허리에 손을 올린 오토가 못 말리겠다며 한숨지었다. 그 모습에 스바루도 비틀

비틀 일어나서 흙이 묻은 뺨을 소매로 닦았다.

어젯밤부터 묘한 장면을 오토에게 들킨 직후다. 파트라슈에게 위로를 받고 우는 모습만이 아니라 수치심과 진흙에 범벅된 이런 모습까지.

"이제 와서 신경 쓸 일이에요? 나츠키 씨가 말쑥했던 적은, 제가 만난 뒤로 며칠, 칼스텐 공작의 저택에 있었을 때 정도라고요."

"……농담에 어울릴 여유는 없어. 그보다, 너."

"앞길이 막힌 거죠? 어떡하면 될지 알고 싶다고. 네, 알아요."

스바루의 말에 오토가 가벼운 태도로 가슴을 두드렸다. 호기로운 모습에 스바루는 얼떨떨했다. 하지만 지푸라기라도 잡는 심정이 있었다.

이 마당에 한때의 위안이어도 상관없다. 뭔가 사태를 호전할 방법이 있으면 뭐든 좋다.

"엉겨 붙지 말아 주시고요. 알겠어요? 여기에는 준비가 필요해요."

"주, 준비……."

"네. 우선은 천천히, 크게 숨을 들이켜고……."

이쪽에 손을 뻗고 오토는 스바루에게 심호흡하라고 지시를 내렸다.

의미는 모르겠지만 스바루는 지시에 따라서 숨을 고르고 눈을 감고서 폐에 산소를——.

"흡——?!"

한순간, 딱딱한 충격이 따귀를 뚫고 지나 스바루는 지면에 다시 옆으로 쓰러졌다.

대비도 못하고 나동그라져 안면부터 흙에 처박힌 스바루는 정신을 못 차렸다. 머리를 내젓고 무슨 일이 일어났느냐고 고개를 들었다가 주먹을 휘두른 오토를 목격하고 얻어맞은 사실을 이해했다.

그리고 숨을 집어삼킨 스바루를 향해서 빨개진 주먹을 굳힌 오토가 말했다.

"——친구 앞에서, 폼 잡는 꼴 집어치워, 나츠키 스바루."

7

맞은 아픔도 잊힐 충격에 스바루는 멍해질 수밖에 없었다.

오토는 지면에 쓰러진 스바루를 험악한 눈으로 노려보았다. 평소에는 한심하거나, 비위를 맞추는 웃음이거나, 남과의 충돌을 피하는 그의 표정이 지금은 분노로 타오르고 있었다.

오토 스웬이 분노를 두 눈에 드리우고 스바루를 내려다보고 있었다.

"뭘 어떡해야 할지 몰라서, 머릿속이 뒤죽박죽이겠죠."

"———."

"온통 손을 뻗어야만 하는 곳뿐이라 자기 혼자선 팔도 머리도 힘도 부족하니, 시간만 휙휙휙휙휙 지나서 필사적이 됐겠죠."

오토가 입을 다문 스바루에게 말을 내던지면서 슬금슬금 거리를 좁혔다.

　땅에 너부러진 스바루는 움직이지 못한 채 뒤늦게 아픔을 열로 주장하기 시작하는 왼쪽 뺨의 감각에 얼굴을 찌푸리고 오토를 바라볼 수밖에 없었다.

　"침묵한단 말은, 부정 없는 긍정이란 뜻이죠. 적어도 우리 상인의 세계에선 그건 약점 잡힐 만한 최악의 행동입니다. ―― 내 말 듣고 있어요?"

　오토는 그렇게 대답도 없는 스바루의 멱살을 잡고 끌어 올렸다.

　"내 말 들린다면, 대답을 해!"

　"――억."

　날카롭고 딱딱한 충격에 이마를 뚫려 스바루의 시야에 불똥이 튀었다.

　박치기다. 오토의 머리가 뒤로 꺾이더니 직후에 이마끼리 거세게 충돌했다. 정신이 없다. 하지만 오토는 그만두지 않는다. 한 방 더 박치기를 먹어 휘청거리는 스바루를 밀쳤다.

　이마, 뺨의 열, 아픔. 밀쳐져서 쓰러질 수 없다. 버티고 섰다.

　"뭔, 짓거리야……."

　"어쭈, 맞고만 있던 것에 비해선 의식은 제대로 있었어요? 철석같이 자는 줄 알고 익숙하지도 않은 난폭한 짓까지 해버렸다고요."

　"뭐 어째, 이 자식――!"

　콧잔등에 먹은 박치기 때문에 눈물이 고이면서도 스바루는 무턱대고 오토에게 달려들었다. 하지만 뻗은 팔은 빗나가고 되레 다리가 채였다. 성대하게 땅바닥에 쓰러진다.

"피가 머리에 쏠렸나 싶더니, 이번엔 발밑이 소홀하고. 나츠키 씨의 행동하고 똑같네요. 한심해라."

"그러……시냐!"

넘어진 자세에서 벌떡 일어나 스바루는 움켜쥔 흙을 오토의 얼굴로 내던졌다.

그러나 이것을 오토는 팔로 얼굴을 가려서 막고, 시각을 봉쇄하려던 공격이 막혀서 놀라는 스바루의 목덜미를 잡더니 그대로 단숨에 업어치기로 지면에 메다꽂았다.

등의 충격에 숨이 막혀서 신음하는 스바루는 일어나지 못했다.

"커, 어……."

"봐요, 나츠키 씨. 나츠키 씨 힘이라곤 이 수준이라고요. 기사들이나 메이더스 변경백, 하물며 가필에게는 도저히 못 미치죠. 저한테마저 이 꼴이에요."

경련하는 폐에 애써 산소를 보내는 스바루의 시야에 걸어온 오토가 거꾸로 비친다. 그는 어이없는 듯한 얼굴로 고개를 가로저으며 말을 이었다.

"백경이나, 마녀교와 한바탕 했다는 것도 천만의 말씀. 나츠키 씨는 약하고, 정상적으로 붙으면 손가락 하나로 턱 터질걸요. 그런 거야 본인도 알면서."

"하아, 하아……."

"그럼 모자란 힘은 지혜로 메꾸겠어요? 제 눈으로 봐서, 나츠키 씨는 그럭저럭 약아빠지게 머리는 굴러가는 것 같지만……사고력이나 판단력이 남한테 자랑할 수준이냐면, 결코 그렇지는 않은데요. 상식도 부족할 정도예요."

오토는 무슨 말을 하고 싶은가. 스바루의 가쁜 호흡에 짜증이 섞이기 시작했다.

폐의 경련, 던져진 충격, 이마와 뺨의 통증이 흐려지고 있다. 대신에 돌아오는 사고력이 오토의 행위, 언동을 이해할 수 없다고 호소한다.

"힘도 지혜도 부족하고, 그래선 그걸 메꿀 뭔가가 있느냐고 생각하면, 그것도 없지. 나츠키 씨는 보잘것없는, 어디에나 있는 인간이라고요. 그런데 분수 안 맞는 바람이 너무 커요."

"너는…… 아까부터, 뭔 소리를……."

"닿지 못하고 부족한 자기 자신을 자각하지, 그럼 차선으로 뭔가 작전이 있느냐 생각해 보니 자기 자신을 몰아넣기만 하지……. 파트라슈 양의 심정도 이해되네요."

"파트라슈……?"

갑자기 애룡의 이름이 나와서 스바루는 곤혹하기 전에 놀랐다.

스바루에게는 아까울 정도로 번듯한 지룡으로, 지금의 자신으로서는 소중한 것을 가르쳐 준 은룡(恩龍)이라고도 할 수 있다. 그 심정을 이해하겠다고, 오토는 말했다.

눈을 깜빡였다. 몰이해. 그런 스바루에게 오토는 "저기 말이죠." 하고 짜증스럽게 말했다.

"반한 여자 앞에서 폼 잡는 거야 좋다고요. 그건 필요한 허세라고 생각하니, 존중하죠. 제 분수에 안 맞는 짓이라거나, 그런 잔소리는 일단 치울게요."

에밀리아를, 말하는 것이리라. 에밀리아에 대한, 스바루의 태도를 말하는 것이다.

"자신을 좋아해 주는 여자애한테 폼을 잡는다, 이것도 허용하죠. 이것도 필요한 일이죠. 좋아하느니 반했느니 하는 관계는 사랑받는 쪽에게도 책임이 있다고 저는 생각하니까요. 자신을 좋아해 주는 상대를 위해서 폼을 잡는 것도 중요한 일이에요. 허용하죠."

렘을 말하는 것이리라. 옛날, 스바루는 오토에게 렘에 대해 그렇게 이야기했다.

스바루의 마음에 뿌리박은, 두 소녀에 대한 마음을 존중해서
———.

"하지만 말예요. 거기까지예요."

말을 끊고 오토는 훌쩍 얼굴을 가까이 들이댔다.

박치기를 다시 경계한 스바루에게 오토는 물어뜯을 듯한 표정으로 말을 이었다.

"부족한 거, 알잖아요. 안 닿는 거, 모르지 않잖아요. 좋아하는 애한테 폼, 잡고 싶죠? 좋아해 주는 애한테, 뽐낼 수 있는 자신으로 있고 싶다면서요."

"———."

"그럼 그 애들한테, 그 사람들에게 보여 줄 수 없는 부분을 메

꾸기 위한 것쯤은, 누군가의 손을 빌리면 되잖아요. ——예를 들면, 친구라든가."

얼굴을 떼고 자신과 스바루의 가슴에 손을 짚고서 오토는 마지막을 단언했다.

그런 그 말에 한 번, 멍해졌다가, 스바루는 "하." 하고 긴장을 풀었다.

——솔직히 스바루는 '그 소리냐.' 하고 생각한 것이다.

그렇게 누군가에게 의지하자거나 기대자는 생각은 스바루도 해 본 적 있다. 당연하다. 오토의 말대로 스바루는 부족한 자기 자신을 안다. 그렇기에 에키드나에게, 로즈월에게 협력을 청하려고 바삐 뛰어다녔다. 했지 않은가.

그 결과 둘의 협력은 얻지 못하고, 스바루는 알고 싶지 않던 진실에 상처받았다.

그렇기에 오토의 주장은 잘못 짚었다. 그 길은 진즉에 막혔다.

"의지하려고, 했지. 도움도, 청했어. ……하지만, 안 되더라."

결국 '지켜야만 한다'고 이기적인 보호 의식을 가졌던 에밀리아에게 그 마음을 부정당해서 자신이 그녀를 업신여긴 사실을 깨닫고 말았다.

기대를 배신당하고, 그런데도 포기할 수 없어서, 하룻밤 내내 별을 상대로 하염없이 통곡했다.

다양한 경험이든 갖가지 만남이든, 스바루의 다리를 앞으로든 뒤로든 움직이게 해 주지 않았다. 메마른 웃음마저 품절되어서 스바루는 또다시 『수치심』에 시달린다.

그런 스바루의 조용한 절망에 오토는 "근데." 하고 입술을 떨었다.

"……근데, 전 아직, 나츠키 씨에게 의지받은 적이 없는데요."

"———."

"저 따위에겐 의지할 가치가 없다거나, 의미가 없다거나, 그런 식으로 단정했다 이건가요? 아니면 저도 나츠키 씨가 본다면 지켜야 하는 많은 사람 중 한 명쯤 되나 보죠?"

떨리는 목소리는 감정을 억누르려다가 되레 감정이 들썩이고 있다.

그것은 오토의 분노이고, 슬픔이며, 갈 곳 없는 격정의 단편이었다.

오토를 심하게 상처 입혔다. ——그걸 이해한 스바루는 순간적으로 고개를 쳐들었다.

"아, 아니야."

"뭐가 아닌데요. 그런 거라도 아니라면 이상하잖아요. 그런 거라도 아니면 왜 아무 말도 안 하고 혼자서 웅크리고 있을 이유가 있단 말예요."

"내가 너한테 아무것도…… 그게, 전하거나 하지 않은 이유는, 널 신용하지 않기 때문이 아니라, 그런 게 아니고…… 그게, 아니야. 그 말이 아니야."

고개를 젓고 부정한다. 그런 스바루를 오토의 침묵과 시선이 추궁한다. 그 압박감에 시선을 내리고 스바루는 말을 흐리면서 필사적으로 대답할 말을 찾았다.

오토를, 신용하지 않은 것은 아니다. 오히려 반대다. 믿고 있다. 이 루프에서 몇 번, 오토가 스바루를 도와주었단 말인가. 금전이 아니라, 의리와 인정을 우선하는 사람 좋은 인성에 구원받았다. 친구라고, 그렇게 불린 것도, 부른 것도 거짓말이 아니다.

단지, 그런 오토에게, 어떡하면 스바루의 사정을 이야기할 수 있단 말인가.

"_____."

본능이 이해하고 있다. ──『사망귀환』의 페널티는, 지금도 건재하다.

스바루가 『죽음』을 거쳐서 가지고 돌아온 정보는 털어놓을 수 없다. 에키드나나 로즈월 같은, 스바루의 사정을 아는 상대라면 단편적인 정보라도 주고받을 수 있다.

하지만 오토는 다르다. 오토만이 아니다. 에키드나도, 람도, 다른 『성역』에 있는 관계자 중 누구에게도 스바루가 떠안은 사정을 하나도 이야기할 수 없다.

『사망귀환』을 모르면, 스바루의 말이 헛소리 말고 무엇으로 들릴까.

"아무것도, 잘 설명할 수 없어 그래. 머릿속이 엉망진창이라…… 네가 말한 대로, 뒤죽박죽이라고. 하나도 조리 있게 설명하지, 못해."

"_____."

"이야기해 봤자, 믿어 주지 못할 것밖에 없어서…… 뭘 어떻게, 이야기하면 될지……. 그래서, 네게도, 누구에게도, 아무것도……!"

"……말해 보세요."

"——뭐?"

믿어 줄 만한 근거를 하나도 내놓을 수 없다. 그렇게 밝힌 스바루에게 오토는 말했다.

저도 모르게 고개를 든 스바루 앞에서 오토는 팔짱을 꼈다.

"그러니까, 일단 말해 보세요. 조리가 없어도, 뒤죽박죽이어도, 시간 순서가 엉망진창이라도, 끊지 않고 끝까지 들을 테니까."

"아니, 그래도, 그래선……."

"그러니까…… 그걸 두고! 폼 잡지 말라고 하는 거잖아!!"

이번에야말로 인내의 한계에 도달했다는 듯이 오토가 부르짖었다. 격분한 오토에게 스바루는 눈이 휘둥그레지고 그 검은 눈 앞에 손가락이 척 들어섰다.

"신용해 줄 증거가 없다거나, 신뢰받을 근거가 없다거나, 순서대로 설명을 할 수 없다거나, 그런 복잡한 거 꿍얼꿍얼 생각할 여유가 있으면, 머리통 내용물 몽땅 쏟아내는 편이, 웅크리고 있는 것보다 훨씬 건설적인 법이잖아!!"

"말은, 그렇게 해도…… 나는! 그 엉망진창인 이야기를, 믿을 수 있도록……!"

"——엉망진창인 이야기를 몽땅 말해! 그리고 마지막에 '믿어!'라고 말하면 되는 거야! 친구니까!!"

──머릿속이, 잡다한 사고와 감정이, 송두리째 날아간 기분이었다.

 그 말에는 근거가 없다. 논리가 없다. 설득력이 눈곱만큼도 없었다.

 그런데도 운신도 못하던 스바루의 등을 떠밀기에는 충분한 뭔가가 있었다.

 "못 믿을지도, 모르겠는데……."

 주섬주섬, 혼자서 떠안고 있던 문제를 모조리 설명하는데, 시간은 썩 걸리지 않았다.

8

 "──그래서, 로즈월은 저택을 살인 청부업자더러 습격하게 하고, 나랑 에밀리아를 도망칠 곳 없는 곳으로 몰아넣으려고, 하나 봐."

 금기에 저촉되는 것을 두려워하면서 스바루는 세심한 주의를 기울이며 설명을 마쳤다.

 오토는 그동안 미간에 주름을 잡고 잠자코 스바루의 말에 귀를 기울이고 있었다.

 "현재, 내가 가지고 있는 정보는…… 이걸로 전부야. 숨기는 부분 없이, 전부."

 물론 이야기하기가 불가능한 마녀와의 다과회나, 『사망귀환』을 생략한 설명이다.

그 중대한 부분이 공백인 만큼, 설명의 근거는 구멍투성이라고 해도 된다. 스스로 생각해도 정보와 정보 사이의 연결고리에 너무나 맥락이 없어서 이야기하면서 속이 울렁거릴 정도다.

그만큼 설명을 들은 오토의 반응이 마음에 걸렸다. '믿어.'라고, 마지막에 그 말만 덧붙이면 된다고, 그렇게 단언한 오토의 반응은.

희망이 되는가, 실망으로 바뀌는가. 그 불안과 기대에, 심장 고동이 유난히 시끄러워서.

"나츠키 씨."

이윽고, 긴 묵고 끝에 끼고 있던 팔짱을 풀고 오토는 말했다.

"못 들은 걸로 치고, 꼬리 말고 도망치면 안 될까요?"

"무슨…… 아앙?!"

생각도 못하기는커녕 상상을 초월한 대답이 나와서 스바루는 성질 더러운 소리를 질렀다. 하지만 오토는 그런 스바루의 반응에 "그치만요!" 하고 뒤집힌 소리를 겹치며 말했다.

"대토의 사냥터에 갇혀서, 탈출하려면 『시련』을 돌파할 수 있을지 미묘한 에밀리아 님을 의지할 수밖에 없고, 하다못해 결계에 걸리지 않은 사람들만이라도 피난시키려고 하면 고집불통한테 방해받고, 가까스로 저택에 돌아가면 저택 주인의 명령으로 살인 청부업자가 온다니…… 도대체 얼마나 평소 행실이 나쁘면 그런 상황이 되는 거예요?!"

"내가 알고 싶다! 왜 이렇게 영문 모를 상황에 내몰려야만 하냐고! 알고 있었지만, 신은 진심으로 내가 밉냐! 나도 밉다!"

운명을 관장하는 신이 있으면, 그 신은 틀림없이 스바루를 미워하고 있다. 악마처럼.

단지, 그것을 원망해도 사태는 진전하거나 후퇴하거나 상승하지도 않고, 어려움도 줄어들지 않는다.

"아니, 그 이전에…… 오토, 네가 소란피우고 싶어지는 심정은 이해하는데…… 너, 이 황당무계한 이야기를, 믿는 거냐?"

"──────."

"성가시기 그지없는 마수가 무리 지어 다가오고, 도망치려고 해도 에밀리아가 일어서지 않으면 방법이 없으며, 가필은 모두를 피신시키는 걸 방해하고, 로즈월은 머리가 이상해져서 배신한다. ……그런 이야기를, 넌 믿는 거야?"

생각이 나는 대로 나쁜 상황을 늘어놓은 것처럼 악몽 같은 전개다. 이 전부가 사실이라고 믿는 것보다 스바루 한 명의 머리가 이상해졌다고 생각하는 편이 훨씬 현실미가 있다.

그렇기에 털어놓는다는 생각을 감히 못한 이 이야기를, 오토는──.

"나츠키 씨, 저기 말이죠."

스바루의 물음에 오토는 손가락을 하나 세웠다.

"저는 여태까지 여러 땅을 돌며 자못 많은 사람들과 관계를 가졌단 말이죠."

"……설마, 눈을 보면 상대를 신뢰할 수 있는지 없는지 알 수 있다거나."

"아뇨. 그런 미신은 안 믿어요. 장사치를 하다 보면 사람이 얼마나 맑은 눈으로 남을 속이거나 함정에 빠트릴 수 있는 존재인지, 충분하고도 남을 만큼 체험할 수 있고 말이죠. 자랑은 아니지만 속은 경험이라면 전 어지간하다고요."

정말로, 전혀 자랑이 못 될 소리를 자랑스럽게 이야기해도 반응하기 난감했다.

중요한 이야기인 만큼 헤살도 놓지 않고 스바루가 입을 다물었고, 오토는 뒷말을 이었다.

"친가를 나오고 4년, 저는 남 못지않은 행상인으로서 자기 눈을 믿으며 살아왔어요. 결과가 좋지만은 않았지만…… 아니 그보다 제가 승산이 있다고 생각해서 도박한 분은 그다음에 믿을 수 없는 재난에 처하거나 해서, 결과는 안 따라오지만요."

"야, 야, 야……."

"결과의 좋고 나쁨은 어쨌든, 결단 자체에는 후회가 없도록 살아왔다고 봐요. 전 자신의 뭔가를 맡기거나, 걸어 보려면 그 자각이 필요하다고 생각하는지라."

오토의 선택 기준, 그 근거가 무엇인지는 오토 본인밖에 모르겠지만 여태까지는 그 딴의 계산으로 승산이 높은 쪽에 붙어 왔다는 뜻이리라.

로즈월의 연줄을 원해서 『성역』에 동행한 것도 그 생각의 일환이다. 오토는 이래 봬도 의외로 똑바로 현실주의자로서 행동하고 있다.

그렇기 때문에 근거도 없거니와 승산도 희박한, 스바루의 말에 귀를 기울이리라고는——.

"그러니까, 이게 처음이거든요, 나츠키 씨."

"……뭐?"

무슨 말을 하는 거냐고, 스바루는 입을 벙 벌리고 오토를 쳐다보았다.

그런 스바루에게, 오토는 바보처럼 해맑은 얼굴로—— 단언했다.

"——승산을 무시하고, 승산이 안 보이는 쪽에 올라타는 건 이게 처음이에요."

9

——다리가 조급하다. 숨이 헐떡인다. 마음이, 말이 못되는 소리를 지르고 있었다.

풀 위를 앞지르는 감정을 쫓듯이 답답함을 끌고서 스바루는 뛰고 있었다.

아침의 청량한 공기를 가르며 흙을 박차고 돌을 뛰어넘어 한 발짝 한 발짝 강하고 크게 내디딘다.

이윽고 일직선으로 달리는 스바루의 시야에 목적한 건물이 날아들었다. 의도치 않은 고양감에 스바루는 이를 드러냈다. 이를 드러내며 웃었다.

뛰어들 듯이 문을 열고 힘차게 건물로 굴러들어갔다.

그리고——.

"——로즈월!"

현관과 거실을 내달려 스바루는 침소의 문을 발로 부술 듯한 기세로 열어젖혔다.

방에는 침대에서 몸을 일으킨 로즈월과, 그 로즈월의 몸에 감은 붕대를 갈고 있는 람이 있었고, 두 사람은 동시에 놀란 표정으로 방문한 스바루를 보고 있었다.

익살스러운 로즈월과, 평소에는 냉랭한 람, 둘의 그런 표정은 드물다. 여태까지 없던 일이 일어난 것은 『미래를 바꾸기』 위해 좋은 전조다.

웃음이 솟았다. 그리고 정면의 놀라는 둘에게 손가락을 들이대고 목청 높여 선언했다.

"──내기하자고. 나랑 너의, 소원을 칩으로 걸고."

제3장 『STRAIGHT BET』

1

숨을 들썩이는 스바루는 경악한 시선을 고소한 기분과 함께 받아들이고 있었다.

실내에 있는 로즈월과 람, 양자 모두 놀라는 모습과는 인연이 없다고 생각하던 상대다. 그 표정을 끌어낸 데에, 스바루가 지은 흉악한 웃음이 더욱 이지러진다.

"——내기?"

처음으로 놀람에서 회복한 것은 좌우 색이 다른 눈을 가늘게 좁힌 로즈월이다.

침대에서 붕대를 가는 로즈월, 그 모습은 평소와 약간 달랐다. 이유는 얼굴의 화장, 늘 하는 광대 분장을 지우고 민낯을 드러내고 있기 때문이다.

백분칠 속의 살갗은 창백하고, 눈매도 날카로움보다 온화한 것을 느끼게 해서 평소와는 정반대의 인상이다. 미형은 아무것도 안 해도 미형, 그것은 사실이지만.

"그래, 내기다. 나와 네 소원을 걸고…… 진지한, 단판 승부를 신청한다."

"기다려, 바루스."

손가락을 하나 세우고 스바루는 당당하게 로즈월에게 선언한다. 그 제안에 로즈월은 사색하듯 눈썹을 모았지만, 그 틈에 두 사람 사이로 끼어든 것은 람이다.

매서운 눈매로, 람은 로즈월을 배후로 감싸고 스바루의 시선을 받아냈다.

"갑자기 방에 밀어닥쳐서 느닷없이 뭔 소리야. 요양 중이신 로즈월 님께 부담을 끼칠 셈이야? 불경하기 짝이 없어."

"얌전히 요양이나 할 작자가 아니라는 건 너도 알면서 왜 그래. 그리고 상황이 그걸 용납하지도 않고. 이곳 문제는 전원의 문제, 다소의 억지와 막무가내는 해 줘야지."

"바루스——."

"누구한테 무슨 소리를 듣든지 내가 멈춰 설 이유는 없어."

짜증 섞인 살벌한 기척을 흘리는 람에게 스바루는 손바닥을 내질렀다. 그리고 그녀의 움직임을 앞질러 고개를 기울여 그 뒤에 있는 로즈월에게 말을 던졌다.

"넌 어떻지, 로즈월. 잠깐 스케줄 수첩의 예정과 어긋난 정도로, 토라져서 코 자냐? 후임자가 될 널 위해서, 조금은 무리해 줄 기개는?"

"……흥미로운, 표현인거——얼. 후임자가 될 날 위해서라."

『사망귀환』의 사실에 직접 접촉하지 않고 에두른 표현으로 스바루는 로즈월에게 제안했다. 그 내용에 람은 의아한 표정이지만, 스바루와 로즈월 사이에서는 확실하게 통한다.

생기가 빠진 창백한 얼굴인 채로 로즈월은 천천히 상반신을 일으켰다.

"람, 대기하고…… 아니지. 잠시 동안만, 스바루와 둘이 있게 해 주지 않겠나?"

"……괜찮으시겠습니까?"

"걱정하지 않아도, 스바루가 내게 위해를 가할 걱정은 없다마다. 되레 당해서 그런 게 아니라, 더 다른 문제 때애─문에 말이야. 그렇지?"

"뭐, 그거 빼고서라도 내가 당할 테니까 안 해. 한심하지만 안심해 주라."

비어 있는 두 손을 흔들어 스바루는 우려하는 람에게 적의가 없음을 어필. 그것을 고스란히 수용한 것은 아니겠지만 람은 숨을 내쉬고 로즈월에게 묵례했다.

"부디, 무리하시지 마세요. ──바루스, 실례 없도록 해."

"자포자기한 저 녀석이 뭔가 해대지 않을까, 그쪽을 더 걱정해 줬으면 하는데."

스바루가 방 출구로 가는 람과 말을 나누고 어깨를 으쓱이자 그녀는 콧방귀를 뀌었다. 그렇게 문이 닫히자 방에는 스바루와 로즈월 둘이 남았다.

불과 몇 시간 전, 마음이 완벽하게 꺾였을 때와 같은 상태로.

"설마 현생의 내가 다시 한번 너와 얼굴을 마주할 기회가 있을 줄은 몰랐군. 그것도 이토록 빠르게…… 뭔가, 심경의 변화라도 있었나 보지?"

"심경 변화는 맞는 말이지. 망신살 뻗치고, 설교당하고, 치고받고 우정을…… 아니, 치고받는 것치곤 너무 일방적이라 확인 작업이란 느낌이 아니었나."

오토에게 왕창 얻어맞은 기억을 떠올리고, 스바루는 참패 사실에 다시금 쓴웃음을 지었다.

단지, 좋은 참패였다. 이 세계에 온 이래로 스바루는 온갖 싸움에 몇 번이고 몇 번이고 줄기차게 패배했지만, 이만큼 기분 좋은 패배는 처음이었다.

"당당한 얼굴이군. ……어젯밤, 너를 덜 몰아넣었다고 깨달은 직후인데, 그 생각은 옳았던 모양이야. 이토록 복귀가 빠르다니 네 굵은 신경에 감탄하겠군."

"신경이 굵다는 의미론 네게 못 당하지. 네 얼굴 가죽 두께에도. ……이봐. 누군가의 손을 빌려서 일어선단 건 나쁘지 않은 거더군. 그게 친구라면, 더욱더 그렇고."

스바루의 답변에 로즈월은 느릿느릿 고개를 가로저었다. 눈에 깃든 것은 실망, 표정은 낙담, 태도로 명확하게 연민을 표하고 로즈월은 탄식했다.

"어설프군. 풋내고, 덤으로 젊어. ……이 세상의 고통은 궁극적으로는 스스로 어떻게 할 수밖에 없어. 하물며 벗에게 기대다니, 너를 약하게 할 뿐인 어리석은 술책이다."

"남에게 기대고, 인연에 기대고, 마음에 기대고…… 그거면, 안 되냐?"

"안 되지이—."

"그러시냐. ——그럼, 승부할 수밖에 없군."

그 한마디에 로즈월의 표정이 변했다. 스바루는 한 걸음 내디며 방 중앙으로. 침대로 걸어가 로즈월과의 거리를 좁히고 다시금 손가락을 들이댔다.

"말한 대로 내기를 하자. 칩은 소원으로, 베팅은 단판 승부."

"……듣기나, 해보지이—."

제안을 처음부터 걷어차지 않고 로즈월이 스바루에게 뒷말을 재촉했다. 첫 관문을 넘어서 스바루는 숨을 내쉬고는 손가락을 천장을 향해서 전제 조건을 검사했다.

"나와 너의, 소원은 평행선이다. 그건 어제도 확인했지. 난 전부 구하고 싶어. 넌 그런 나를 용납 못해. ——그렇지?"

"그래, 그렇다마다. 너도 나를 용납 못해. 하지만 멀리할 수도 없지."

"……그것도 정곡이군. 널 빼면 에밀리아는 다음부터 싸워 나갈 수 없어. 분하지만 네 힘이 필요하지. 나와 네가 아무리 앙숙이 돼도, 네가 뭔가 꾸미고 있더라도."

"그래서? 거기까지 알면서 넌 어쩌고 싶지? 이미 너는 달콤한 소원을 품은 채로 상황을 타개할 수 없어. 타협과 연마, 그 외에 길은 없다."

"나쁘라면, 그랬겠지."

로즈월의 말에 스바루는 순순히 자신의 약한 마음을 인정했다. 포기 못하고 『사망귀환』에 매달려도 아마 언젠가 닳아 없어져 로즈월의 말대로 변했을 것이다.

　그것이 스바루 혼자서, 지금도 아무에게도 의지하지 않고 무릎을 껴안고 웅크린 채로 있었더라면.

　──하지만 지금은 아니다. 그렇지 않기에 고개를 들었다.

　"로즈월, 여기가, 이번 루프가, 나와 네 마지막 승부다. ──이 루프에서 나는 반드시 『성역』을, 저택을 구하겠어. 네 기대고 뭐고 죄다 뿌리치고서."

　"이, 외통수 판에서 회복한다고? 네 유일한 권능, 그 힘을 손에서 놓고?"

　"……재시작할 수 있는 것과, 구원하는 것은 다른 이야기야. 난 그걸 뼈저리게 깨달았지. 나나 너나 우쭐대고 있었어. 내 이것은, 그렇게 편리한 힘이 아니야."

　두 번째 『시련』에서 스바루는 자신이 그르친 선택을 내린 세계의 광경을 여럿 보았다. 스바루가 『죽음』을 거듭할 때마다 그다지도 비탄이 퍼져 나간다면 그것은 구원이 아니다.

　거기에 구원을 찾아낸, 스바루나 로즈월의 마음에 똬리를 튼 병, 『저주』였다.

　"이번 현생을 마지막 기회라고 규정하고 『성역』에 도전한다……. 아니, 내 비원에 도전하는가."

　"그래, 그리되지. 너와, 속내를 서로 들추는 짓도 질렸어. 이걸 끝으로 하지."

　"네가, 그 말을 지킨다는 보증은?"

　스바루의 주장에 로즈월은 당연한 것처럼 그것을 확인했다.

"네 권능이라면 마지막이라고 말한 이 순간을 없었던 걸로도 할 수 있을 테지. 불편해지면 자유롭게 엎는다. 그런 상대와의 약속에 효력 같은 건……."

"——로즈월."

약속의 위배를 염려하는 로즈월, 그의 이름을 스바루는 차분한 목소리로 불렀다.

그 목소리에 말을 끊은 로즈월은 자신에게 쏠리는 스바루의 시선에 눈을 크게 떴다. 그리고 스바루는 어조를 바꾸지 않는 채로 거듭했다.

"내가, 그렇게 할 거라고 생각하나."

"————."

"내가 그렇게 할 거라고 생각하면, 이야기는 성립되지 않아. 여기서 이야기를 끝내라고."

강하게 단언한다. 속이 뒤틀려 상대가 이야기를 접을지도 모를 만큼 강하게.

그런 스바루의 말에 로즈월은 눈을 감은 다음, 두 손을 가볍게 들었다.

"……이번이 끝이라고 제안해서, 넌 내게 뭘 요구할 거지?"

"——내 이야기는 간단해. 가령, 내가 내 방식으로 사태를 해결했을 경우, 그것은 네 바람과는 다른 결과가 되겠지? 그리되면 바라지 않는 전개가 된 너는 살아갈 기력이나 의욕 같은 걸 잃겠지만…… 그러지 말자."

"그러지 말자? 나더러 의욕을 잃지 말라는 뜻인가? 하지만 그건 어렵다고 말할 수밖에 없겠는걸. 누가 뭐래도 마음의 문제다. 물론 표면상 꾸미는 거야 가능하지만……."

"로즈월. 난 딱히 너랑 계속 으르렁대고 싶은 게 아니거든."

"……응?"

스바루가 제시한 조건에 불만을 늘어놓는 로즈월이 의아한 표정을 지었다. 이해할 수 없다고 말하고 싶은 듯한 그의 표정에 스바루는 자신의 코를 손가락으로 문지르고 말했다.

"내 승리가, 네가 바라지 않는 전개로 이어지는 건 알아. 하지만 난 그 미래에서도 에밀리아를 임금님으로 만들려고 옆에서 방방 뛸 거야. 이런, 나만의 힘에도, 의지할 구석은 있을 거야. 그러니 과정은 몰라도 마지막은 네 목적에서 안 벗어나."

"————."

"로즈월, 내 요구는 간단하다. 내가 『성역』과 저택, 양쪽 다 구한다면…… 넌 책을 버리고 함께 와라. 에밀리아를 임금님으로 만들겠어. 그걸 위해 네 힘이 필요해."

"말도 안 돼."

손을 뻗으며 스바루가 그렇게 말하자 로즈월이 짧게, 내뱉듯이 말했다.

그것은 모멸보다, 거절이나 당혹에 가까운 어감이었다.

"그 제안은 너무나 일그러졌어. 너는, 네 방식을 관철하고도 양립 못할 생각을 남긴 날 용서라도 하겠다고? 말하면 뭐하지만 내 소행은 아주 악랄해. 희생당한 많은 이는 날 미워하고 저주할 테지. 그 필두가, 다름 아닌 너 아니―인가."

"용서하냐 못하냐 이야기라면 난 절대로 널 용서 못해. 네가 나나 에밀리아에게 한 짓은 용서받을 일이 아니야. ──하지만 그건 내 마음의 문제다."

미워하지 않을 리가 없다. 스바루가 뒤집어쓴 수많은 고난, 그 것은 로즈월이 꾸미고 음모를 세워 주도면밀하게 준비한 독니 인 것이다. 그 독에 스바루는 심신 모두 상처 입어 생명마저도 빼앗기고 절망을 수도 없이 맛보았다. 하지만──.

"──아직 별달리 치명적인 일은 안 일어났어. 내가 해결하 면, 말이야."

"설령 미수로 그치더라도 악행은 악행이다. 그렇게 형편 좋은 이야기는 없잖아?"

"형편 좋은 이야기, 내가 정말 좋아하지. 에밀리아가 팍팍 노 력해서 임금님이 되고, 내가 그걸 옆에서 축복할 거야. 너도 둘 러싼 녀석들 중 한 명이 되라고. 말해두지만 강제다."

"————."

한쪽 눈을 감고, 윙크한 스바루의 말에 로즈월은 말 그대로 입 을 열지 못했다.

그리고 로즈월은 잠시 침묵하다가 이윽고 그 손으로 자기 얼 굴을 가리고는 말했다.

"아무것도 포기 안 하고 자신의 소망을 달성한다? 그런 다음 에, 양립 못할 사상을 품은 나마저 필요하다며 수용하고, 미래를 위한 초석에 가담하란 말이지. 알고서 하는 말인가? 스바루."

"알고서 하는 거냐니, 뭘?"

"그게 도대체, 얼마나 『탐욕』스러운 대답인지를."

로즈월의 말에 스바루의 표정이 변했다. 놀람이 아니라 불현듯 드는 생각에 나온 웃음으로.

꿈의 성을 떠나기 직전에 에키드나에게도 같은 말을 들었다.

마녀와 마인에게 똑같이 『탐욕』스럽다고 평가받는다. ――바라는 바라고 생각했다.

"네가 말했잖아, 로즈월."

떠올린 웃음을 흉악하게 일그러뜨리며 나츠키 스바루는 대꾸했다.

"내몰린 내가 최강의 카드가 되는 거야. ――네가 바란 형태와는 다르지만, 네 적은 최강의 카드가 됐다고. 아직 부족하냐?"

"……그. 최강의 카드가 안 통한다면."

"나한테 더 이상 수단은 없지. 네 완승이다. 말대로 따르든 뭐든 해 주마."

로즈월이 승리했을 때, 그의 계획은 달성된다. 그 조건을 제시받아서 이번에야말로 로즈월은 길게 묵고했다.

그 답이 나오기를 스바루는 조용히 기다린다. 그리고――.

"네가 아무리 발버둥 친들 사태를 타개하기란 불가능하지. 에밀리아 님은 일어서지 못하고 결계는 풀리지 않아. 『성역』은 눈에 파묻히고 저택은 피의 참상에 잠긴다."

"그래. ――울상 짓게 만들 보람이 있단 거로군."

중지를 세우고 큰소리를 쳤다. 그 몸짓에 로즈월은 한숨을 쉬고는 손가락을 세웠다.

"네가 승리 조건을 채우려고 뛰어다니듯이, 나 또한 『예지의 서』의 기록을 성립시키기 위해 힘 좀 쓰겠다. 그 행동을 탓하지 않겠지?"

"그거, 이야기를 받아 준다는 의미로 받아도 되지?"

"네 말마따나 후임자가 될 날 위해서 뭔가 해두는 것도 나쁘지 않아. ……기록에 따라 결과를 만들면 어떻게 될지, 흥미가 없는 것도 아니고오—."

이미 기록에서 벗어난 세계, 그런데도 로즈월은 책의 내용에 따를 것을 선언했다.

그때까지 스바루는 로즈월의 꿍꿍이를 파괴해 모든 것을 구해야만 한다.

"그렇게 마음먹었으면 시간이 아깝군. 행동해 보겠다고."

"스바루."

침대에 등을 돌리고 방을 나가려는 스바루를 로즈월이 불러 세웠다. 스바루가 돌아보자 로즈월은 살짝 시선을 피하고 말했다.

"『성역』의 눈도, 저택의 습격도, 사흘 뒤다. ──힘껏 건투하고 참패해 주길 바란다."

"맘대로 떠들어."

로즈월의 시답잖은 비아냥에 스바루는 혀를 차고 대꾸했다. 그러고 나서 문득 스바루는 자신의 볼살을 꼬집고 말했다.

"로즈월, 기분 묘하니까 도로 피에로 화장해라."

"흠. 그러고 보니…… 너와 민낯으로 접하는 건 이번이 처음이었을까."

"이 세계에선, 그렇지."

이전, 지나친 세계에서 한 번 함께 목욕탕에 들어간 적도 있었다. 아무것도 모르고 있을 수 있던 그 시절을 떠올린 스바루는 쓴웃음을 지었다.

"나와 네 승부다. 운명에 농락당한 피에로끼리── 정정당당하게, 해 보자고."

그 말만 남기고, 방을 나섰다.

서로 양보할 수 없는 바람을 걸고 조건은 성립됐다. ──따라서 시작된다.

『성역』 해방과 저택의 구출을 건, 나츠키 스바루 최후의 도전이 시작된다.

2

"──바루스, 친구랑 꾸미던 흉계의 상황은 어때?"

내기 약속을 잡고 건물을 나온 순간에 스바루는 등 뒤에서 말이 걸려왔다.

호칭과 신랄한 내용, 그것만으로도 목소리 임자는 특정할 수 있다. 뒤돌아보니 건물 입구, 문 옆에 있는 벽에 등을 기대고 자신의 팔꿈치를 껴안은 람이 게슴츠레하게 뜬 눈으로 노려보고 있었다.

"흉계란 말 관둬라. 듣기 불편해서 다들 깜짝 놀라잖아."

"약아빠진 남자가 둘이 모여서 몰래몰래, 이것저것 획책하고 있잖아? 로즈월 님께서 허락하신 것 같으니 방해는 안 하지만, 정도껏 해."

"……언니분에겐 미안한데, 상대가 건성으로 해서 이길 만한 선수가 아니라서."

어깨를 으쓱인 스바루의 대답에 람이 언짢게 눈을 흘겼다.

"몇 번쯤 있었지만, 그 언니분이라고 부르는 거 그만둬. 람이 언제, 바루스의 언니가 됐단 말이야. 끔찍해."

"끔찍하단 말은 너무하잖아. ……뭐, 나쁜 버릇 같은 거야. 용서해 줘."

"아주 멋대로네. 왜 람이 용서해야……."

강하게, 정정시키려던 람이 말을 멈추었다. 그것은 아마 스바루의 눈을 스친 적막감을 깨달았기 때문이다. ──언니라고, 스바루가 그녀를 부르는 것은 일부러 하는 게 아니다. 응석이다.

사내답지 않은 고집이 스바루를 람에게 응석 부리게 한다. 람이 그것을, 용납해버리니까.

"……바루스의 취미에 흥미는 없어."

아니나 다를까 람은 더 이상 추궁하지 않고 스바루의 말을 헛소리로 받아들였다.

"그래서, 처음 질문으로 돌아가겠어. ──흉계는 어떤 상황이야?"

"너치곤 무식하게 쑤시는데? 나랑 로즈월의 이야기는 못 들었을 텐데."

"이야기는 확실히 듣지 못했지. 하지만 엿보는 것뿐이라면 수단이 있거든."

"……천리안이냐."

자신의 눈을 가리킨 람에게 스바루는 그녀가 가진 『천리안』을 상기했다. 다른 이의 의식에 동조해 그 시야를 훔쳐보는 이능—— 그 힘으로 람은 스바루와 로즈월의 내기를 안 것이다.

"그야말로 리얼 '가정부는 봤다' 지만, 너무 무례하면 주인님께 미움 산다."

"남다른 충성심과, 흔들리는 소녀의 마음이 하게 만든 귀여운 투정이야. 못 본 척해."

실로 뻔뻔스럽게 회피하는 발언. 하지만 스바루의 얼굴은 굳었다. 이대로 그녀와 하잘것없는 이야기를 계속 하고 싶다. 그런 자기 욕심을 찍어 누르고, 입을 열었다.

"그 귀여운 소녀의 마음과 충성심은, 지금의 로즈월에게 승복하고 있냐?"

"————."

스바루의 물음에 람의 무표정에 명백한 냉기가 늘어났다. 연홍빛 시선이 더욱 날카로워지지만, 스바루는 과감하게 한 걸음, 물리적으로도 정신적으로도 내디뎠다.

"수발하고 있잖아. 저 녀석의 소중한 검은 책, 본 적 있는 거 아니냐?"

"그걸 알아서, 어쩌고 싶은데?"

"그 답변이면 예스라고 말한 거라고 판단할 건데?"

질문에 대한 명확한 답변을 피하는 태도에 스바루는 람이 『예지의 서』를 알고 있다고 받아들였다. 실제로 람은 스바루의 지적을 부정하지 않는다.

람은 『예지의 서』를 알고 있다. 그 기록을 훑어봤는지는 알 수 없지만.

"로즈월의 행동은 그 책의 내용에 좌우되고 있지. 하지만 그 내용대로 시키면 안 돼. 『성역』이 엉망진창이 돼. 그리되면 모두들 다……."

"그렇게 말하면 람의 마음을 움직일 수 있을 줄 알았어? 그렇다면 얄팍한걸, 바루스."

말을 거듭해서 설득을 시도하는 스바루를 람은 매섭게 싹 잘라냈다. 그 눈빛은 굳건하다. 스바루가 로즈월의 행동이 향할 말로를 암시해도.

"람에게 가장 높은 곳에 위치해야 할 중요한 것은 하나뿐. 그것이 흔들릴 일은 있을 수 없어, 절대로. 그러니까 람의 변심을 기대하는 건 그만둬."

"……절대라는 건, 있을 수 없어, 람."

"말을 삼가지 그래. ——다음 기회는 없어."

억누른 스바루의 말에 충성과 사랑을 무시당했다고 여긴 람의 목소리가 곤두섰다. 하지만 스바루가 부정한 절대는, 로즈월을 향한 람의 마음이 아니다.

가장 중요한 것이 하나라고, 자신의 반쪽을 잊은 그녀의 『절대』를 부정한 것이다.

"바루스. ──정말로 그분께…… 에밀리아 님께 기대하고 있어?"

그래서 문으로 가던 람이 등 너머로 대화를 계속한 것은 정말로 예상 밖이었다.

표정을 내비치지 않은 채, 람은 스바루에게 물음을 던졌다. 그것이 조금 전의 앙갚음── 람에게 물었던 충성심을, 반대로 스바루에 물은 것임을 바로 깨달았다.

"그래. 기대하고, 믿고 있어. 지탱해 줬으면 좋겠다고, 그런 말도 들었으니."

람의 물음에 스바루는 기탄없이 본심으로 대답했다.

『시련』에 도전하는 에밀리아, 그 자세를 존귀하게 여기면서도 몇 번이나 멀리 떼어놓으려 획책했다. 그러나 그것은 그녀에게 불가능하다고 체념했기 때문이 아니다.

가능하다, 극복할 수 있다. 그 사실을 의심한 적은 한 번도 없었다. 시간이 허락하지 않을 터라고, 스바루가 멋대로 단념하려 했을 뿐이지.

"……『시련』을 에밀리아 님께서 넘지 못하는 건 에밀리아 님 탓이 아니야."

"람?"

"좌절하는 이유를 스스로 깨닫지 못하는 거야. 그걸 모르면 똑같이 반복할 뿐이지."

스바루의 의문에는 반응하지 않고, 람은 그 말만 전하고 문을 열었다.

그 자그마한 체구가 건물 안으로 사라지기 전에, 스바루는 순간적으로 입을 열었다.

　"람. 이미 책의 내용과 어긋났어. ——로즈월은, 자유라고."

　조언 같은 말의 답례가 되리라고는 생각지 않는다. 하지만 입을 비집고 나온 말이었다.

　『예지의 서』의 기록은 이미 벗어나 이 세계는 새로운 미래로 이어진다. 그것이 비극적인 전멸이 될지, 아니면 운명의 타개로 연결될지는 미정인 채로——.

　"————."

　문이 조용히 닫히고, 람의 모습이 사라지고 나서 스바루는 한숨을 쉬었다. 결국 람의 의견은 바꾸지 못했고, 사적인 의견을 넘는 이야기도 해 주지 않았다.

　"하지만 의외로 조언 같은 말이 많았으니, 쟤도 나 좋아하나……."

　"——그 소리 아직도 하나요. 본인이 들으면 무지하게 화낼 것 같은데요."

　"사랑받기 실감 캠페인은 24시간 실시 중이야. 너도 좋은 소식으로 기쁘게 해 줘도 된다고."

　한마디도 안 지고 떠드는 스바루 쪽으로 모자에 이파리를 단 오토가 살금살금 나무그늘에서 모습을 드러냈다. 람에게 지적당한 『흉계』, 그것을 부정할 수 없는 꼬락서니였다.

　"람이 무서워서 숨었었냐? 겉보기만큼 차갑지 않고, 물지도 않는다고."

"그것도 본인이 들으면 무지하게 화낼 것 같다! ……현재 변경백에게 협력하는 람 씨와는 적 같은 사이죠? 보통, 경계한다고요."

"람이 적?"

눈을 흘기는 오토의 지적에 스바루는 자못 진심으로 놀랐다. 그 사실에 오토가 의아한 표정을 짓지만, 스바루는 스바루대로 자기 자신에게 어이가 없어졌다.

오토의 염려는 정론이다. 처지로 봤을 때 람은 적 진영에 속한다. 그렇게 생각해야 마땅한데, 생각해 본 적이 없었다. 지금은 단지 아군이 아닐 뿐이라고, 맘대로 중립이라고 생각했다.

"하아……. 나츠키 씨가 얼마나 람 씨를 신용하는지는 알겠어요. 저택에 남기고 온 렘 씨의 언니니까, 그 정도 있겠고요."

"그렇다고 쳐 주라. 지금 나 스스로 물렁한 구석에 충격을 받은 참이야."

"그건 달갑군요. 자각은 중요하죠. ──그래서, 중요한 변경백과는?"

잽의 응수를 마치고 오토가 반론으로 치고 들어갔다. 그 말에 스바루는 뺨을 일그러뜨리더니 엄지를 척 세워 보였다.

"결과는 썩 좋아. 내기는 성립했다고."

"그건 다행인데요. 그야 받아들일 것 같았지만, 여기서 실패하면 다음 계획이 몽땅 어그러지니까요."

"낙관적인…… 자포자기한 로즈월이 내기를 수용하지 않을 가능성도 있었잖아?"

"거의 있을 수 없어요. ──변경백은, 패배한 경험이 없을 것 같으니까요."

어깨를 으쓱인 오토의 말에 스바루는 "오호라, 과연." 하고 수궁했다.

확실히 그의 추측대로 로즈월은 내기에 강할 것 같다. 영리하고, 배짱도 있다. 실제로 스바루가 처한 곤경, 지금까지 겪은 것 중에서 최악의 루프의 8할은 로즈월이 구축한 판이다.

"이만큼 꾸밀 수 있는 사람은 안 물러서죠. 그런 짓 하다간 다름 아닌 자기 자신을 배신하는 꼴이 되니까요. 그렇다면 그거대로 약점이 되니 해먹을 방도도 있었지만⋯⋯."

"오오, 왠지, 엄청 믿음직한데. ⋯⋯혹시, 너, 죽는 거냐?"

"안 죽거든요?! 그리고 추켜세우는 건 그만두세요. 제 경우, 우쭐대면 대체로 금방 역효과가 나오니까요. 경험이 말한다고요."

"나도 남 말 못하지만, 서글픈 경험이구나⋯⋯."

더불어서 패배 경험이 많은 콤비인 만큼, 상황이 우위로 진전해도 방심은 못한다.

어쨌든 오토의 작전이 있어서 로즈월을 승부의 무대로 올린 것은 확실하다. 물론 그것은 어디까지나 전제 조건의 성립에 불과하지만──.

"──대국자 없이 혼자 노는 꼴이 되는 건 피했군."

"일단, 아직 첫 번째 판이지만요. 그리고 다음 판 이야기를 해야죠."

잠깐뿐인 달성감에 들뜨지 않고 오토는 금세 다음으로 마음을 고쳐먹었다. 그 전환에 스바루는 팔짱을 끼고 까다로운 표정을 지었다. 미간의 주름은 갈등의 표출이다. 원인은———.

"……가필이군."

오토와의 대화 중에 도출된 한 가지 답—— 그것이, 이『성역』을 에워싼 사태를 타파하는 데 가필의 협력이 반드시 필요하다는 결론이었다.

여태까지 스바루는 수없이 가필과 반목해 때로는 죽고 죽이는 싸움으로 발전했다. 그 발톱과 이빨에 친한 사람들이 갈가리 찢긴 것은 잊을 수 없다. 당연히, 그 분노도.

"확실히 까다로운 상대겠지만, 현재 가장 만만한 사람이에요. 입장이 절대로 양립할 수 없는 변경백과는 다르죠. 그건 나츠키 씨도 알잖아요?"

다름 아닌 살해당했던 오토 자신의 설득에 스바루는 무겁게 끄덕였다.

가필과의 공동전선은 스바루의 심정을 무시하면 불가능하지 않을 터다. 실제로 여태까지 두 번, 스바루는 그와 행동을 함께한 적이 있다.

한 번은『마녀』를, 두 번째는 로즈월을 상대로, 양쪽 다 결과는 무참했지만.

"그러니까, 문제는 그냥 내 감정뿐인데 말이지……."

"그럼 그건 이 자리에서 싹 잊어 주시고, 콱 갈겨 주세요."

"싹이니, 콱이니…… 너, 쉽게도 떠드네."

너무하다면 너무한 오토에게, 스바루는 화내기보다 기가 막혔다. 그러나 그는 "아시겠어요?" 하고 엄격하게 손가락을 들이댔다.

　"나츠키 씨, 우리에겐 시간이 없어요. 감상에 젖어 있을 겨를이라곤 없습니다. 이러는 와중에도 시시각각 시간은 없어져요. 상품의 신선도가 떨어지는 거랑 마찬가지죠. 치명적인 손해를 앞두고, 개인의 감정은 뒷전으로 미뤄요. 헛거라고요, 헛—거—!"

　"아, 알았어, 알았어. ……진짜로, 네겐 위안받는다."

　얼굴 전체를 써서 타이르는 오토에게, 스바루는 끝부분만 작은 소리로 뇌까렸다.

　감정에 선을 긋고, 우선도에 따라 문제에 대응한다. 그 점만 오려내면 오토의 요구는 로즈월과 큰 차이가 없다. 그런데 이 기분 차이는 뭐란 말까.

　"적극적인가 소극적인가 중간치인가, 아니면 발언자가 중요하단 뜻이려나."

　"잡담할 여유는 없다니까요. 나츠키 씨의 역할은 그것만이 아니고요."

　"어, 알아."

　대(對) 가필용 열쇠가 되는 것은 '바깥세상을 두려워한다.'는 마녀의 조언이다.

　에키드나에게 의지하는 것은 부아가 치밀지만 현재 단서는 그것밖에 없다. 『사망귀환』에 의지할 수 없다면 쓸 수 있는 것은 고양이 손이든 악질 마녀의 말이든 뭐든 써먹는다.

"전 저대로 협의한 내용에 따라. 에밀리아 님은……."

"이 일만은 네 손도 못 빌려. 내 손도 못 빌린다고 해야 정확하려나."

걱정하는 오토의 말에 스바루는 고개를 위아래로 끄덕여야 할지, 가로저어야 할지 모른다.

자격을 잃은 스바루는 『시련』을 도울 수 없다. 묘소의 결계는 도전하는 에밀리아가 풀어야만 하는 것이다. 하다못해 그 실마리만이라도 발견되면.

그 실마리가 에밀리아의 과거에, 그녀가 두려워하며 한탄하는 과거에 있는 걸 아는데——.

"난 아직 에밀리아의 상처를 건드리지도 않았어. 결국, 겁먹은 거지."

『시련』에 꺾여 눈물을 흘리는 에밀리아를 두고 보지 못해 더는 알아보지 않았다. 그 대가가 돌아온 것이다. 사내답지 못하고, 나약한 연심의 응보가.

"상처 딱지를 직시할 용기가 없으니 머리를 쓰다듬어서 위로하는 척해서 얼버무렸지. 난 몇 번 그걸 반복하면 학습한다냐."

"──누가 아니래요. 그런 것도 파고들지 않고서 뭐가 좋아한다니 반했다느니 하는 거예요. 순정 행세도 작작 하세요. 가소롭기는."

"……너 말이다."

창피한 대화 중에 오토가 빠른 말로 넉살 부리자 스바루는 입술을 뒤틀었다. 그 반응에 오토는 한숨짓고 그 자리에서 가볍게 기지개를 켰다.

"그럼 에밀리아 님의 상처를 건드릴 각오는 되셨고요?"

"건드려도 되느냐고 물을 각오는 말이야. 가필과 다르게 죽을 걱정은 없으니까."

"그거, 웃어도 될지 좀 고민되네요."

섣불리 가필의 상처를 헤집으면 그의 반감을 사서 생명이 위태로워질 수 있다. 그에 비하면 에밀리아에게 묻는 것은 파고드는 것에 대한 공포 말고 불안할 일이 없다.

마음에 걸리는 것은 실패하는 이유를 스스로 모른다고, 람이 남긴 조언이다.

"그것도 모든 것은, 내 에밀리아 나름……인가."

"아직 나츠키 씨 게 아니라고, 에밀리아 님 대신에 말할까요?"

"시끄럼마."

너스레로 불안을 속이고 스바루는 오토에게 주먹을 내밀었다. 그것을 보고 오토는 머리를 긁더니 비슷하게 스바루의 주먹에 자신의 주먹을 맞댔다.

"좌우간, 할 수밖에 없어. 몽땅 정리하면 화려하게 축배나 들자. 실수하지 마라."

"네. 제 빛나는 미래를 위해서도, 부디 잘하고 싶은 바죠."

"네 빛나는 미래라니, 불안해지는 말 하지 마라."

"무슨 의미래요?!"

그런 대화를 나누고 부딪친 주먹을 서로 밀고 두 사람은 등을 돌렸다.

오토에게는 오토의 역할이, 그리고 스바루에게는 스바루의 역할이 있다. 그것을 달성하기 위해서 곧장, 스바루는 숲으로 ──숨겨진 그 장소로, 발길을 재촉했다.

3

──하얀 벽의 홈에 휘석을 놓자 눈부신 빛이 넘쳐서 시야를 가득 메웠다.

"……온다고 알고 있어도, 역시 놀랍군."

팔로 얼굴을 가리고 파란 빛이 잦아들기를 기다리는 스바루는 그렇게 중얼거렸다. 그리고 조심조심 팔을 내리고 빛이 개인 벽을 보자 그곳에 원하던 광경이 있어서 안도했다.

"벽이 열렸단 말은, 도전권은 빼앗겨도 사도에서는 제명되지 않은 것인가. 이것도 에키드나의 꿍꿍이인가, 날림일 뿐인가…… 날림일 뿐이라는 쪽에 오토의 영혼을 걸겠다고."

그런 말과 함께 스바루는 휘석이 열쇠인 비밀의 방──『성역』의 숲 깊은 곳에 있는 류즈 메이엘의 복제 시설로 발길을 들이고 있었다.

스바루의 눈앞에는 거대한 크리스털과, 그 안에 봉인된 소녀의 모습이 있다. 이전과 변함없는 광경은 이곳을 방문한 스바루의 입장에 변화가 없다는 사실의 증명이다.

탐욕의 사도로서의 입장, 그것이 스바루가 확인하고 싶었던 사항 중 하나였다. 이곳에 오면 그걸 알 수 있다고 짚었다. 그리고 이곳에 발길을 옮기면——.

"관계자와 만날 수 있다고 말이야. 하지만 여기, 냄새가 심하니까 똑바로 청소하는 편이 낫지 않아?"

"——나도 같은 의견이네만, 벌레나 동물이 몰리지 않기 위한 조치일세. 불평이라면 농땡이 피우고 싶어 한 책임자에게 말해 줬으면 하는 차로구면."

"아, 가능하면 다시는 만나고 싶지 않으니 그건 봐주십셔."

그렇게 스바루는 비밀방의 입구, 그곳에 나타난 인영을 쓴웃음과 함께 바라보았다. 연홍빛 머리카락을 길게 기른 소녀——풍의 노숙한 인물, 류즈다. 걸어오는 그녀는 스바루 옆에 붙어서 신장 차이가 있는 검은 눈을 들여다보았다. 공기가 메마르는 기척, 동그란 눈동자가 가늘어진다.

"어디, 여기에 있고 방금 발언…… 이미 나에 관해선 상당히 소상히 알고 있는 모양이로구면."

"자못 짐작하시는 대로, 일단, 웬만한 사항은 망라하고 있어. 이곳의 목적이라거나."

"옳거니, 과연. 어젯밤, 에밀리아 님을 데리고 나오려 묘소에 들어갔을 때부터 혹시나 싶었네만…… 사도의 자격이 있는 이상, 의심할 여지는 없으렷다."

류즈는 스바루의 답변에 놀랐으나 금세 수긍하는 감정으로 바꾸고 끄덕였다. 왠지 피곤한 듯한 표정으로, 눈매는 감개무량하게 변했다.

"로즈 도령이 기다리던 사람은, 스 도령이라 이거구면……."

"아, 미안. 그 전개는 퇴짜 놨어. 독자가 바라지 않는다고 편집 회의에서."

"──헛?"

"그리고, 방금 발언하는 김에 확인해 두고 싶은 게 있어. 엄청 중요한 일이야."

중대한 감탄을 가벼운 투로 넘겨서 류즈는 어안이 벙벙해졌다. 하지만 스바루는 그사이에 그녀의 어깨에 손을 짚고는 눈과 눈을 진지하게 맞추었다.

"류즈 씨는, 로즈월의 생각을 어디까지 알고 있었어?"

"스 도령……?"

"가르쳐 줘, 류즈 씨. 나는 류즈 씨까지 적이라고는 생각하기 싫단 말이야."

자세는 그대로, 머리를 숙이고 스바루는 류즈에게 호소했다. 그 기세에 곤혹한 표정의 류즈는 이윽고 그 눈썹 끝을 내리더니 말했다.

"묻고 싶은 게 있으면, 사도의 권한으로 캐내면 그만이잖은가. 계집을 맘대로 할 수 있을 기회면 그맘때인 스 도령에게는 침 흘릴 만할진대."

"그맘때 남아지만, 류즈 씨의 겉모습이 적령기가 아니라서. 그리고……."

"그리고?"

"지휘권 믿고 복제체랑 이야기하고 싶은 게 아니야. 난 류즈 씨랑 이야기하러 온 거지."

스바루의 말에 류즈가 숨을 죽이고, 긴 귀가 놀라움에 희미하게 떨었다.

　진심으로 합리성만을 우선하면 여기서 스바루는 사도의 특권을 내세워야 마땅하다.

　하지만 그런 짓을 해서 류즈를 『복제체』로서 인형 취급하면, 그것은 돌고 돌아 스바루 자신의 소중한 것을 훼손할 느낌이 들었다.

　——생명이 있으면, 미래가, 희망이, 가능성이 있다. 그렇게, 로즈월은 말했다.

　스바루도 그것은 틀리지 않다고 생각한다. 그러나 그것은 틀리지만 않을 뿐이다. 올바른 게 아니다. 올바른 방식은, 아마 어딘가 따로 있다.

　그렇기에 스바루는 류즈와도, 올바른 방식으로 대화를 하고 싶었다.

　"……내 아는 것은, 로즈 도령이 마녀님으로부터 책을 물려받은 것뿐일세."

　그 마음이 통했는지 류즈는 놀람이 가신 눈으로 나직하게 이야기하기 시작했다.

　"이 『성역』의 관리도, 책의 내용을 지키는 일환일 게야. 그것도 모든 건 기다리는 사람을 맞이할 때를 위해…… 그래, 선대이전의 로즈월에게 들은 적이 있어."

　"그뿐이야?"

　"맹세코 그뿐이네. 아니면 사도로서 내게 진위를 묻겠는가?"

"……그건 그만둘게. 믿을게, 류즈 씨를."

정확히는, 믿고 싶다고 해야 할까.

스바루의 그 대답에 만족스럽게 턱을 끄덕이고 류즈는 어깨에 놓인 손에 눈길을 주었다.

"그건 그렇고 정열적이로세. 이 할망구가 참 가슴이 좀 뛰었으이."

"사건이 될 수 있는 그림이지만, 나도 살았어. 만약 이걸로 류즈 씨까지 마귀였으면 사도 명령으로 용광로에 잠기라고 할 차였어……."

"동자 같은 얼굴로, 무시무시한 말을 꺼내는 애로구먼……."

어깨에서 손을 뗀 스바루의 말에 류즈가 못 말리겠다며 허리를 두드렸다. 답답한 분위기를 털어내자는 배려. 그에 편승해 스바루도 미소를 머금었다.

그렇게 맨 처음으로 무서운 확인을 마친 참에, "해서." 하고 류즈는 갸우뚱했다.

"하는 걸 보니, 예삿일이 아니렷다. 스 도령은, 로즈 도령과 어떤 싸움질을 한 게야?"

"싸움질이라기보다, 승부 쪽이 멋지게 들리겠군. 내가 이기는 편이 모두에게 좋은 결과가 될 거라고 생각하니 류즈 씨도 내게 협력해 주면 좋겠는걸."

"사내아이는 금방 모양새를 내고 싶어 하는 법이지. ……그래서, 뭐 때문에 다투었어?"

"알기 쉽게 말하면, 『성역』을 해방하기 위한 방법론으로, 말일까."

　류즈들과 관계있는 이야기로 표적을 추리면 스바루와 로즈월의 대립은 그 점에 집약된다. 둘 다 결계를 풀고 싶은 것은 마찬가지. 차이는 실행자, 그뿐이다.

　스바루는 에밀리아에게, 로즈월은 스바루에게, 각각 해방을 기대하고 있다.

　"그리고 류즈 씨가 표면상은 『성역』 해방에 찬성해도, 속마음으론 반대파란 것은 알고 있어. 가필이, 같은 의견이란 것도."

　지금까지 직접 확인할 기회가 없던 문제에, 마침내 스바루는 치고 들어갔다.

　전에 람에게 들은 적이 있다. 이 『성역』의 해방에는 주민 전원이 찬성하는 것이 아니라, 개중에는 그것을 바라지 않는 정체파의 주민도 있다고.

　그리고 그 급선봉, 정체파의 최유력 후보가 류즈이며, 가필이라는 사실을 스바루는 이미 지금까지 거친 루프로 확신했다.

　──루프 중에 한 번, 스바루는 자신이 『성역』을 해방한다고 제안한 적이 있다.

　하지만 그 제안은 류즈의 역정을 사서 가필에게 힘으로 찍어 눌리는 결과로 끝났다. 두 사람은 『성역』의 해방을 바라지 않는다는 뜻이다.

　"기분은 이해해. 나도 별달리 밖에 나가는 게 반드시 옳다고 말하고 싶은 건 아니야. 환경을 바꾸고 싶지 않은 기분은 나도 알아. 하지만……."

밖으로 길이 열리는 것은, 좋든 싫든 변화를 낳는다. 그것을 꺼려서 마음 편한 현재를 지키자고 하는 건 일종의 본능이다. 그것을 억지로 뒤틀고 싶지는 않다. 그러나——.

"하지만 반드시 찾아올 불행을 못 본 체할 수 없어. 한 번은, 꺾여 줄 필요가 있거든."

『성역』은 가까운 시간에 재앙에 습격당한다. 그리됐을 때, 이 땅에 남는 것은 『죽음』을 의미한다. 그것을 피하기 위해서 결계는 풀려야만 한다.

이곳은, 해방돼야 한다. 하지만 선택은 그걸로 끝이 아니다.

"선택할 거면, 그때 선택해 줘. 밖으로 나갈지, 안에 남을지는 그 사람이 생각하기 나름이야. 하지만 문에 열쇠는 잠그게 둘 수 없어. 그 점만은, 절대로 양보 못 해."

"스 도령."

"힘으로 하겠다면 나도 하기 싫은 방법을 쓸 수밖에 없어. 그러니까 내가 그러게 하지 말아 줘. 대화로, 결판을 내자."

사도의 강권 같은 것에 기대고 싶지는 않다. 따라서 대화로 결판을 내리기를 소망한다.

"그러니까, 류즈 씨…… 응, 어라?"

결의를 담은 얼굴을 들고 스바루는 곤혹감에 눈썹을 모았다. 정면에서 스바루의 이야기를 듣던 류즈는 예상과 달리 뭐라고나 할까, 몹시 난감한 표정을 짓고 있었던 것이다.

그리고 그 난감한 표정대로 류즈는 "어험." 하고 헛기침하고 말했다.

"진지한 얼굴인 차에 미안하네만…… 내가 『성역』 해방에 반대한단 말은, 어디서?"

"──이곳은 아닌 어딘가. 야. 얼버무리지 않아도 된다고."

"가 도령 같은 말 하지 말고 성실하게 대답 못할꼬. 어디서 들은 헛소리인 게야."

"헛소리라니……. 아니, 저기요. 제가 직접, 이 눈으로 말이죠……."

언짢아지는 류즈의 태도에 스바루의 목소리가 서서히 힘을 잃기 시작했다. 그리고 스바루는 침을 삼키더니 살짝 눈이 오락가락하다가 말했다.

"……혹시, 류즈 씨는 딱히 『성역』 해방을 반대하지 않는 거야?"

"결계를 풀지 말지 하는 이야기에만 한한다면, 그걸 막을 의사는 없다. 스 도령도 말했듯이 열린 밖으로 나갈지 남을지, 그 부분은 당사자 나름…… 나는 그리 생각하고 있으이."

"어라─?! 세상에 그럴 수가?!"

예상 밖의 반격을 받아 스바루는 기겁했다. 여기서 가필의 고삐를 잡은 류즈를 설득해 중요 핵심인 가필 공략을 한 수 전진할 터였던 것이다. 그 계획이, 그녀의 답변에 근간부터 흔들린다.

──아니, 문제는 계획의 흔들림만이 아니다.

"그러면, 그때는 어째서…… 난 철석같이 『성역』이 해방되지 않기 위해서 감금당한 줄로만. 그 부분이 어긋났으면, 그건 뭐였단 말이야."

혼란에 빠진 머리를 부둥켜안고 스바루는 모순되는 논리에 조리를 세우고자 애썼다. 그때, 류즈가 가늘게 뜬 눈으로 스바루를 바라보며 가는 숨을 내쉬었다.

"뭐가 뭐란 말일꼬. ……헌데, 그 의심이 엉뚱하다고도 단언 못하네."

"류즈 씨? 뭔가, 짚이는 데가……."

"그 전에, 스 도령에게 묻고 싶은 게 있네."

조급해지는 스바루의 기세를 막고, 류즈의 고요한 눈이 진지하게 물어보았다.

무슨 질문을 받을까 스바루가 눈을 깜빡이자 류즈는 살짝 주저하는 티를 내며 말했다.

"……스 도령은, 가필을 어찌 생각하는가?"

그 물음에 스바루는 허를 찔렸으나 곧 그녀가 불안해하는 이유를 알 수 있었다.

"아아, 그래……. 그렇겠군."

당연한 이해가, 스바루의 입술에서 한숨으로 변해 나왔다.

별것 아니다. 류즈는, 가필이 걱정되는 것이다. 지금까지 나눈 대화를 들으면 스바루와 가필 사이에 갈등이 있음은 누구나 알 수 있다.

그 사실은 『성역』이 해방된 다음의 관계에도 영향을 끼치리라. 류즈에게 그것은 틀림없이 자기 일보다 더 큰 문제일 것이다. 그렇기에——.

"솔직히, 좋은 인상은 없어. 현재, 가장 가까운 가상의 적은 그 녀석이야."

얼버무려도 도리 없다고, 스바루는 또렷하게 류즈에게 그렇게 대답했다. 그 대답에 류즈는 눈을 내리깔고, "그러한고……." 하고 힘없이 응수했다.

그러나 침울한 표정의 류즈에게 "하지만." 하고 스바루는 말을 이었다.

"가장 가까운 가상의 적이란 말은, 가장 먼저 충돌할 놈이란 뜻이지. 그러고 난 다음, 사이좋아질 수 있을지 없을지는 끝나 보지 않으면 모르겠는걸."

"아……."

"그 판단을 위해서도 그 녀석에 대해 더 알고 싶은 바인데."

뺨을 긁으며 스바루는 편리한 놈 취급당할 각오로 소감을 읊었다. 단, 이것은 듣기 좋은 말을 골라낸 것이 아니라 스바루의 본심이다.

가필에 관해서는 로즈월과 마찬가지로 좋은 인상을 품을 도리가 없다. 하지만 로즈월만큼 악심이 있어서 적이 된 것은 아니라는 점은 인정한다.

"……노인네를 잘도 속이는구먼, 스 도령은."

"류즈 씨는, 오기로라도 나를 동네 평판이 떨어지는 캐릭터로 만들고 싶어 하더라."

낮게 웃으며 류즈는 고개를 저었다. 그리고 그녀는 한 발짝 앞으로 나서고는 정면에 있는 파란 크리스털── 자신의 뿌리에 해당하는 그것에 손을 대었다.

"나에 관해선 마녀님한테 들었으렷다. 이, 류즈 메이엘의 복제체라는 사실이나…… 혹은 복제체를 만들어낸 목적도."

"……불로불사 실험이라거나, 류즈 씨들이 그 성공 사례라는 건."

엄밀히는 에키드나가 아니라 이전 루프에서 류즈 본인에게 설명을 들은 내용이다.

에키드나의 묘소인 『성역』은 불로불사를 바란 그녀의 실험장이기도 했다고. 류즈는 그 성공사례, 영혼을 담을 그릇으로서의 역할을 떠맡은 복제체다.

그리고 이 자리에 있는 류즈는 그 복제체 중에서도 특별한 역할을 가진 개체이고.

"처음 네 개체, 그중 하나가 나일세. 지금도 여전히 복제체를 만들고 있는 마수정을 지켜보고 관리하는 감독자로서의 역할을 지고 있으이. 번갈아 가며 네 개체로 말이야."

"최초의 네 명이란 말은 들었지. 그럼 류즈 씨 말고도 세 명 더?"

"네 명……이라. 부자연스러운 삶을 받은 우리를, 인간으로 세는 방식은 적당치 못하거늘."

"지금 여기서, 성실하게 로리 할멈으로서 살고 있는 류즈 씨를 인형 취급하고 싶지 않아. 그리고 얼버무리지 말아 줘. 나머지 세 명은…… 아니."

그쯤에서 말을 끊고, 스바루는 한 번, 메마른 입술을 혀로 핥았다.

순간, 데자뷰가 스쳤다. 기시감은 기억 속에서 열기를 띠며 스바루가 물어야 할 말을 골라냈다.

──이전 루프에서, 류즈 본인에게 부탁받은 일이 있었다.

역할은 주어진 것. 그녀들은 그 밖의 개성을 원했다고. 그것이 취미이고, 기호이며, 이름이었다고. 그렇다면 여기서 물어야 할 것은──.

"내 이름은 나츠키 스바루. ……류즈 씨, 당신 이름은?"

"_____."

그 물음에, 류즈는 눈부신 것을 보듯이 눈이 가늘어졌다.

"내 이름은 류즈 알마. 최초의 복제체…… 네 명 중 한 명일세."

"──알마."

이름을 밝힌 류즈의 개성, 이름을 복창하고 스바루는 눈을 감았다. 한 번, 끄덕였다.

"내가 처음으로 만난 류즈 씨는, 분명히 류즈 빌마라고 이름 댔지. 그렇단 말은 처음부터 류즈 씨에게 숨길 생각은 없었던 거군."

이름을 물으면 대답한다. ──숨기면 곧 획득한 개성을 부정하는 짓이기 때문이다.

이제야 스바루도 알 수 있었다. 『성역』을 감시하는 네 명의 류즈, 그녀들은 그 감독자의 역할을 번갈아 가며 넷이서 한 명을 연기하며 둘러맞추고 있었다고.

"그런데 어째서 그런 번거로운 짓을? 네쌍둥이란 설정으론 안 됐던 거야?"

"우리 복제체의 몸은 혈육이 아니라 유사적인 오드에 마나를 두르게 해서 이루어졌네. 마나는 활동에 응해서 소모하며 하루 내내 활동을 계속할 수는 없지."

"그렇군. 정령과 똑같아! 그러니까 실체화할 수 없는 시간이 생겨서, 류즈 씨의 역할에 구멍이 뚫리지 않도록 교대제로 소임을 다했던 건가!"

이해가 갔다고 스바루는 손가락을 딱 튕겼다. 하지만 그 존재 방식이 가엾게도 여겨졌다.

『감독자』 류즈의 역할을 여러 명이서 연기하는 것이다. 그것은 한 가지 역할에, 네 명의 인생이 속박됐다고도 할 수 있지 않은가. 그것은──.

"──그것은, 본인이 승복했는지 아닌지의 문제. 그 말을 입 밖에 꺼내는 건 오만일세. 스 도령."

"……알아. 류즈 씨가 납득한다면 아무 말도 안 해. 근데."

"근데?"

"못한다면 말해 줘. 그때는 네쌍둥이…… 더 많나. 열 몇 자매가 될지 모르겠지만, 로즈월을 패서라도 호적을 만들겠어."

『성역』에 존재하는, 류즈 메이엘의 복제체들. 스무 명을 넘는 그녀들이 복제체가 아닌 존재 방식을 요구할 뜻이 있다면, 스바루는 그것을 거들고 싶다.

"스 도령은…… 흠, 착한 아이로고."

호적이란 단어는 전해지지 않았겠지만, 스바루의 뜻은 전해 졌을 것이다.

숨죽여 웃던 류즈의 눈에는 어린아이를 보는 자애로움이 있었다. 그것은 틀림없이 이곳에서 오랜 시간을 보내고 그녀 자신이 획득한 개성, 류즈 알마의 빛이다.

"……어흠. 그래서, 그건 알았어. 알았으니까, 하던 말로 돌아가도 돼?"

"쑥스러워하지 않아도 되거늘. 하긴 내가 시작한 이야기니 말이다. ……감독자의 소임을 다한 최초의 네 명, 나도 포함한 네 명의 의사는 통일됐으이. 그렇지 않으면 한 명의 존재를 연기할 수 없어지니까. 단, 그것도 10년 전까지 이야기."

"10년 전?"

"류즈 시마. ──최초의 네 명에서 빠진 한 명, 그자만은 예외일세."

류즈는 같은 역할을 가졌어야 할 한 명을 지적하며 그렇게 스바루에게 전했다.

류즈 시마── 감독자의 역할에서 벗어난, 최초의 네 명 중 한 명. 그 이름을 스바루는 들은 기억이 있었다. 처음에 만난 빌마, 눈앞에 있는 알마. 그리고──.

『약속은 지키겠다. 발설하지는 않네. ──그건, 류즈 시마의 이름에 걸고 맹세하지.』

──문제의 밤, 감금되는 계기가 된 대화, 그 마지막 말이다.

그 자리에 가필과 함께 있던 류즈는 『시마』라고, 그렇게 이름을 댔다. 그리고 아마도 시마의 지시로 스바루는 가필에게 감금당했을 것이다.

"류즈. 시마……."

"음. 대략 10년 전, 문제를 일으켜서 말이야. 그 이래로 감독 자의 역할에서 빼서 다른 복제체와 똑같이 숲에 숨어 있네. 따 라서 감독자의 역할은 지금은 셋이서 연기하고 있으이."

"그 시마가, 역할에서 제외된 문제가 뭔데?"

10년 전에 발생한 문제, 그 자세한 내용을 묻는 스바루에게 류 즈는 망설였다. 하지만 주저한 것은 일순이다. 침묵을 불성실 하다고 생각했는지 류즈는 한숨을 쉬더니 대답했다.

"──창조주인 마녀와의 서약에 거역했네. 따라서 소임에서 빼놓은 거야."

"서약이라면……."

"류즈 시마는 서약을 거역하고 묘소에 들어갔어. 분부를 어기 고 묘소의 『시련』에 도전해 돌아오지 않던 가 도령…… 가필을 데리고 돌아오려고, 말이야."

"─────."

그 설명을 듣고 스바루 안에서 뿔뿔이 흩어졌던 정보가 전격 적으로 연결됐다.

『시련』에 도전하고 실패해 탐욕의 사도가 된 가필. 그를 데리 고 돌아와 감독자의 역할에서 제외된 류즈 시마. 여러 명이서 한 명을 연기하는, 감독자 류즈의 존재.

그리고 가필이 『성역』 해방에 반대하고, 강경 수단에 나서는 이유는──.

"그, 시마의 훈수인가? 묘소에 가필을 구하러 갔다가, 그 이유 때문에 역할에서 빠져서, 『성역』 해방에 반대를?"

"거기까지는 모르네. 소임에서 벗어난 시마와는 나도 내내 못 만났어. 허나 가 도령은…… 우리에게 없는 기억을 공유하는 시마와 만나고 있어도 이상하진 않지."

"류즈 씨들에게 없는, 기억."

"──가 도령이, 묘소의 『시련』에서 본 과거일세."

눈을 내리깐 류즈의 대답에 스바루는 "아." 하고 얼빠진 소리를 흘렸다. 그리고 가필과 시마 사이의 선명치 못하던 연결고리가 단숨에 짙어지고, 강해지는 것을 느꼈다.

가필을 구하러 간 시마는 아는 것이다. 가필의 과거를, 그가 그 과거에 무슨 생각을 하고, 지금 어떤 생각을 품고 있는지를.
──시마만이.

"스 도령은 가 도령의 가족에 관해서는 알고 있나?"

"슬쩍만. 프레데리카가 가필의 아버지가 다른 누나고, 성이 다른 건 그 때문이라고. 그리고 피가 흐린 프레데리카만 10년 전에 『성역』 밖으로……."

거기까지 입에 올리다가 10년 전이라는 시간의 부합에 스바루는 눈을 크게 떴다. 만약 10년 전의 사건이 가필의 마음에 깊게 박힌 가시라면.

"설마, 가필이 본 과거는, 프레데리카가 나갔을 때의?"

"아니, 그게 아니란다. 우리 프가…… 프레데리카가 『성역』을 나간 것은 가 도령이 『시련』을 받은 다음일세. 그러니 그 애가 본 것은……."

스바루의 오해를 정정하고 류즈는 말의 끄트머리를 흐렸다. 그것은 짚이는 데가 있는 사람의 주저다. 그리고 몇 초 사이를 만들고 류즈는 말했다.

"──그 애가 본 것은 필경 모친과 이별한 시간일 게야."

스바루는 자신의 가슴을 푹 도려내는 착각을 맛보았다.

"10년 전의 그 애가, 마음에 상처를 남길 만한 뭔가를 봤다면, 그것은 모친과의 이별밖에 상상이 안 가네. 가 도령과 프를, 둘을 남기고 이곳을 떠난 어미와의."

"자신을 두고 간, 모친과의 이별……."

그 과거의 가능성을 입에 담고 스바루는 솔직히 살짝 맥이 풀리고 있었다.

기대라고 하면 어폐가 있다. 하지만 있다고 하면 장렬한 과거라고, 그렇게 상상했었다.

만약 가령 류즈의 추측이 옳아서 어머니와의 이별이 그의 마음에 박힌 가시라면.

"그놈이 『성역』의 해방을 거부하는 건 바깥세상 운운이라기보다, 자신을 버리고 밖을 선택한 모친에 대한…… 어두운 감정이 원인인가?"

"미울지도, 모르지. 그 이후에 프가 나간 일도 있네. 모친을 빼앗고 누이를 빼앗은 바깥세상이. 쫓아가려 해도 결계가 있어. 우리를 데리고 밖으로는 못 가. 가족도 우리도, 양쪽 다 소중히 여기는 그 애는 괴로워했을 게야."

"지금도 그런 거잖아. ……저기, 그놈은 모친을 원망하고, 미워하고 있을까?"

가필의 괴로움은 스바루에게는 알아줄 수 없는 괴로움이다.

스바루의 부모는 아무리 해도, 스바루를 내버려 두지도, 포기해 주지도 않았다.

그 행복에 구원받았으니, 그 행복이 지금, 스바루를 고민하게 한다.

"그 애는 자기 이름을 가필 틴젤이라고 밝히네. 그 성은 모친의 성일세. 난 그걸 잊지 않으려고 밝히는 거라고 생각하이."

"잊지, 않으려고……."

스바루의 말에 수긍하고 류즈는 크리스털을 올려다보고 눈을 가늘게 떴다. 그녀에게도 잊기 어려운 심지가 있다. 그것을 다시 응시하고 가필을 생각하듯이.

"과거의 이별에 품은 마음, 그것을 잊지 않기 위해서. ──그것이 분노였는지, 슬픔이었는지. 아는 것은 그 애와 시마뿐일 게야."

4

방문을 두드리고 몇 초 기다린다. 하지만 대답은 없다. 문고리를 틀자 문은 쉽게 열려서 스바루는 그 부주의함에 눈살을 찌푸렸다.

"이건 보안에 문제가 있군. 문을 똑바로 잠그라고 말해 둬야겠는데."

투덜대면서 열린 문의 틈새로 방 안을 들여다보았다. 호기심이 있어서 엿보려는 것이 아니라, 안에 있는 사람이 무방비하게 낮잠이나 자는 게 아닌가 확인하는 것이다.

다행히 방 안쪽에 있는 침대 위에 인영은 없다. 그 사실에 안도한 반면, 살짝 난감했다.

"방에 있다고 들었는데, 일 났군. 어디에⋯⋯."

"⋯⋯스바루?"

"응, 어라? 에밀리아땅, 있어?"

모습은 없는데 목소리만이 들려서 스바루는 놀랐다. 그러자 침대 너머에서 하얀 손이 쏙 나타났다. 그것은 침대 반대쪽 바닥에 주저앉아 있는 듯한 인물의 손이다.

그것이 찾던 에밀리아라고 알고 스바루는 방에 들어가 그녀에게 걸어갔다.

"왜 그래, 에밀리아 땅, 바닥에 앉고. 엉덩이 지저분해진다?"

"저기— 응, 잠자리를 설쳐서⋯⋯ 미안, 거짓말. 사실은 좀 잠이 안 와서."

"왜 미묘한 거짓말을 한 건지는 안 묻겠지만⋯⋯ 그래."

바닥 위에서 무릎을 부둥켜안고 스바루를 맞이한 에밀리아가 겸연쩍은 표정을 지었다. 그 단정하고 가련한 용모가 희미하게 그늘진 이유는 본인이 신고한 대로 수면이 부족해 생긴 피로가 원인일 것이다.

정신적인 부담도 있음이 틀림없다. 잠들지 못하는 밤을 앉아서 보낸 경험은 스바루에게도 있다.

"어젯밤, 나와 만났을 적부터 조금은 잤어?"

"……응."

허약한 끄덕임은 긍정이 아니라 단순히 이야기를 듣고 있다는 의사 표시로 여겨졌다.

어젯밤부터 잠자지 못하고 아침을 맞이했다면, 철야는 이 루프에 한정된 일일 리 없다. 서서히 컨디션을 망가뜨리는 것은 심신 모두를 소모해 가는 결과였던 것이다.

"……미안해. 이런 식으로 못난 모습 보여서."

"에밀리아?"

"어제 스바루에게 노력하는 날 보라고 부탁한 직후인데. 이런 나약한 모습을 보이면 안 되겠지. 괜찮아. 밤까지는 푹 쉴게."

걱정하는 스바루에게 에밀리아는 자신에게 힘을 북돋우고자 자기 뺨을 꼬집었다. 참으로 깜찍한 그 결의 표명에 스바루는 저도 모르게 입술에 미소를 띠고 말했다.

"곧 있으면 점심인데 지금부터 밤까지 잔다는 선언이라니 에밀리아땅, 나태하군요."

"으…… 그 말투, 어쩐지 엄―청 이상한 기분이야. 아유, 스바루 심술쟁이."

스바루의 넉살에 에밀리아가 웃고, 그대로 두 사람은 약간 부드러운 시간을 보냈다.

에밀리아의 결의, 그 뜻은 고결하다. 어젯밤 에밀리아가 한 말은 스바루의 우쭐함을 부순 것만이 아니다. 그녀에게도 용기가 필요한, 큰 의미를 가진 말이다.

지탱해 줬으면 한다고, 에밀리아는 말했다. 그러기 위해서 스바루는 온 것이다.

"——에밀리아. 네가 『시련』에서 뭘 봤는지, 내게 이야기해 줄 마음은 있어?"

"우——."

누그러진 공기의 미련을 끊어내고 본론으로 치고 들어간 스바루에게 에밀리아가 숨을 죽였다. 남보랏빛 눈에 비통한 빛깔이 번진다. 그것에 떠밀리기 전에 스바루는 밀어붙였다.

"『시련』이 과거를 보여 준다는 건 류즈 씨에게 들어서 알아. 그 사람에게 가장 괴로운 과거…… 네가, 괴로워하고 있는 건 그게 이유라고."

남을 통해 들은 걸로 치부함으로써, 스바루는 자신이 『시련』에 도전한 경험을 숨겼다. 이미 자격을 상실한 지금, 에키드나와의 해후는 이야기하면 혼란을 부를 뿐이다.

그리고 지금은 에밀리아를 위해서 모든 마음을 바치고 싶다.

"네가 내게, 지탱해 줬으면 좋겠다고 말해 줘서 기뻤어. 그러니 나는 네 힘이…… 독선이 되지 않고, 힘이 되고 싶어. 그러니 네 고민을 알고 싶어."

"스바루……."

"이야기하면 편해진다고, 쉽게 말하진 않아. 하지만 이야기해 주면 함께 고민할 수 있어. 의지가 될지는 잘 모르겠지만, 나한테 너와 같은 적과 싸울 자격을 주지 않겠어?"

에밀리아 대신에, 에밀리아에게 쏟아진 고난과 싸울 자격은 잃고 말았다.

그렇기에 스바루는 에밀리아가 지쳤을 때 몸을 기댈 곳이 될 수 있는 자격을 원한다.

"_____."

당혹해하며 입을 다문 에밀리아. 그 대답을 스바루는 조용히 기다렸다.

에밀리아의 일렁이는 눈이 그녀의 거센 갈등을 설명했다. 곤혹과 망설임, 죄책감과 자기혐오, 다양한 고뇌가 에밀리아 안에서 소용돌이치며 날뛰었다.

하지만 이윽고 에밀리아는 눈을 꼭 감고 입을 열었다.

"스바루는…… 스바루는, 나를 믿어 주는데…….."

다음에 이어져야 할 말을, 에밀리아는 입에 올리지 않았다. 진지하게 호소하는 상대의 신뢰를 의심하는 비겁함을 그녀의 고결함이 용서치 않았다.

한때 스바루가 참다못해 에밀리아에게 후려친 독선, 그 비겁함을.

"내가…… 내가 본 과거는, 아마 내가 잠자기 전의 기억이라고 생각해."

눈꺼풀을 뜨고, 에밀리아가 조용조용 이야기하기 시작했다.

여태까지 혼자 떠안기만 한 기억을, 스바루가 건드리는 것을 피한 과거의 상처를.

그 고해에 숨을 집어삼키고 스바루는 에밀리아의 손을 잡았다. 그리고.

"이야기해 줘서, 고마워. ……길어질지도 모르는 거지? 앉아서 이야기하자."

"으, 응."

끄덕이는 에밀리아를 침대에 앉히고 그 옆에 스바루도 앉았다. 뭐부터 말해야 할지 헤매듯이 옷의 주름을 펴는 에밀리아. 그 옆얼굴에 스바루는 "저기 말이야." 하고 운을 뗐다.

"말을 끊고 싶지 않은데, 지금 이야기 중에 나오던 잠자기 전이란 건?"

"……내가, 줄곧 얼음 속에 있었다고, 스바루에게 이야기한 적 없었지?"

"얼음 속……이라니, 그거 얼어붙어 있었단 의미야?"

예상 밖의 말에 스바루는 눈을 깜빡였다. 순간, 뇌리에 숲의 시설── 류즈 메이엘을 봉인한 크리스털이 스쳤다. 엄밀히는 얼어붙은 것과는 다른 상태지만, 이미지는 그와 매우 유사하다. 스바루의 해석이 잘못되지 않는다면, 말이지만.

"나, 숲에서 줄곧 얼음덩이였어. 팩이 찾아낼 때까지, 하염없이 오랫동안…… 얼음 속에서 줄곧 잠자고 있었대."

한 박자 쉰 에밀리아의 고백이 스바루의 장렬한 상상이 사실이라고 긍정했다.

"──────."

목덜미의 결정석, 팩이 봉인된 그것을 만지며 에밀리아가 눈을 감았다. 눈꺼풀 속에 그려지는 것은 깨어날 때 옆에 있었던 정령과의 기억일까.

에밀리아가 팩을 믿고 아끼는 관계의 발단이, 아마 거기에 있는 것이다.

　그 사실에 대한 선망과 동시에 『얼음』과 『숲』이란 키워드가 스바루의 기억을 자극했다.

　"──그래, 엘리오르 대삼림의 영구동토(永久凍土)! 그러고 보니, 왕선 때."

　되살아나는 기억은 왕선에서 열린 소신표명의 장면이다.

　왕선이 열린 홀에서 많은 사람들에게 둘러싸이면서 에밀리아는 확실하게 자기에 대해 이야기했었다. 자신이 살던 숲에 대해서도, 『오랜 시간을 보냈다』고도.

　──얼어붙은 숲에 사는, 『빙결의 마녀』라고 불리던 것도.

　"에밀리아는 그 숲에서 줄곧 얼음 속에…… 도대체, 언제부터?"

　"……기억은, 엄청 모호해. 아마, 여섯 살이나 일곱 살쯤 때에."

　"6, 7세…… 엘프는 나이 세는 법이 인간이랑 똑같지?"

　손가락을 꼽으며 계산하는 스바루에게 에밀리아가 조심조심 끄덕였다.

　유아기부터 얼음덩이가 되어 몇 년쯤 너머서 깨어나면 타임슬립이나 마찬가지다. *우라시마 타로 같은 상태로, 에밀리아는 신세계에 내던져진 것이리라. 그다음 시간을 함께 보낸 팩을, 가족으로서 따르는 것도 당연한 처지다.

---

* 우라시마 타로 : 일본의 설화에서 용궁에 다녀온 인물. 용궁에서 지상으로 돌아오자 수백 년이 지나 있었다.

"묘소에서 보는 건 그 얼음덩이가 되기 전의 기억…… 숲이 얼었다는 건."

"100년 정도 전이라나 봐."

"그래, 100년 전…… 어, 100년?"

시간 순서로 정리하려다가 스스럼없는 대답에 스바루는 어안이 벙벙해졌다. 그 사실에 에밀리아는 "왜 그래?" 하고 갸우뚱했다.

"아, 아니, 10년 정도의 간격으로 봤었더니, 자릿수가 하나 달라서…… 그 왜, 에밀리아땅의 겉모습이 나랑 비슷하니까, 얼어붙었던 기간도……."

"나, 얼음 속에서 자고 있는 중에도 몸은 성장했었어. 그래서 갓 일어났을 무렵에는 거의 다른 사람 몸 같아서, 별별 곳에서 넘어지거나 많이 실수해버렸을 정도야."

"아, 아아, 오호라. 어─음, 정리하면……."

에밀리아가 잠든 게 7세 무렵으로 치고, 눈을 뜬 것이 그로부터 100년 뒤다. 즉, 그 시점에서 에밀리아의 실제 연령은 107세로 본다.

"그래서, 에밀리아땅을 팩이 깨운 건 언제?"

"……아마, 6년인가 7년쯤 전이라고, 생각하는데."

확실성이 결여된 에밀리아의 대답이지만 그 답변으로 스바루의 의심은 확신으로 바뀌었다.

얼음에서 해방된 시점에서 107세, 거기서 7년 경과해, 114세.

──에밀리아는 실제 연령 114세, 외견 연령 18세, 정신적으

로는 14세다.

"시, 실제 연령, 외견 연령, 정신 연령…… 전부 어긋났어."

엘프의 피를 이어받은 에밀리아라서 실현된, 본래는 있을 수 없는 연령의 삼중 착오다. 그와 동시에 스바루 안에서 에밀리아의 행동거지에 있던 많은 의문이 해결됐다.

100년 이상을 살아온 장수 종족치고는 시정에 어둡고, 겉보기에 비해서는 어린애 같은 언동이 두드러지며, 때때로 묘하게 낡아빠진 말을 기꺼이 쓴다고는 생각했었는데.

그것들은 전부 에밀리아가 인생의 태반을 얼음 속에서 잠자며 보낸 폐해였다.

"열넷이면, 펠트랑 다를 게 없잖아……. 그런데, 왜."

그런 소녀가 이토록 큰 책임을 짊어져야만 한단 말인가.

왕좌의 쟁탈전. 얼어붙은 고향의 숲, 400년의 시간이 정지한 『성역』. 그녀에게 쏟아진 고난들은 왜냐고 한탄하고 싶어질 정도로 부조리하다.

"스바루?"

"……미안. 말은 끊지 않는다고 말했는데 참."

불안한 눈치의 에밀리아에게 스바루는 억지로 꾸민 웃음으로 응했다. 마음속에선 그녀에게 고난을 강요하는 왕선과 로즈월에 대한 짜증이 더욱 강해지고 있었다. 하지만 그게 없으면 스바루는 에밀리아와 만날 일도 없었다. 그렇기에 화가 치민다.

"에밀리아가 보는 건, 그 숲이 얼기 전에, 평범하게 살던 시절이야?"

"아마…… 맞아. 숲에서 모두와, 살던 시절일, 텐데…….."

이야기의 방향성을 수정하는 스바루에게 에밀리아가 이마에 손을 짚고서 더듬더듬 대답했다. 마치 통증을 참는 듯한 모습이 미심쩍어서 스바루는 그 가는 어깨에 손을 댔다.

"에밀리아? 괜찮아? 이야기하기 힘들면…….."

"괘, 괜찮아. 그냥, 그게, 기억이…… 별로, 또렷하지 못해. 『시련』에서, 난 과거를 봤어. 봤는데…… 무슨 일이 있었는지가, 엄청."

"본 기억을 떠올리지 못해? 그런 일이…….."

있는지 없는지, 스바루는 판단할 수 없다.

스바루가 과거에 도전한 것은 한 번뿐이고, 그때 스바루는 『시련』을 극복했다. 따라서 부모의 기억은 또렷이 남았지만, 실패했을 때의 기억이 어떻게 되는지는 모른다.

도전자를 수없이 고뇌시킨다. 그래서 악질적인 수작을 부리지 않았다고 단정할 수는 없었다.

"기억을, 천천히 더듬어 가면 어때? 예를 들면…… 숲에서 살던 사람들은?"

"……숲에는, 작은 마을이 있어. 엘프, 사람들과 함께 살았고."

"에밀리아의, 가족은?"

부모나 형제는 있었는가. 그런 의도를 담은 질문을 해서 스바루는 금세 자신의 실언을 깨닫는다. ——에밀리아는 팩을 유일한 가족이라고 늘 말하고 있다.

친가족을 잃었음은 생각할 필요도 없이 짐작해야 마땅했다.

"걱정하지 마. 숲에, 내 가족은 없었어. 모두는 다정하게 대해 줬고, 나도 모두를 좋아했는데…… 가족은, 그래."

실언을 후회하는 스바루에게 에밀리아는 꿋꿋하게 미소 짓고 고개를 가로저었다.

"엄마 같은 사람은, 있었어. 엄—청 상냥하고, 미인이고, 멋있어서……."

"엄마."

"약간, 눈매가 스바루랑 닮은 것 같더라. 그…… 어라?"

미소 지은 채로, 스바루와 기억 속 어머니 사이에 공통사항을 찾아낸 에밀리아. 그러나 그 미소가 별안간 굳으며 에밀리아는 연거푸 눈을 깜박였다.

"응, 어라……. 왜, 엄마…… 엄마? 라고, 부르지……."

믿을 수 없다고, 동요하는 에밀리아가 자신의 입에 손을 대었다. 발견되지 않은 답을 갈구하듯이 에밀리아의 시선이 실내를 헤매기 시작했다.

하지만 사라진 기억의 단편이 이 임시 숙소의 한 방에 떨어져 있을 턱이 없으니.

"에밀리아, 진정해 봐. 천천히 말해도 돼. 초조해하지 말고."

"――."

혼란에 빠질 뻔한 에밀리아의 머리에 팔을 두르고 꼭 그녀를 끌어당긴다. 긴 은발이 등에 흐르고 놀라는 에밀리아의 이마가 스바루의 가슴에 닿았다.

심장 소리를, 들려준다. 어젯밤, 에밀리아가 스바루에게 해준 것과 비슷하게.

"……다른 사람들은 숲이 얼어서, 어떻게 된 거야?"

"──나랑, 똑같이, 얼음 속에…… 지금도, 얼어붙은 채로. 난 숲에서 생활하면서 줄곧 다른 사람들을, 팩이랑 같이 기다리면서……."

"그래. ……그건, 엄청 장한 일을 했구나."

얼어붙은 숲에서 팩과 함께 지내던 나날── 그것은 말 그대로 정말로 줄곧, 정령과 단둘이서 지낸 시간. 가족과 마찬가지인 친인들의 얼음상과 함께.

그것은 상상도 가지 않을 정도로 애잔하고 쓸쓸한 광경이 아닌가.

"다들, 깨어나기를, 기다리면서…… 하지만 그런 날은 오지 않았어. 그래서, 그러니까…… 난 숲에서 나온 거야. 왕선에, 참가한 거야."

"──? 왜 숲하고, 왕선이 관계가?"

"로즈월이, 약속해 줬거든."

숨을 죽였다. 여기서 로즈월과의 약속이라는 한마디에 소름이 쭈뼛 선다.

숲에서 고독에 시달리는 에밀리아에게 로즈월은, 마인은 무엇을 약속했단 말인가.

"가져온 휘장을, 내게 줘서…… 용주(龍珠)가 빛나는 걸 확인한 다음, 왕선 이야기를 했는데. 하지만 난 루그니카 왕국에 대해선 하나도 몰랐거든."

당연하다. 어릴 적부터 줄곧 숲속에서 지낸 에밀리아가 바깥 세상을 알 방법은 없다. 그렇다면 로즈월은 어떻게 에밀리아를 숲 밖으로 꾀어냈는가. 그것은———.

"아무것도 모르던 나한테, 로즈월은 말했어. ———당신이 왕좌를 얻으면, 이 숲의 얼음을 녹이는 것도 가능할 겁니다."

"———."

스바루는 끓어오르는 피로 시야가 새빨갛게 물드는 착각을 느꼈다.

로즈월은 때 묻지 않은 에밀리아의 소원을 이용해 숲 밖으로 데리고 나왔다. 에밀리아가 왕선의 참가 자격을 가진 것도, 아마도 『예지의 서』의 내용에 있었을 것이다.

에밀리아에게 기대했기 때문이 아니라, 그녀 밑에 나타날 최강의 카드── 나츠키 스바루라는 이름의 패를 수중에 넣기 위해서만.

──솔직히 문제가 해결된 다음, 그를 진영에 맞이할지 보류하고 싶어졌다.

"스바루는, 날, 경멸해?"

"……뭐? 내가 에밀리아를? 왜?"

거무칙칙한 분노에 불타는 스바루의 가슴에 얼굴을 묻은 채로 에밀리아가 가늘게 물었다.

"다른 후보자들은 다들…… 어엿한 목표나, 각오가 있어서 왕선에 참가했는데, 내 이유는 엄청, 엄청 개인적인 거라서……."

"──그게 네가 말하던 개인적인 이유란 거냐."

소신표명 직후에 결별했다가 재회한 스바루가 마음을 전했을 때, 호의에 곤혹스러워하던 에밀리아는 자신이 왕선을 뜻하는 건 분명히 개인적인 이유라고 말했었다.

그것은 실제로 왕국의 미래나 국민 전체를 두루 생각한 소원이 아닐지도 모른다. 그러나 그것은 단순한 계기다. ──발단이, 다른 것만 못할 이유는 되지 않는다.

"가족이나, 소중한 사람들을 구하고 싶단 동기가 나쁠 일은 없고, 구하는 사람의 많고 적음으로 하는 일이 훌륭하단 점은 퇴색되지 않아. 그리고 그뿐만이 아니잖아?"

처음에 숲을 나선 계기는 어쨌든, 그 뒤의 나날에서 에밀리아에게도 변화는 있었다. 그러지 않으면 왕선 자리에서 그토록 당당하게 자신의 소원을 이야기할 수 없다.

평등하게, 공평하게, 자신을 봐줬으면 한다고. 에밀리아는 그것을, 밖에서 배우고 소망했을 터.

"……응. 엄─청, 고마워."

스바루의 가슴에 머리를 맡긴 채로 에밀리아가 연거푸 끄덕이며 그렇게 말했다. 꿈지럭꿈지럭 움직이는 감촉에 조금은 목표대로 그녀의 버팀목이 될 수 있었을까 스바루는 고민했다.

다만 사라지지 않은 애틋함만을 담아서 에밀리아의 머리를 다정하게 쓰다듬고 쓰다듬었다.

"……에밀리아?"

얼마나 그러고 있었을까.

대화가 없는 접촉 도중에 스바루는 힘이 빠진 에밀리아의 이름을 불렀다. 그녀의 대꾸는 없고, 대신에 있던 것은 희미하게 잠에 빠진 숨소리다.

마음고생에, 아주 자그마한 안식이 겹쳐서 에밀리아는 잠에 떨어졌다. 그 잠자는 얼굴이 악몽이 아니라 피로를 달래는 잠인 눈치에 스바루는 한숨을 내쉬었다.

밤의 『시련』을 감안하면 그녀의 과거에 대해서 더 자세히 이야기를 들어야 마땅하다.

그러나 스바루는 구태여 그러지 않았다. 그것은 악몽에 시달리지 않고 몸과 마음을 쉬는 에밀리아를 배려한단 이유도 있지만, 그뿐만이 아니다.

가장 큰 이유는 따로 있다. ──에밀리아에게 일어난, 명백한 이변이다.

"과거의 기억에, 아무리 생각해도 오류가 있어."

자신의 출신과 왕선에 참가한 이유를 스바루에게 털어놓은 에밀리아. 그것도 상당히 용기가 필요한 결단일 테지만, 실제 『시련』에 관한 기억에는 튀는 게 없었다. 그것은 이야기하고 싶지 않은 기분의 표출──만이 아니다. 기억에, 결손이 있다.

아마도 『시련』이 에밀리아에게 보여 주는 과거는 고향 숲이 얼어붙는 100년 전 사건. 그런데도 그녀는 그 기억을 똑바로 가지고 돌아오지 못했다.

──좌절하는 이유를 스스로 깨닫지 못하고 있다. 그야말로 람이 말한 바와 같다.

정확히는 좌절하는 이유가 되는 기억을 떠올리지 못하고 있다. 그리고 그것은 치명적이었다.

이것이 매번 있는 일이라면 에밀리아는 매일 밤 새로운 상태로 『시련』에 도전하게 된다. 『사망귀환』한 기억이 없이 루프만을 하는 스바루 같은 격이다. 그래서는 반성이고 개선이고 할 도리가 없다. 실패가 이어질 만도 했다.

이것이 에키드나가 수작을 부린 함정이라면 최악이지만——.

"——절대로 넘을 수 없는 벽에 악착같이 도전하는 모습을 비웃는 타입은, 아니지."

에키드나의 성품이 썩은 것은 사실이지만 미학이 있는 악질임은 믿을 수 있다. 그 마녀는 넘을 수 없는 『시련』은 제시하지 않는다. 자기가 신인 줄 아나, 악질년.

그렇게 사후에도 꿈의 세계에 머무른 것이다. 실제로 신에 필적할지도 모르지만.

"그렇다고 해도 난 네게는 기도하지 않아. 기도한다면 내 여신에게 기도하지."

단지 스바루의 여신은 지금 둘 다 자기 일로 한계였다. 그렇기에 대신에 스바루가 둘의 몫까지 부족한 머리를 굴려야만 한다.

"에밀리아 자신에게 기억을 찾을 수단이 없으면……."

고른 숨소리를 내는 에밀리아를 침대에 눕히고 스바루는 마음속으로 써먹을 수 있는 수단을 모색했다.

과거, 무슨 일이 있어서 에밀리아는 『시련』에 마음이 부서졌는가. ——바로 몇 시간 전, 이것과 완전히 같은 일을, 다른 인물을 대상으로 생각했던 게 떠오른다.

　가필 때문에 고민했던 것과 같은 일로 에밀리아 때문에 고민하고 만다. 차이가 있다면 과거를 알 방법이 당사자에게 묻는 것마저 봉인되어서——.

　"——가만."

　거기까지 생각하다가 스바루는 자기 사고에 제동을 걸었다.

　가필의 과거를 알기 위해서 스바루는 류즈에게 접촉했다. 결과적으로 그것은 예상 밖의 모양새로 실패했지만, 방침 자체는 지금도 계속 중이다. 그리고 직면한 전제 조건이 같다면, 에밀리아에 대해서도 같은 수단은 취할 수 없을까.

　"에밀리아 본인이, 무슨 일이 있었는지 떠올리지 못해도······ 알고 있는 녀석에게 물으면."

　엘리오르 대삼림에서 무슨 일이 있었는가, 알고 있을 가능성이 있는 사람은 많지 않다.

　우선은 로즈월이지만, 적대 관계인 그에게 듣기란 어렵다. 람도 어디까지 소상하게 알지 기대할 수 없다. 입장상 그들에게 묻기도 어렵다.

　하지만 한 명—— 아니, 한 마리, 있지 않은가.

　에밀리아 바로 곁에, 가족과 마찬가지인 존재가. 그녀와 함께, 오랫동안 지낸 존재가.

　"——팩이다."

　에밀리아의 계약 정령이며 유일한 가족을 표방하는 팩이라면, 얼음덩이가 된 에밀리아가 깨어날 때 있었던 새끼고양이라면, 분명히 사정을 알고 있다.

　문제는 그 정령과 접촉을 취할 수 없는 현재 상황――『성역』에 찾아오기 며칠 전부터 팩은 에밀리아의 부름에도 응답하지 않고 모습을 보이지 않고 있다.

　그 팩이 자리에 없어서 에밀리아의 정신에 준 불안은 크다. 그것을 빼고서라도 스바루에게는 팩과 대면해 말을 주고받을 필요가 있었다.

　"생각해. 생각해, 생각해생각해생각해생각해, 나츠키 스바루. 생각해……."

　손바닥으로 얼굴을 가리고 스바루는 필사적으로 수단을 모색했다. 에밀리아의 부름에 응하지 않는 것이다. 평범한 수단으로 정령술사로서 팩에게 손을 써도 의미는 없다. 그렇다면 다른 방법으로 팩을 억지로 깨운다. ――지금까지 겪은, 팩과의 기억을 모조리 헤집었다.

　왕도에서의 에밀리아와의 첫 대면, 장물 창고에서의 재회와 공동전선, 저택에서의 루프 동안에도 여러 번 교류하고, 그리고 왕선 개시 후에는 팩에게 생명을 빼앗긴 적도――.

　"――나는 몇 번, 너한테 살해당했더라?"

　입속에서만 중얼거린 것은 팩의 손으로 『사망귀환』한 사실의 언급이다. 그것은 원망을 다시 태우는 것이 아니라 일어난 사건과 인과관계의 확인.

　스바루는 세 번, 분노한 팩에게 생명을 빼앗겼다. 그건 전부――.

"———————."

그 가능성에 생각이 미쳐 스바루는 숨을 집어삼키고, 에밀리아의 잠자는 얼굴을 내려다보았다.

편안하게, 꿈도 꾸지 않을 만큼 깊이 잠든 에밀리아. 그 안녕에 스바루의 존재가 적게나마 기여했다면 더할 나위가 없다.

——그럴 텐데.

"미안해, 에밀리아."

한마디, 그 잠자는 얼굴에 사과하고 스바루는 에밀리아에게 몸을 기댔다. 그리고 그녀의 하얀 목에 그 두 손을 올렸다. 매끄러운 피부의 감촉을 손끝에 느끼고 스바루는 숨을 멈췄다.

심장 고동이 시끄럽다. 거센 혈류를 고막으로 느끼면서 스바루는 가능성에 따르려 했다.

스바루의 예상이 옳다면, 그건 일어날 터다. 그리고 손가락에 힘을——.

"——줄 리, 있겠냐."

직후, 아픔을 참는 목소리로 스바루는 그렇게 말을 쥐어짜고 있었다.

아픔은 사실이다. 날카로운 통증에 어금니를 깨물며 스바루는 호흡이 거칠어져서 뒤로 물러섰다. 그런 스바루의 두 손은 좌우 손바닥에서 하얀 아지랑이를 풍기고 있었다.

두 손을 뜨거운 물에 담근 것 같은 아픔. 그러나 그것은 실제로는 정반대의 결과다. 이것은 고열의 고통이 아니라 초저온이 낳은 격통이므로.

그리고 그것을 발생시킨 것은——.

"이렇게까지 안 해도, 내 노림수는 알 거 아니야……!"

『——으음, 글쎄. 애정이 뒤섞인 결과, 리아에게 위해를 끼치려 하지 않는다고는 단정할 수 없잖아? 스바루의 애정은 부담스러울 것 같고.』

"너, 내가 유치원 시절에 보모 누나에게 러브레터를 썼다가 들은 답변을 어떻게……."

『에에—…… 역시 리아 곁에 놔두기는 무서운데. 없앨까?』

"가볍게 없앤단 소리 마라. 그리고……."

아픈 두 손을 흔들고 스바루는 원망이 듬뿍 서린 시선을 정면으로 보냈다. 그 시선이 가는 곳은 에밀리아의 목——이 아니라 목덜미에 있는 녹색 결정석이다.

옅게, 희미하게 발광하는 결정석. ——목소리는 확실히 그곳에서 스바루에게 닿고 있다.

변함없이 그 모습은 현현하지 않고, 실체화해 주지는 않지만.

"에밀리아땅이 슬퍼했다고. 가족 겸 애완동물이 가출하는 바람에."

『가출이랄까, 계속 안에 있었지만. 하지만, 응, 그러네.』

스바루의 빈정거리는 너스레에 응수하며 결정석—— 팩은 아마도 현현했으면 해이한 웃음을 띠고 있었을 분위기로 말했다.

『용케, 날 불러내 줬구나. ——난 기뻐, 스바루.』

제4장 『거짓말과 거짓말쟁이와 허풍선이』

1

——깨어나서 처음으로 느낀 것은 텅 빈 오른손에서 나오는 적적함이었다.

잠에서 깨어 피가 안 도는 머리로 멍하니 생각했다. 잠들기 전, 잠자고 나서도 누군가가 손을 잡아주고 있던 느낌이 든다. 그것이 심히 자의적인 감상이라고 깨닫고 의식이 각성했다.

"……나, 어쩜 너무한 애라니. 그런 거, 엄청 이기적이야."

자조와 수치로 얼굴을 붉히며 침대 중앙에서 웅크리는 소녀 —— 에밀리아는 그렇게 뇌까렸다.

손바닥의 감촉은 잠자기 전까지 시간을 함께 보내준 소년의 것이다. 그것이 깨어나서 느끼지 못한 것에 서운함을 느끼다니, 얼마나 자기 위주인 것일까.

여태까지 줄곧 기대다가, 그런데도 아직 자신은 매달리려고 한다.

어젯밤, 스바루에게 잘난 척하며 이상론을 설파하자마자 이 꼴이다. 그에게는 의지하기만 하고. 과거에 무슨 일이 있었는지 질문을 받았을 때도 사실은 안도하지 않았는가.

또 스바루가── 누군가, 움직이지 못하는 자신을 구원해 줄 거라고 이기적인 기대를 품고.

"──────."

약해지는 마음에 입술을 깨물고 에밀리아는 무의식중에 목덜미의 결정석을 만지고 있었다.

거기서 희미하게 느껴지는 것은 줄곧 곁에 있어 준 정령과의 연결고리. 요 며칠, 한 번도 얼굴을 보여 주지 않은 가족. 목소리를 듣고 싶다고, 지금은 공연히 그렇게 생각했다.

"꿈이었을까. ……머리맡에서 팩이랑, 스바루가 대화하던 것처럼 들렸는데."

그것이 약한 자신이 들려준 환청이라면 지독히 편리한 귀다. 남보다 살짝 긴 귀, 자기 몸에 흐르는 피를 꺼린 적은 없다. 단지, 생각하는 건──.

"……왜, 나는 똑바로 기억 못하는 거야?"

『──너무 자신을 탓하면 못 써, 리아. 그건, 내게도 책임이 있으니까.』

"어……."

난데없이 들린 목소리. 그것은 고막이 아니라 직접 마음에 울리는 염화(念話)다. 음성을 수반한 것이 아닌데도 에밀리아는 그 목소리 임자가 누군지 금세 알 수 있었다.

"팩……?!"

튕기듯이 몸을 일으키고 에밀리아는 결정석을 손바닥에 올렸다. 은은하게 빛나는 녹색 빛은 조금씩 에밀리아의 시야에 상을 맺고 구체화된 존재로서 힘을 현현한다.

"평소보다 몸이 좀 작나? 뭐, 그런 나도 프리티하지."

까불대는 말을 하며 에밀리아의 손바닥에서 빙글 돈 것은 회색 새끼고양이—— 긴 꼬리에 동그란 눈, 분홍빛 코를 가진 깜찍한 정령, 팩이다.

"팩…… 아, 패액……."

"안녕, 리아. 본 지가 좀 됐네. 가족회의 때문에 무리해서 나왔어."

"가족, 회의……."

며칠만의 재회에 에밀리아의 마음에 기쁨과 놀람과, 약간의 분노가 싹텄다. 하지만 사정 설명을 요구하려다가 눈물 고인 에밀리아는 금세 이변을 깨달았다.

손바닥의 팩의 크기는 평소보다 작고, 그 이상으로 존재가 너무나 허약한 것이다.

"……에헤헤. 생각보다 한계가 빠른 것 같은걸. 뭐, 의식해서 계약을 깨려고 하는 거니 정령의 권리를 빼앗겨도 어쩔 수 없으려나."

"계약을, 깨……? 무, 무슨 소리야? ……으응, 그런 건 됐어. 그런 것보다, 지금까지 어디에…… 앞으로는."

"——지금까지도, 지금도, 줄곧 리아 곁에 있었어. 이야기하지 못한 건 내 개인적인 사정과 리아 자신의 문제야. 하지만, 앞으로는."

이마에 손을 주고 쑥스럽게 웃던 팩의 표정이 변했다. 의뭉 떨고 애교 있는 얼굴, 그것이 진지한 것이 되어 에밀리아는 꺼림칙한 오한을 느꼈다.

여태까지 팩이 한 번도 보여 준 적 없는 얼굴──── 아니, 본 적은 있다. 있었다.

그것은 얼음덩이가 되었던 에밀리아가 깨어났을 때 보여 준 얼굴.

그 뒤, 에밀리아의 생명이 위태로워졌을 때, 두 사람이 계약을 맺었을 때 보여 준 얼굴.

그리고 지금 이 순간, 팩이 그 얼굴로 에밀리아를 보는 이유는────.

"어…… 싫어, 어……? 잠깐, 만…….."

경악에 에밀리아의 목소리가 후들거렸다. 팩의 발밑, 새끼고양이의 동그란 꼬리를 실은 결정석에 균열이 퍼지고 그 금이 천천히, 확실하게 퍼져 나간다.

"크, 큰일이야! 큰일났어, 팩! 돌이, 그릇이…… 이대로 두었다간!"

"미안해, 리아. 사실은 똑바로 설명해 주고 싶은데 시간이 없네. 그러니까 엄청 속상하지만, 너에 관해선…… 나 다음으로, 널 소중히 여기는 애한테 맡길게."

"무슨, 소리야……? 그런 사람……! 그런 사람은……!"

도리질 치지만 결정석의 붕괴는 멈추지 않는다. 그에 따라 팩의 모습이 조금씩 풀리며 전체상이 뿌예진다. 그 사라지는 모습은 장난질이라고는 여겨지지 않는다.

팩이 정말로 사라지려고 한다. 이렇게나 느닷없이, 에밀리아와의 연결고리와 함께.

무슨 일이 일어났는지, 일어나고 있는지 모르겠다. 팩이 수긍하는 표정을 짓고 있는 것도, 그 검은 눈에 지금 에밀리아가 어떤 식으로 비치고 있는지도.

"――리아. 너와 나 사이의 계약을 파기한다. 일방적이라서 정말 미안해."

"――――."

상상도 못한 공포가, 현실이 되어서 에밀리아를 짓눌렀다.

팩과 떨어질 거라고, 계약이 끝날 날이 올 거라고, 에밀리아는 생각해 본 적도 없었다. 왜냐면 그게 에밀리아와 팩 사이에 있던, 『약속』이기에.

"내가 없어지면, 기억의 마개가 열릴 거야. 거기서 아마 리아는 슬픈 경험을 많이 할 거고. 지금보다 더 울고 싶어질지도 몰라."

팩의 말뜻을 모르겠다. 팩의 모습이 에밀리아의 손바닥에서 둥실 떠올랐다. 긴 꼬리를 살랑이며 에밀리아의 코끝에 부유했다.

작고 하얀 손이 뺨에 닿았다. 눈꼬리에서 흐르는 눈물방울을 자상하게 닦아내듯이.

이 온기가 사라질 바에는, 얼어붙은 고향의 숲 따위――.

『에밀리아. 너를, 엄―청, 사랑해.』

"──싫어!"

사라지는 끈을 잡아두려고, 생각해서는 안 될 것을 생각한 뇌리에 목소리가 울렸다. 그것은 분명치 않은 기억의 저편에서, 에밀리아에게 말을 거는 『누군가』의 목소리로.

선택한다. 이 순간에, 눈앞의 온기와 얼음 속에 봉인된 차가운 과거를.

그리고 그 선택권은 에밀리아의 손아귀에. 지금, 손을 뻗으면 팩은──.

"──응, 그러면 되는 거야, 리아."

팔이 움직이지 않는다. 떨리는 손가락은 뺨의 눈물을 닦아주는 팩에게 닿지 않았다.

이 순간의 온기를 우선해 과거와 이어지는 목소리를 무시할 수가 없었다.

팩과 함께 숲에서 살며 얼음덩이가 된 친지들의 얼음상을 하염없이 지켜보는 나날이 있었다.

그 나날이, 에밀리아에게 그러지 못하게 했다. ──그리고 그 나날이 끝난다.

"리아. ──너를, 세상에서 제일 사랑해."

"─────."

과거에 들은 사랑의 말, 그것과 마찬가지로, 애정을 들어서.

그 순간, 새끼고양이의 모습은 녹색 인광으로 변해 공기에 녹아들듯이 뿔뿔이 흩어졌다. 손바닥에는 둘로 쪼개진 결정석. ──그것은 이미 완전히 빛을 잃고 있었다.

의심할 여지는 없다. 결정석은 깨지고 팩은 없어지고, 둘 사이의 계약은 풀렸다.

연결고리가 느껴지지 않는다. 언제나 반드시 느껴지던 연결고리가, 마치 꿈만 같이.

"……하지만, 꿈이 아니야."

자신의 뺨에 손가락을 대고 에밀리아는 꽉 볼살을 꼬집었다. 아프다.

깨어나지 않는다. 정적만이 방에 남았다.

"……말, 쟁이."

뺨을 꼬집는 손을 놓고 에밀리아는 얼굴을 가렸다. 천장을 쳐다보았다. 누구에게도 이 얼굴을 보이지 않게끔. 아무도, 곁에 없으니 그럴 염려는 없는데도.

그저, 목소리가 떨렸다.

"팩은…… 아빠는, 거짓말쟁이이……."

2

깨어나서 처음으로 느낀 것은 가슴속에 뻥 뚫린 허무감에 대한 짜증이었다.

"……씁."

혀를 차고 몸을 일으켜 짧은 금발이 난 머리를 거칠게 쥐어뜯었다.

시원시원 일어나는 편이다. 하지만 꿈자리는 사나웠다. 이도

저도 죄다 이 『성역』에 찾아온 초대받지 못한 빈객, 고요한 공기를 어지럽히는 놈들 때문이리라.

"가 도령, 일어났는고?"

침상에 엉짱게 책상다리로 앉은 등에다가 귀에 익은 목소리가 닿았다. 돌아보자 허름한 오두막 안쪽에서 모습을 보이는, 하얀 관두의 차림을 한 조모—— 시마가 있었다.

그 조모의 모습에 가필이 뺨을 일그러뜨리고 천천히 일어나서 말했다.

"미안한데. 낮잠을 자버렸어. 이 어르신이 자는 동안 아무 일도 없었고?"

"고작 몇 시간인데 과하게 걱정하이. 그래서야 장래에 머리 벗겨질지도 모른다."

"……분발해서 지나칠 일은 없잖아. 천하의 나도 식겁했다고. 할멈한테, 그 실실대는 얼굴의 형씨가 독기 범벅이라고 들어서 말이야."

놀리는 어조의 조모에게 가필은 진지한 목소리로 대꾸했다. 그 모습에 눈썹 끝을 내리고, 시마는 미안한 듯이 "미안하구나." 하고 사과했다.

나츠키 스바루에게 독기—— 마녀와의 접점을, 말 그대로 냄새 맡은 자는 시마였다.

숲에 잠복해 『성역』의 눈 역할을 하는 시마. 다른 복제체와 달리 유일하게 류즈처럼 자아를 가진 그녀를, 가필은 정기적으로 만나고 있었다.

──『성역』에 찾아온 에밀리아 일행에 강한 독기를 두른 이물이 섞여 있다고 들은 것은 그녀들이 도착해 『시련』에 도전한 첫날 밤이다.

　그 이래로 가필은 경계와 적의를 품고 스바루 일행의 동향에 눈을 빛내고 있다.

　뭔가 있으면. 이 『성역』에 재앙을 불러오는 도배라면 용서는 안 한다.

　"단지, 말이야. 내가 이야기한 적은 있지만, 그 애…… 스 도령은 마녀와 관계있는 것처럼은 안 보여. 그리고 그럴 경황이 아니게 됐다고 들었다만."

　"그럴 경황이 아니란 말은…… 공주님 이야기인가. 주워들은 거냐고."

　시마의 지적에 고개를 모로 꼬며 가필은 창 밖── 어두워진 밤하늘을 올려다보았다.

　본래라면 이 시간, 가필에게 여기서 잘 여유는 없다. 『성역』에 들어온 에밀리아가 밤마다 묘소의 『시련』에 도전하는 참관인이 되어야 했기 때문이다.

　하지만 이날 밤은 그게 없다. 예정은 갑자기 변경됐다. 그 이유가──.

　"──정령사가, 정령이 없어지셨다. 그래서 평정을 잃었다니 속도 참 편하기도 해라."

　묘소의 도전이 미뤄진 원인에, 가필은 이를 딱 부딪치며 탄식했다.

"그리 말하지 말거라. 마음의 버팀목이라는 의미로는 가엾은 이야기야. ……가 도령도, 나나 다른 내가 없어지면 갓난애처럼 울 거 아니냐?"

"누가 울어! 애가 아니라고. 안 울어. 안 울지만……."

경솔한 말이었다고 가필은 눈을 내리깔았다. 그 옆얼굴을, 시마가 다정한 눈으로 보는 게 마음에 안 든다. "핫." 하고 콧방귀를 뀌고 일어섰다.

"가 도령?"

"오늘 밤은 아무 일도 없겠지. 이 어르신은 여기저기 둘러보련다. 비실대는 할망구는 얼른 드러누워 자. 『밤샘 루디는 짧은 다리를 후회한다』라지."

"그거야말로, 가 도령이 밤을 새지 않으려는 편이 좋거늘."

쓴웃음 짓는 시마의 배웅을 받으며 가필은 오두막을 나갔다. 어린애 취급당하는 건 싫지만, 조모는—— 류즈와 시마만은 별개로 본다.

외견은 똑 닮고, 행동거지도 거의 동일. 그런데도 가필 안에서 류즈와 시마는 확고하게 다른 사람이었다. 내용물이 없는, 복제체도 그렇다.

탐욕의 사도로서 복제체에게 지시를 내릴 수 있는 권한이 자신에게는 있다. 그 권한을 행사해 복제체가 명령을 듣게 하는 데 죄책감은 없다. 겉모습은 같아도 다른 존재다.

류즈와 시마는 조모고, 다른 복제체는 인형에 불과하다. 가필 안에서 그것은 확립된 생각이었다. 본질은 내용물에 깃든다.

그것이 진리라고.

　──그렇기에 밤 속에 침착하게 서 있는 람을 발견했을 때, 가
필의 가슴은 크게 뛰었다.

　가필이 아는 한, 그녀야말로 가장 아름다운 심지를 가진 소녀
였기 때문이다.

　"여어, 람. 이런 시간에 밤 나들이하다간 위험하다고."

　"──그러네. 바루스나 가프처럼, 밤이면 밤마다 배회하는
짐승이 많은걸."

　"말로는 안 지는 여자군. 그 점이 좋지만."

　가필이 말을 걸자, 달빛과 함께 돌아본 람의 눈이 가늘어졌다.

　장소는 숲에 은닉된 시마의 오두막에서 촌락으로 돌아가는 길
이다. 일반적으로 이곳에 발길을 옮길 이유는 없을 테고, 당연
히 람이 이곳에 있는 것도 부자연스러웠다.

　"산책이야. 에밀리아 님 곁에는 지금, 바루스가 붙어 있을 테
니까."

　"……맡겨도 되는 거냐. 일단 수발은 람이 하는 일 아니냐?"

　"불안한 밤에 손만 잡는 역할쯤은 바루스라도 할 수 있잖아.
본인도 원했고, 람도 일을 떠넘겨서 만만세. 무슨 문제라도?"

　냉랭한 표정으로, 람은 당당히 어깨를 으쓱였다. 그 몸짓에 반
론도 떠오르지 않아 가필도 그녀 흉내를 내서 어깨를 으쓱였다.

　정령을 잃어 정신적인 버팀목을 잃은 에밀리아. 그런 그녀에
게 붙는 것은 마녀의 독기를 풍기는 흑발 소년. ──결코 그와
그녀에게 좋은 인상은 안 가지고 있지만.

"……그 상태론, 못 해먹겠지."

오늘 밤의 『시련』은 허사가 됐지다. 하지만 가필은 어젯밤의 모습을 봐서 에밀리아가 『시련』을 넘을 수 있다고 생각하지 않았다. 과거에 꺾여 쓰러져 우는 모습에 동정한다.

당연하다. 과거는, 바뀌지 않는 후회다. 후회를 이길 방법은 없다.

"람은, 후회한 적 있냐?"

"갑자기 뭐야?"

불현듯 가필 안에 있는 무거운 무언가가 그 의문을 입에 올리게 했다.

『시련』은, 그 심술은, 마음에 똬리를 튼 후회를 다시 체험하게 하는 악의의 덩어리다. 그렇다면 그것은 후회가 없는 인간에 통하는가. 람에게는──.

"있어. 후회해 본 적쯤이야."

"윽──. 네, 네가 후회를……? 뭐, 뭘 후회했는데……?"

"지금, 여기서 가프와 시답잖은 문답을 나누는 처지가 된 것을 후회하고 있지. 그리고 부주의하게 숲에 들어가서 신발이 더러워졌어. 이것도 후회지."

한숨을 흘리고 얄팍한 가슴을 매만지며 람이 그런 말을 주워섬겼다. 그 말에 가필은 아연실색하다가 금세 수긍했다. ── 역시, 그녀가 후회한 적은 없다고.

후회가 없으니까 람은 아름답다. 마음이 끌릴 정도로 강하고, 변함없이 존재한다.

"뭔가 빠진 걸. ――그걸 알 수 없는 게, 분할지도 모르겠어."

"아앙?"

"아무것도 아니야. 그보다 바래다줘. 밤길을 혼자 걷게 할 셈이야?"

들다 놓친 독백을 언급하지 않고 람이 얼른 촌락 쪽으로 걷기 시작했다. 몹시 자의적인 행동이지만 가필은 불평하지 않고 쫓았다. 도중, 딱 한 번 오두막에 남기고 온 시마가 마음에 걸렸다. 그러나 망설임 없는 람의 발걸음에 급히 발을 놀렸다.

오늘 밤은 아무 일도 없을 것이다. 『성역』의 밤은, 고요하고 변함없을 거라고.

3

"에밀리아, 정말로 괜찮아? 힘들면 전부 말해 주는 게……."

"으응, 됐어. 정말로…… 정말, 괜찮으니까."

침대 옆, 의자에 앉은 스바루의 우려에 에밀리아는 고개를 가로저었다. 안심시키려는 미소, 입술이 떨려서 실패한다. 그 모습에 더욱더 스바루의 얼굴이 어두워졌다.

――결정석에 금이 가 사라진 팩과의 계약이 끊어진 것은 반나절 전이다.

목덜미를 만지면 그곳에 깨진 결정석이 애처롭게 남아 있다. 온기는 완전히 사라져서 손끝은 상실을 실감할 뿐. 그런데도 놓을 수 없었다.

"나, 미안하다면서 순 사과뿐이지. 그래도 미안해. ……오늘 밤도 원래는 『시련』을 받으러 가야 했는데."

어젯밤 실패를 만회하고자 각오했을 터인 『시련』. 그것이 만회는커녕 도전하는 것도 할 수 없다고, 실망하는 게 당연하다.

그러나 에밀리아의 사과에 스바루는 "괜찮아." 하고 자상하게 웃어 주었다.

"전혀! 에밀리아땅 잘못이 아니고. 잘못한 건 멋대로……."

"_____."

"아, 아무튼, 너무 마음에 두지 말 것. 내가 할 수 있는 일이 있으면…… 큰 힘은 아니어도 뭐든지 도울게."

상처를 건드리는 것을 주저하듯이 스바루가 그런 식으로 배려해 주었다. 그 말을 들은 에밀리아는 침대 위에서 눈을 내리깔고 "응." 하고 작게 목을 울렸다.

팩과의 계약이 사라져 홀로 남은 에밀리아의 이변을 스바루가 인지할 때까지 몇 시간── 에밀리아는 몇 번이고 사라지기 직전의 팩과의 대화를 되새김했다.

오랜만이고, 그런데도 마지막이 된 대화는 썩 길게 주고받은 것은 아니다. 그런데도 떠올리는 데에 고심한 것은 이별의 순간을 몇 번이나 상기하는 것이 가슴이 아팠기 때문에.

──그것만이 아니다. 접촉한 기억이, 생각지 못한 광경을 비추기 시작했기 때문이다.

목소리가 들린다. 다정하고, 부드럽고, 사랑으로 가득한 목소리가, 에밀리아의 이름을 부른다.

그것이——.

"——에밀리아? 역시, 지친 거지?"

몸을 내밀고 얼굴을 들여다보는 스바루의 목소리와 기억의 목소리가 겹쳤다.

"에밀리아?"

살짝 놀란 스바루의 목소리. 그것은 에밀리아가 갑자기 손을 잡았기 때문이다. 스바루는 몇 번씩 잡은 적이 있다. 하지만 반대는 좀처럼 없었다.

그리고 지금, 그 좀처럼 없는 행위를 에밀리아가 한 이유는 확인하고 싶었기 때문이다.

——스바루가 아니다. 자기 자신을. 에밀리아 자신을.

"있지, 아침에는…… 아침에는 꼭 괜찮아질 거라고, 생각하고 싶어."

"어, 어어. 그건, 응. 알겠어. 그래서?"

"손, 잡아 줘. 아침이 올 때까지 여기 있어 줄래? 그럼, 나는 분명…….."

스바루의 손가락에 손가락을 걸고, 에밀리아는 그 감촉에 기원을 담았다. 마지막에 닿은 팩의 손과도 다른 감촉. 하지만 거기에 공통되는 뭔가 있는 느낌이 들어서.

"부탁해, 스바루. 미안해. 미안해. ……부탁해."

"이런 걸로 괜찮으면 싸게 먹히는 거지. 그렇게 몇 번씩 미안하다고 안 해도 된다고."

의자를 침대에 붙이며 스바루가 에밀리아의 손을 잡은 채로 미소 지었다. 잡은 손과는 반대쪽 손이 머리를 쓰다듬어서, 간지러운 감촉에 에밀리아의 눈이 가늘어졌다.

"아침이…… 내일이 되면, 말이지. 난 믿고 있어."

그 다정한 말에 눈을 감고 에밀리아는 손바닥의 감촉에 마음을 내맡겼다.

그 즉시 찾아드는 졸음. ──그 너머에서 보게 될 것은 필시 과거일 테니까.

과거를 꿈에서 보기 전에, 지금의 손바닥 감촉을 끝까지 기억하고 싶었다.

4

──눈 속을 걷는 자신은, 정말로 조그만 어린애 모습이었다.

눈에 발이 잡혀 얼굴부터 바닥에 넘어졌다. 부주의해서 마치 눈이라곤 처음 본 것 같은 표정으로. 실제로 그랬었다. 눈은 이때 처음 봤다.

떨릴 만큼 아름답고, 만지면 무너질 만큼 무르고, 울고 싶어질 만큼 차가운 것.

──이것이 꿈의 경치, 과거의 기억 중 일부라고, 에밀리아는 이해했다.

기억의 마개가 열린다고, 계약을 파기하는 순간, 팩은 말했었다. 실제로 불과 몇 시간 만에 에밀리아에게는 아픔과 함께 여럿 모르는 경치가 오갔다.

따스한 녹색 숲, 웃어 주는 사람들, 에밀리아와 같은 은발의 여성, 그 여성과 환담하는 낯선 남자. 그리고 하얗게 물들어 가는 고향──그것이 이 꿈의 순간이다.

"에밀리아!"

꿈속, 눈 속, 마음을 좀먹는 과거 속, 어린 에밀리아를 부르는 소리가 들렸다.

날아들듯이 달려오는 것은 은발에 남보랏빛 눈을 가진 여성. 에밀리아와 같은 특징을 지니며 머리카락이 짧은 치켜 올라간 눈의 인물이다. 그 모습에 마음이 세게 삐걱거리는 소리가 났다.

"미안해, 에밀리아. 미안하단다. 네게 소중한 것, 하나도 가르치지 않고, 죄다 숨겨서…… 그저 행복한 공주님으로 만들려던 우리를…… 날, 용서해 줘."

어린 에밀리아를 꽉 껴안고, 여성은 필사적인 목소리로 호소했다.

"너를 사랑해서, 너를 지키고 싶다고, 착한 거짓말을 한 사람들을 미워하지 말아 주렴."

필사적인 호소. 그러나 과거의 에밀리아는 고개를 가로저었다. 죽자사자 거부했다.

사랑해 줘서, 지키고 싶다고 생각해 줘서. 그런데 거짓말을 하고, 미워하지 마.

거짓말은 싫다. 거짓말은 밉다. 거짓말은 그저 슬프다. 거짓말은 에밀리아를 외톨이로 만든다. 거짓말은 모든 걸 다 망쳐버린다. 그러니까 거짓말은 밉다.

　거짓말쟁이는 밉다. 거짓말은 잘못됐다. 잘못이 아니라면, 에밀리아는──.

　"──에밀리아. 너를, 엄─청, 사랑해."

　그것도 거짓말이다. 모조리 다 거짓말이다. 거짓말이다, 거짓말이다, 거짓말인 것이다. ──거짓말이란 말이다.

　전부 거짓말이라고, 그것을, 믿고 싶지 않았지만.

　"포르투나 어머니는, 거짓말쟁이."

　눈꺼풀을 열고, 에밀리아는 기억에 새긴, 사랑스러운 여성에게 그렇게 말했다.

　"팩은, 거짓말쟁이."

　깨진 결정석을 왼손으로 만지며 에밀리아는 주고받은 계약을 파기한 정령에게 말했다.

　그리고──.

　"──스바루는, 거짓말쟁이."

　텅 빈 오른손을 바라보며 에밀리아는 잠자기 전에 약속을 주고받은 소년에게, 말했다.

　이곳에 없는 소년에게, 말했다.

　"……거짓말쟁이."

　창 밖에 반원을 그리는 달이 있다. ──약속한 아침은, 아직도 하늘 저편에 있는 채로.

5

가필이 이변을 깨달은 것은 변덕으로 시마의 오두막을 방문한 아침이었다.

현재, 『성역』에는 외부 사람이 다수 있어 평소와 다른 상황이다. 그 때문에 숲에서 은둔 생활을 보내는 시마에게 불편한 점이 없는지, 한 번 더 말을 터놓으려고 한 것이다.

"할멈? 이봐, 어디 갔어?"

오두막 안을 둘러보고 시마의 부재에 가필은 고개를 모로 꼬았다. 새벽이지만 침상에서는 이미 열기가 사라져서 꽤 일찍 이곳을 떠난 것은 틀림없다.

너무 부주의하게 돌아다니면 외지인의 눈에 띌 가능성이 커지기에, 가필의 심중은 복잡하다. 조모의 행동을 제한하고 싶지는 않다. 하고 싶지는 않지만——.

"……지금은 로즈월과 독기 냄새 나는 자식이 있으니까."

이마의 하얀 상처를 만지고 가필은 뺨을 일그러뜨렸다. 상처를 만지는 건 생각을 할 때의 버릇 같은 것이다. 상처는 어릴 적, 묘소에 들어선 직후에 입은 것이었다.

무서운 줄 모르고 행동하며, 헛짓을 저지른 가장 어리석던 시절의 기억. 그 상처의 존재를 훈계 삼아 건드림으로써 후회와 반성을 떠올린다. 그렇기에, 버릇이었다.

"산책 나갔나. 노인네의 하루는 기니까 원. 이 어르신도 차라도 타고 기다릴까……."

테이블에 놓인 찻잔을 발견하고 가필은 목에서 갈증을 느껴 일어섰다. 찻잎은 어디 있나 생각하는 중에 위화감을 깨달았다. ──탁자에 찻잔이, 두 개 있다.

어젯밤, 가필은 이곳에서 차를 대접받지 않았다.

"큭──!"

위화감에 후각이 작동해 가필은 튕기듯이 오두막을 뛰쳐나갔다. 숲의 지면에 발자국은 남지 않았다. 냄새도, 복제체인 시마에게는 거의 없는 것이다.

아무 일도 없으면 그만이다. 하지만 무슨 일이 있었다면──.

날듯이 숲을 내달려 가필은 단숨에 촌락으로 되돌아왔다. 발길이 가는 방향은 양자택일, 외지인에게 개방한 대성당이거나, 아니면──.

"쯧! 헤맬 필요도 없지!"

이를 딱 부딪치고, 가필의 다리는 곧장 촌락 안쪽으로. 그리고 목적지를 시야에 들인 순간에 가필은 "야!" 하고 언성을 높였다.

"큭──! 가필인가?!"

그 목소리에 해쓱한 얼굴로 돌아본 것은 다름 아닌 스바루였다. 그 옆에는 추가로 두 명, 람과, 이름을 기억하지 못하는 똘마니가 붙어 있다.

그들은 다 같이 빈집── 지금은 에밀리아의 침소인 집 앞에 서 있었다.

"이 자식, 도대체 뭘……."

"너, 에밀리아가 어디에 갔는지 모르냐?!"

"──뭐, 어?"

발견한 기세 그대로 시마의 종적을 캐내려던 가필은 스바루의 말에 놀라 순간적으로 다음 말이 나오지 않았다.

그런 가필의 반응에 스바루는 답답한 표정으로 재차 물었다.

"어떤데? 네가 아는 게…… 네가 납치한 게 아니야?"

"골 때리는 소리 하지 마셔. 이 어르신이 공주님 납치해서 뭐 한다고. 아니, 대체."

"──에밀리아 님께서 행방을 감추셨어. 아침 사이에 감쪽같 이 당했는걸."

초조한 표정의 스바루를 대신해 사정을 밝힌 것은 람이다. 하 지만 그 설명에 가필은 벌린 입이 다물리지 않았다. 에밀리아가 행방을 감추었다. ──두 번째, 행방불명자다.

"하룻밤 내내, 손을 잡고 있었나 봐서. 아침이 되어 옷을 갈아입 으려고 나츠키 씨가 람 씨와 교대하려던 참에……라나 봐요."

"……고거, 니 실수 아니냐."

똘마니의 자세한 보충에 가필이 뇌까리자 스바루가 처량한 표 정으로 고개 숙였다.

솔직히 가필은 이게 무슨 꿍꿍이가 아닌가 의심했지만, 에밀 리아의 부재에 동요하는 스바루의 모습을 거짓말이라고는 생 각할 수 없다. 연기로 이렇게 처량한 표정을 할 수 있을까.

그렇다면 시마와 에밀리아 두 명이 행방불명. 긴급사태다.

"─────."

도리가 없다고, 가필은 허리 두르개에 넣은 파란 휘석을 손에 들었다. 탐욕의 사도의 권한을 좋아라 쓰고 싶지는 않지만, 지금은 복제체의 힘을 빌릴 때다.

　──마음속으로 명령하기만 해도 된다. 시마와 내친김에 에밀리아가 어디 있는지 수색을.

　한순간, 시마에게 자기가 있는 곳으로 오도록 명령할 유혹이 고개를 쳐들었지만, 가필은 그것을 억지로 억눌러 선택지를 제거했다. 류즈와 시마에게, 사도의 권한은 쓰지 않는다. 이것은 최저한, 가필이 지켜야만 하는 인의다.

　"……일손은 어쨌어. 찾고 있는 거냐?"

　"방금 알았다고! 지금부터 아람 마을 사람들에게도 부탁해서……."

　"그쪽은 맘대로 하셔. 이 어르신은 이 어르신대로 움직이마. 람!"

　생각이 있다면 참견은 안 한다. 가필의 부름에 의도를 짐작한 람이 깊게 끄덕였다. 그녀라면 『성역』의 주민도 외지인도, 양쪽 다 능숙히 부릴 터다.

　에밀리아에 관해선 그녀들에게 맡기고, 가필은 시마의 행방을 찾아야 한다. ──시마의 존재는 람에게도 밝힐 수 없는, 『성역』의 비밀 중 하나니까.

　"뭔 일이 있으면 연락해라! 괜한 짓 하지 말라고!"

　그 다짐만 받고 가필은 람 일행을 남기고 지면을 박찼다. 폭발적인 도약력을 발휘해 이번엔 아까와 반전해 단숨에 다시 숲으로 달려갔다.

일부의 복제체와 합류해 연계해서 수색에 임하는 것이다. 그렇게 결의하면서——.

"——제기랄! 대체, 뭐가 어떻게 되어 먹은 거야!"

머리를 쥐어뜯고 싶은 충동, 가필은 목청껏 혼란을 부르짖었다.

시마의 수색에 일손을 부릴 수는 없다. 『성역』의 주민도 그녀의 존재는 모른다. 류즈만이 예외지만 류즈와 시마—— 두 조모를 만나게 하는 건 가혹하게 여겨졌다.

자세한 사정은 듣지 못했다. 하지만 시마는 한때 류즈였던 존재이며, 지금은 류즈가 아니게 됐다. 쓸쓸한 듯한 그 말만 들으면, 그걸로 충분했다.

가필이 홀로 입을 다물고 있으면 그만일 뿐이다. 그걸로 비밀은 지켜진다.

지금도 그걸 위해, 비밀을 위해, 『성역』을 위해서 가필은 하염없이 달렸다.

6

"여기인가……."

이마에 솟은 땀을 닦고 가필은 꺼림칙한 냄새에 얼굴을 찌푸렸다.

가필은 이곳을 좋아하지는 않는다. 그렇다기보다 싫어한다. 주변에 맴도는 자극적인 냄새가 코가 밝은 그의 천적인 것도 그렇지만, 가장 큰 이유는 이 시설의 존재 이유였다.

　——류즈 메이엘의 복제 시설. 그것이 이 하얀 건물의 역할이
다.

"어째서 할멈은 이런 곳에…… 이 어르신과 마찬가지로 여기
를 싫어했잖아."

　악담을 뱉으면서 건물에 들어간 가필은 어두컴컴한 옥내에서
시력을 집중했다.

　시마의 오두막에서 복제체들과 합류한 가필은 『눈』들의 보고
를 받았다.

　숲 각지에 잠복시킨 복제체는 『눈』의 역할을 가지고 외부의
침입자나 『성역』에서 일어나는 이변을 관측하고 있다. 사도의
권리의 적극적 행사는 주로 그게 목적이다.

　류즈나 시마는 호들갑이라고 웃지만 실제로 『눈』은 도움이
되고 있다. 스바루 일행이 『성역』을 방문한 첫날, 결계를 넘은
그들을 가장 빨리 포착한 것도 『눈』 덕분이고, 지금도 시설에
시마가 있는 곳을 점찍는 성과를 냈다.

　『눈』에 시마는 걸리지 않았다. 하지만 그건 반대로 시마가 복
제체가 배치되지 않은 곳에 이동했음을 의미한다. 이 시설 주변
은 특히 그 취지가 강하다.

　물론 복제체에게는 계속 수색을 시키고 있지만——.

"——열려 있군. 여기로 당첨이다."

　시설의 가장 깊은 곳, 대청에 당도한 가필이 확신에 혀를 찼
다. 그의 시선 앞, 그곳에 있는 것은 하얀 벽—— 뻥 뚫린, 안에

있는 비밀의 방으로 통하는 입구였다.

가필이 이곳에 발걸음을 옮기는 일은 수개월에서 1년에 한 번
—— 이 방에 있는 장치에서 새로 만들어지는 복제체를 회수할
때 정도뿐이다.

그리고 이곳은 가필과 같은 입장의 인간밖에 들어갈 수 없다.

——조건은 이곳에 방문할 것. 휘석을 소지할 것. 그리고 사
도일 것.

그 조건에 맞아떨어질 가능성을, 가필은 자기 말고 한 명밖에
모른다.

"할멈! 있냐! 이 어르신 목소리가 들리냐?!"

구태여 목소리를 크게 하며 가필은 거칠게 발소리를 내면서
안으로 나아갔다.

반쯤 확신이 있다. 이곳으로 가필은 꾀인 것이다. 시마를 유괴
해서 시설로 데리고 와 그것을 찾으러 오는 가필을 기다린다.

거기까지 알면 신중해져야 할 상황이지만, 가필은 대담무쌍
을 관철했다.

함정이 있으면 짓밟고, 작전을 부린다면 깨물어 부순다. ——
결론은 단순명쾌하다.

"할멈! 할멈——!!"

위해는, 가하지 않았을 터. 가할 이유가 없다. 그렇게 상정한
다. 적어도 차는 내놓은 상대다. 그것이 설사 악마적으로 머리
가 돌아가는 모사꾼이어도——.

"————."

대답이 없는 채로 방에 들어가 가필은 마수정이라고 불리는 결정에 눈길이 멎었다.

　파란 빛 속에 무릎을 껴안듯이 봉인된 소녀가 있다. 이것이, 모든 복제체의 발단이 된 소녀── 류즈 메이엘.

　시체라고도 소재라고도 말 못할 소녀의 존재에 가필은 머쓱한 기분을 느꼈다. 이미 끝난 존재, 계속 끝나는 존재가, 거울에 비친 자신의 모습처럼 느껴져서.

　그런, 감상에 가슴이 찔렸기 때문일까. 배후에서 닿는 발소리에 반응이 늦었다.

　"누구냐──?!"

　뒤돌아보고 소리를 높이며 곧장 우문이었다고 자기 자신을 매도한다. 이 상황, 장면을 설정한 인간 말고 누가 이곳에 나타나겠나. 다시 말해, 그 기적의 정체는 나츠키 스바루──.

　"──기대에 부응해 주지 못해서 대단히 죄송합니다만."

　"──헉?!"

　귓전의 속삭임과, 어깨를 두드려서 가필은 경악했다. 그것은 배후, 즉 들린 발소리와 정반대에서 접근된 증거다. 그리고 그걸 한 것이──.

　"잔치의 주최자가 부재중일 동안, 대역은 어떨까요?"

　그렇게 말하며 모자를 가슴에 대고 묵례한 것은 갸름한 얼굴의 기생오라비다. 그 얼굴은 기억이 있다. 얼굴만은. 이름은 기억하지 못한다. 단지 가필은 똘마니라고, 그렇게 부르고 있었다.

"왜, 니놈이…… 그, 그 자식은 어디에…….."

청년의 출현에 놀람은 사라지지 않고 가필은 방 안에서 스바루의 모습을 찾았다.

청년의 등장은 예상 밖이지만 수작 부린 상대는 예상한 바다. 당연히 에밀리아가 없어졌다는 소동도 거짓부렁으로, 그 동요한 얼굴이고 뭐고 다 연기의 산물──.

"아뇨. 실은 그건 진짜로 예측 못한 사태라서요."

"──뭐?"

"눈을 뗀 사이에, 에밀리아 님이 빠져나간 건 진짜 실수예요. 솔직히 제 운도 이렇게까지 없느냐고 다 집어치우고 싶어지기도 했는데……."

거기서 말을 끊고 청년은 품속의 모자를 머리에 도로 썼다.

이어서 손가락으로 자기 코를 문지르고 살짝 쑥스럽게 웃으며 말했다.

"친구 부탁이라서요. 단역인 건 감수하고, 출장했습니다."

7

다리를 질질 끌고, 파르스름한 인광을 주위에 떠올리면서 어둠을 걷는다.

기력의 소모가 체력마저 빼앗아 짧은 거리를 이동하는 데에 유달리 몸이 무거웠다. 그런데도 의지가 소녀를── 에밀리아를 멈춰 세우지 않고, 나아가기를 강요했다.

팩의 예측은 옳았다. 기억의 마개가 열려서 잇달아 되살아나는 추억이 있다.

인과관계는 모른다. 팩의 부재가, 어째서 자신의 기억에 관계 있는지. 에밀리아의 기억을 봉인하던 것은 팩인가. 그렇다면 왜 팩은──.

"──포르투나 어머니."

의문 대신에 입에 담은 것은 기억에 강하게 새겨진 모친과 다름없는 여성의 이름이다. 모친이 아니다. 그것은 아마 본인에게 들은 말이었다. 그 기억도 곧 떠오를 것이다.

다정하고, 따스하고 든든하며, 에밀리아에게 이상적인 여성인 포르투나를.

──지금도 그 얼음덩이 숲 어딘가에서 얼음상으로 변했을 터인 어머니를.

"으…… 큭…… ."

돌이킬 수 없는 실수의 기억이 쑤셔서 에밀리아의 입술로부터 오열이 새어 나왔다.

아직 모든 것이 돌아온 것은 아니다. 그런데도 가슴속에서 죄책감이 치밀어 올랐다. 기억에 없어도, 아마 몸이, 피가, 영혼이 기억하고 있는 것이다.

늘 그렇다. 언제나 그렇다.

필사적으로, 전력으로, 열심히, 건성으로 한 적은 없다고 생각하는데, 그런데도 에밀리아의 손은 정말로 원하는 것이 있는 곳에, 닿기는커녕 스치지도 않는다.

그러니까 아마 팩도, 스바루도, 포르투나도, 이 손가락을 빠져나갈 것이다──.

"그러니까, 나는……."

흐느낌처럼 가냘프게 뇌까리면서 에밀리아는 여전히 전진했다.

울창한 녹색 속을, 그 땅을 향해서, 기어가는 속도로.

그러는 것만이, 지금의 에밀리아가 믿을 수 있는 마지막 보루였다.

"……거짓말쟁이."

얇은 입술에서 엮어나온 규탄을, 듣는 이는 아무도 없다.

그게 누구를 향한 것인지, 분명히 알 수 있는 이도, 아무도.

8

"──똘마니, 니놈에겐 과분한 배역이야."

처음의 충격에서 되돌아온 직후, 가필은 물어뜯듯이 단언했다.

패기를 담은 음성, 그 소리에 마주한 청년은 한심한 표정을 지었다.

"……뭐, 그런 말 들을 줄 알았죠. 저도 자못 턱없는 상황을 떠맡았다고 스스로도 생각하고요. 원래는 여기서 대화할 작정이었다고요?"

"대화, 라고오?"

"네. 여기서, 류즈…… 아니, 시마 씨죠. 시마 씨가 동석해 주시고, 나츠키 씨 주도로 당신과 대화하고 싶다고. 단지, 말이죠.”

뺨을 긁고 청년이 기진맥진한 탄식을 흘렸다.

“에밀리아 님 사건으로 완전히 예정이 붕괴해서요. 그렇다고 는 해도 이미 이것저것 흉계를 꾸민 다음이었으니 상황에 따라 임기응변으로…….”

“……할멈은 어쨌어.”

“상황을 짚을 수 없어서 이곳에서 보내드렸죠. 저랑, 당신밖 에 없어요.”

“그러시냐.”

듣고 싶은 건 들었다. 이 자리에 시마가, 획책한 스바루가 없 으면 용무는 없다.

그렇게 판단하고 가필은 청년을 노려보았다. 그리고――.

“그 새끼…… 깝치고 자빠졌어……!”

솟구치는 격정을 혀에 실어 가필은 스바루에 대한 분노에 거 칠게 부르짖었다.

――처음부터. 그렇다. 처음부터 가필은 스바루가 마음에 들 지 않았다.

날카로운 눈매와 달리 칠칠맞지 못한 낯짝으로, 헐렁헐렁 경 박한 태도만 취하고. 그런데 때때로 가필은 상상도 못할 아수라 장을 헤치고 나온 듯한 눈을 한다.

마치 이곳이 아닌 어딘가를 보는 듯한 그 눈초리. 가필은 세상 에서 가장 마음에 들지 않는 남자와 같은 눈으로 느껴져서 부아 가 치밀었던 것이다.

아예 이 손으로, 더 빨리 잡아 터트렸으면 이런 일은 벌어지지 않았다.

"그렇게까지 성질 급하지 않은 건, 당신에게 감사하고 싶은 차네요."

"니놈은 왜 여기 남은 거야. 대화라 치기엔 중요한 놈이 모자라다고."

"그렇죠. 그래서 지금은…… 남자와 여자를 단둘이 있게 해주기 위한 시간 끌기려나요?"

입술에 손가락을 세워서 한쪽 눈을 감은 청년의 몸짓에 가필은 의아한 표정을 지었다.

하지만 그 말뜻을, 남자와 여자가 누구를 말하는지 이해하고 충격이 번졌다.

"———."

이 순간, 가필을 꿰뚫은 것은 설명이 가지 않는 직감이었다. 그렇기 때문에 본능의 판단에 순종적인 가필은 그게 사실이라고 확신했다.

지금, 스바루는 행방을 감추었을 터인 에밀리아를 찾아서 만나려고 한다.

만나서 뭘 하나. 어쩔 거냐. 사도의 자격을 가진 그 남자는, 뭘———.

"이크! 안 되죠. 말했잖아요. 주최자의 대역이라고."

"———."

"말해두겠는데요. 전 직접 전투는 몰라도 잔재주는 풍부하다

고요. 물과 바람의 마법을 응용해서 먼 곳에 발소리를 날리는
짓도…….”

“이 어르신이 말했다, 똘마니.”

　뒤돌아보고 비밀의 방을 나가려던 가필에게 청년이 막아섰
다. 그리고 무슨 말을 늘어놓는 청년에게 가필은 한마디, 짧게
일렀다. 딱 한마디만.

“니놈으론, 과분해.”

“──욱, 으.”

　명치에 틀어박힌 주먹에 죽는 소리를 지른 청년이 그대로 허
물어졌다. 몸부림치며 위액을 토한다. 내장은 피해서 때렸다.
그게 최소한의 인정, 힘 조절이다.

“아까 그, 발소리 잔 수작에 걸린 답례다. 잘 있어라.”

　쓰러진 청년에게 말을 남기고 가필은 급히 시설을 뛰쳐나갔다.
『성역』으로 바로 돌아가야 한다. ──아니, 가야 할 곳은 『성
역』이 아니다. 묘소다.

　직감했다. 가필의 본능은 그것을 믿었다. 스바루와 에밀리아
가 만나서 말을 주고받을 시간을 주면, 그건 좋지 않은 상황을
낳는다고.

　그리고, 그리고 말이다. 가필은 에밀리아에게 동정하고 있었
다. 자비가 있었다.

　『시련』의 가혹함에 나동그라져 마음이 꺾인 에밀리아의 모습
은 기억에 선명하다. 그리고 그것은 가필도 옛날에 비슷하게 맛
본 공포다.

동류라고. 흐르는 피를 빼고서라도 그런 공감을 품지 않는 것도 아니다.

그렇기에 가필은 에밀리아가 스바루를 만나게 둘 수 없다고 생각했다. 그 두 사람의, 좋아하니 반했다느니 하는 건 관계없다. ──과거에 도전하면 상처받는다, 그것을 막는 것이다.

"복제체에게…… 으."

시설에서 촌락으로 돌아갈 때까지, 가필은 복제체에게 스바루와 에밀리아의 수색을 강하게 지시해야 한다고 생각했다. 시마가 염려되지만 이 순간은 둘이 우선이다. 특히 스바루 쪽은 가차 없이, 복제체더러 힘으로 찍어 누르게 해서라도.

그 생각 때문에 품속을 뒤지고── 휘석이 아무 데도 없다는 사실에 가필은 깨달았다.

"────."

깨달은 순간, 핏기가 가셨다. 수목을 걷어차고 질주의 기세를 죽였다. 재차 허리 두르개 속을 뒤졌다. 그러나 휘석은 없다. 떨어뜨릴 리 없다. 그런, 중요한 물건을.

왜냐면 그건, 가필에게, 잃어선 안 될 기억 중 일부로──.

"──큭! 그, 똘마니가아!"

짚이는 곳에 사고를 과열시켜 가필은 부르짖고 있었다.

비밀의 방에서, 일부러 발소리를 내며 접근한 목적. 호들갑 떠는 몸짓들은 눈치채지 못하게 하기 위한 복선── 휘석을 훔쳤다고, 알아차리지 못하게 하기 위한.

망설임이 생겼다. 하지만 가필은 금세 발길을 꺾어 시설로 복귀했다.

복제체에게 지시를 내릴 수 없어진 것을 두려워한 게 아니다. 휘석은 결국 도구, 다시 만들 수 있다. 그건 류즈 메이엘이 봉인된 마수정을 깎아낸 것이다.

그렇기에 궁극적으로 말하자면 잃어버려서 안절부절못할 물건이 아니다.

단, 그것은, 가필에게는 다르다. 가필과, 다른 한 명에게만은.

"똘마니──!!"

벽을 뚫어버릴 기세로 시설로 돌아왔다. 하지만 배를 맞고 쓰러졌을 남자가 아무 데도 없다. 몸부림, 그마저도 연기였다고 이해했다. 속았다.

몽땅, 모조리, 가필은 함정에 걸려 놀아났던 것이다──!

"_____."

시설 밖으로 뛰쳐나왔다. 목을 휙 돌렸다. 코는 죽었다. 쓸모가 없다. 시설의 악취가 비강을 침범해 못 써먹게 만들었다. 이것도 놈의 작전인가 놈들의 작전인가.

지면에 사지를 짚었다. 시력을 집중해 희미한 변화를 찾아서 짐승처럼 행동했다. 긍지를 내팽개치고 땅바닥을 긴 보람이 있었다. 발자국, 부츠 자국, 그것을 추적한다.

사납게 숲을 깨부수며 나무들을 짓밟고 신발 흔적에 눈을 핏발 세웠다. 이윽고──.

"찾았다아! 도망칠 수 있다고 생각 말라고오!!"

도약해 허공에서 몸을 돌린 가필이 분진을 일으키며 착지했다. 그 눈은 정면에 있는 나무들이 트인 공간에 우두커니 선, 예의 청년을 포착하고 있었다.

발놀림 가볍게 도망치는 모습은, 조금 전의 권격을 아랑곳하지도 않았다.

"이, 허풍선이가……."

"허풍선이 소리는 좀……. 아니, 상대가 속았다고 아우성치는 만큼, 상인으로서 바라던 바입니다 하고 가슴을 펴야 할지도 모르겠지만요."

시답잖은 말을 내놓고 청년은 성내는 가필에게도 태연히 응대했다. 그 담력에 솔직히 감탄했다. 감탄해서, 감탄했으니까, 깨물어 부수고 싶다.

"돌을 내놔. 이 어르신 돌이다. 니놈이 훔친 건 다 알아, 좀도둑놈아……!"

"똘마니 다음은 좀도둑……. 원체 영, 자신의 이상에 맞은 평가는 얻기 어려운 법이죠. ──나츠키 씨나, 에밀리아 님의 심정도 알겠습니다."

"안 물었어! 시간 끌기에 응할 작정도 없어!"

진저리 치며 중얼거리는 청년을 노려보며 가필은 무턱대고 고함쳤다.

이해, 이해했다. 겨우 알았다. 이것은 적이다. 그것도 천적이다. 눈앞의 청년도, 스바루도, 떠들게 하면 떠들게 할수록 자신을 몰아세우는 천적이다.

가필이 손톱과 이빨에 맡기듯이, 놈들은 말에, 혀에, 책모에,

생명을 건다.

그렇기에 이 싸움은 지금 당장, 이 자리에서 결판을 내야만 하는 것이다.

"_____."

눈빛이 더욱 날카로워지고, 가필은 청년의 일거일동에 의식을 돌렸다. 앞선 공방에서는 몸짓 전부가 함정이었다. 경계는 풀 수 없다. 한순간도 아까워해선 안 된다.

"겨우…… 제 쪽을 봤군요, 가필."

그 적의에 찬 눈에 꿰뚫리고도 감히 청년은 웃었다.

가필은 등줄기에 오싹 소름이 끼치는 것을 느꼈다. 왜, 웃었지? 이 남자는.

"똘마니, 좀도둑. 아주 좋아요. 당신은 저 같은 사람은 안중에 없는 사람이죠. 저나 나츠키 씨 같은 상대를 혐오하죠. 그러니까 저도 의식에 없었죠."

술술 떠드는 청년의 말에 반론하지는 않았다. 전부 사실이다. 가필은 청년을 경계해야 할 적이라고, 그러기는커녕 의식에 남겨야 할 존재라고도 생각하질 않았다.

그 대가가 이거다. 휘둘릴 대로 휘둘려서 맘대로 놀아나고, 이런 꼴에 빠졌다.

그러니까 지금, 이 순간은 절대로 눈을 떼지 않겠다고, 이렇게 경계를──.

"상인은 승산을 보고, 매사 앞질러 가는 법이죠. 저도 그렇다고요."

"아앙……?"

"어젯밤, 시마 씨와 차를 마시며 대화한 건 나츠키 씨예요. 그 전후, 무슨 짓을 했는지는 저도 모르고, 나츠키 씨도 제 행동은 모르겠죠."

고개를 가로젓고 오토는 조금씩 뒤로 물러섰다. 그 사실을 깨닫고 가필은 자신이 또다시 결단이 늦어 이야기를 듣고 있었다는 데에 분개했다.

──말은 무시해라. 놈은 적이다. 적에게 무슨 짓 당하기 전에 찍 누른다. 그러면 된다.

"지금 당장, 네놈을 치우고, 다음은……."

"거깁니다."

도망치는 청년을 쫓아, 한 걸음, 내디딘 순간의 지적── 직후, 부유감이 엄습했다.

지면을 밟은 오른발이 푹 빠져서 자세가 무너졌다. 창졸간에 근처 나무에 손을 뻗었다. 그 나무뿌리째, 무섭도록 거대한 함몰에 가필은 삼켜졌다.

"우오오오오──?!"

비명, 곧바로 낙하의 충격이 왔다. 자세를 회복해 바로 위를 노려보았다. 구멍 깊이는 몇 미터, 돌아가는 건 손쉽다. 하지만 그렇다면 무엇 때문에 이런 구멍을.

──사람의 힘으로는 도저히 팔 수 없는, 이런 깊고 큰 구멍을 무엇 때문에.

그렇게 생각하고 구멍에 시력을 집중하다가 가필은 눈치챘다. 구멍 바닥도, 연못도 아니라, 흙벽의 이변을. 벽에 무수히 빛나는 광점, 그것은 인광을 두른 무수한 날벌레──.

"옛날부터 전 인간 친구들은 적어서. 대신에 인간이 아닌 친구는 많거든요."

머리 위에서 내려온 목소리에 가필은 말문을 잃었다. 그 말이 의미하는 바는 즉각 이해할 수 없다. 다만 본능이 위기의 경종을 울렸다.

그리고 또다시 가필은 듣고 말았다. 적의 이야기를, 이 순간도.

따라서 그 응보는 다음 순간에 폭발했다.

"온 숲이 지금은 당신의 적이야. ──우선은, 좃다 벌레의 환영을 받으시죠!"

인사말, 그대로 폭풍 같은 날개 소리가 구멍 속에 난무하고 가필은 노호를 터트렸다.

포효가 울려 퍼진다.

울려 퍼지고, 메아리치고, 그리고──『클레말디의 헤매는 숲』공방전이 막을 올렸다.

9

──멀리서, 짐승의 포효가 들린 느낌이 들어, 스바루는 희미하게 숨을 죽였다.

한순간 뒤돌아서 상황을 확인하러 달리고 싶은 충동에 쫓겼다. 하지만 간신히 참았다.

이미 주사위는 던져졌다. 가필은 시마의 부재에 스바루가 관여했다고 깨달았을 터다. 암약과 잔재주들에 광분하고 있을 것은 상상하기 어렵지 않다.

사실은 그리되기 전에 온건하게 대화할 자리에 앉고 싶었지만, 이미 불가능하다.

"부탁한다, 오토. 엉뚱한 짓만은 하지 말아다오……."

격분이 예상되는 가필에게 설명하는 책임을 다한다고 자진해서 나선 오토. 복제체 시설에서 오토는 가필이 찾아오기를 기다린다는 계획이다. 오토라면 능숙히 그의 분노를 받아넘긴다. 그렇게 생각하는 반면, 맹렬한 불안도 있었다.

"어쨌든 오토 자식은 제법 목숨 아까운 줄 모르는 바보다 보니……."

남보다 자신의 생명을 경시하는 구석이 있는 점이 걱정이다.

가필과 접촉했으면 죄다 이야기하고 포로가 되라고 말했다. 하지만 이미 계획은 크게 뒤틀렸으며 앞으로는 서로 임기응변이 중요하다.

"내가, 네 장례식 향 피우게 하지 마라, 오토."

만약 그리되면 스바루는 배웅하는 쪽이 아니라, 오토와 함께 사이좋게 배웅받는 쪽이다.

그리되고 싶지 않다. 그리고 되지 않기 위해서도──.

"──지금은, 내 역할을 다한다."

각오를 말로 표현해 내뱉고, 스바루는 목적 장소에 당당히 섰다.

정면의 열린 입구는 어둡고, 차가운 공기로 가득하다. 그 안에 발을 디딘 순간, 스바루의 온몸을 권태감과, 혈액이 역류하는 듯한 이물감이 지배한다.

"욱……."

입에 손을 대고서 스바루는 치민 역겨움을 억지로 무시하고, 계속해서 전진한다.

딱딱하게 울리는 발소리. 자신이 내는 소리에 고막이 유린되고 공기가 안구를 핥아댄다. 세계에 거부당하는 감각에 스바루는 벽에 손을 짚고서 저항하며 안쪽을 향했다.

위장 내용물은 다행히 이때를 대비해서 비운 상태다. 내장이 죄이는 감각을 익숙함과 기력으로 찍어 누르고, 흐릿해지는 눈을 억지로 열어 거북이가 기는 속도로 나아갔다. 그리고――.

"――아아, 다행이다. 겨우 찾아냈어."

영원으로 여겨질 정도로 긴 통로를 지나 스바루는 안도로 어깨를 떨어뜨렸다.

눈앞, 세월을 거친 벽에 기대어 메마른 복도에서 무릎을 껴안는 소녀의 모습이 있다. 그녀는 스바루를 깨닫자 그 남보랏빛 눈을 멍하게 부릅떴다.

"스바, 루……?"

그 목소리가 더듬거리기는 해도 자신의 이름을 불러 준 것에 만족했다.

그리고 스바루는 웅크린 소녀 옆에 자신도 앉고서 말했다.

"그럼―― 이야기를 해 볼까, 에밀리아땅."

제5장 『오토 스웬』

1

──어릴 적의 오토 스웬에게 세상은 지옥의 요람이었다.

"××××××××" "●■●■●■●■" "＊＊＊! ＊＊＊＊──!!"

끊임없이, 그야말로 하루 종일 내내, 오토에게는 이해할 수 없는 소리가 들렸다.

때로는 울부짖듯이, 때로는 미쳐 날뛰듯이, 때로는 노래하듯이, 때로는 단말마처럼, 목소리는 하염없이 오토에게 청중이기를 강요했다.

세상 어디로 가도, 목소리는 어린 오토를 놓지는 않았다.

그것이 타고난 은총, 『언령의 가호』의 효과라고는 오토 본인이 알 까닭도 없다.

──어째서 다들, 이렇게 시끄러운 세상에서 당연한 것처럼 살고 있는 거람.

이웃한 사람의 목소리도 만족스럽게 들리지 않는 지옥에서 오토는 그런 의문으로 살고 있었다.

부모가 안아 들어서 미소와 함께 무슨 말을 해도 들리지 않는다. 아무리 애정 깊은 말이었어도 목소리는 수많은 잡음에 삼켜져 오토의 이해에 닿지 못한다.

　웃지 않고, 화내지 않고, 울지 않고, 무릇 감정이라고 부를 만한 것이 하나도 자라지 못한 건 온갖 바깥세상의 작용이 오토에게는 전부 동등하게 소음에 불과했기 때문이다.

　그런 아들의 이상을, 부모는 이해하려고 노력해 주었다. 많은 치유사에게도 진단시켜 원인을 규명하려고 뛰어다닌 것이다. 하지만 오토의 이상은 지나치게 들리는 까닭의 난청—— 그 가호의 은총은, 가지지 못한 자는 결코 이해할 수 없다.

　그래서 부모의 애정이 오토가 아니라 형과 남동생 둘에게로 이동한 것도 자연스럽다. 오토와 달리 문제없이 자란 두 형제는 세 사람 몫의 애정을 받고 쑥쑥 자랐다.

　그 때문에 부모와 형제를 원망한 적은 없다. 누군가를 원망할 만한 관심이 없었다고 하면 그뿐이지만, 가족이 애써 주었던 것 정도는 이해하고 있었다.

　말로서는 이해하지 못하고 있었지만, 감사하고 있었다. 특히, 형에게는 강하게.

　——목소리는 닿지 않아도, 문자로라면 의사소통할 수 있는 게 아닌가.

　그 사실을 깨달은 것은 오토에게 책을 읽으며 들려주려 하던 형이었다. 그 형에게 배워 오토는 문자 공부를 시작했다. 단, 공부는 매우 어렵기 짝이 없었다.

누가 뭐래도 문자의 의미를 소리로 이해 못하는 것이다. 단어의 뜻을 이해하기 위해 오토는 평범한 아이의 열 배의 시간을 들여 매일 책상머리에 앉았다.

다행인 것은 그것이 고통이 아니었다는 점이다. 얄궂게도 노력을 괴롭다고 생각할 감수성이 오토에게는 없고, 정상적인 생활을 보내지 못하는 어린 그에게 공부는 심심풀이였다.

『──항상, 고마워.』

종이에 적힌 치졸한 감사에 부모가 쓰러져 운 날을 오토는 기억한다.

감사를, 감정으로 이해했다고는 말 못한다. 그저 감사해야 할 대우를 받았다는 자각은 있고, 어린 판단으로 의무적인 감사를 적었다. 그에 대한 부모의 눈물에 마음이 떨렸다.

이것은 무엇인가. 왜, 이 사람들은 우는 것인가. 뭐가 치밀어 오른 것인가.

──소리를 내며 운 것은 어쩌면 태어났을 때 이래였을지도 모른다.

그렇다면, 그것은 오토가 두 번째가 터트린 탄생의 울음소리였다.

"베루쿠비키노도메사에세레.""NRTMKMEEIAI.""미─미─무─메─미."

그로부터 얼마 후, 이해불능이던 지옥의 합창에서 법칙성을 발견했다.

끊임없이 들리던 무수한 잡음, 그것이 자신의 의사로 선별할 수 있게끔 되어 완전히 인간의 말과 잡음을 구별했을 즈음, 오토는 여덟 살 생일을 맞이했다.

자, 또래와 비교해서 오토의 인생은 출발이 늦었지만, 가호를 극복한 뒤의 성장은 눈부셔서 마른 모래가 물을 빨아들이듯이 온갖 사물을 탐욕스럽게 흡수했다. 또래도 금방 따라잡아——아니, 그 이상의 재능을 오토 소년은 발휘했다.

——그리고 훌륭하게 인간관계에서 왕창 실패해서 또래로부터 고립했다.

"왜 다들, 이렇게 어려운 세상에서 당연한 것처럼 살고 있는 거람."

뒤처진 공부는 금방 되찾았다. 그러나 문제는 인간관계——인간으로서의 성장이 또래보다 늦은 오토는 본래라면 어릴 적에 겪었을 실수를 여기서 거듭했다.

그리고 가장 큰 문제는, 역시 날 때부터 오토에게 들러붙은 가호의 존재다.

"커다란, 빛, 갔다." "왔다, 봤다, 이겼다." "야, 마물이 온다고."

열 살이 된 오토는 의식적으로 차단한 목소리에 변화가 생긴 것을 깨달았다. 옛날에는 무의미하던 목소리가, 의미를 가지는 그것으로 변화했다. 그리하여 그 목소리의 변화에 대한 검증을 거듭해 오토는 자신이 가호 보유자라는 사실과, 어릴 적 지옥의 정체를 알아냈다.

가호의 존재를 안 오토는 바로 그 힘을 형에게 상담했다. 어린 오토에게 문자를 가르쳐 준 형은, 무슨 일이 있으면, 가장 의지해야 할 지침이 되었다.

　"응, 그러냐. 그래……. 아무튼, 뭐냐. 오토, 그 힘은, 응, 대단해. 대단하다고 생각하니까…… 저기, 그 왜. 남의 눈에 띄는 곳에서 좃다 벌레와 이야기하는 건 그만둬."

　가호를 털어놓은 오토에게 해쓱한 표정을 지은 형은 진지하게 그렇게 조언했다.

　오토는 오호라 하고 크게 감탄했다. 가호는 세계의 축복이지만 세상에는 그 힘을 악용하는 자도, 가호 보유자를 이용하려는 자도 있다. 그런 세상의 악의로부터 몸을 지키기 위해서 가호의 힘을 숨기라고. 과연, 형의 조언은 적확했다.

　──오토의 가호가 주위에 들켜 또래에 왕따를 당한 건 그 사흘 뒤다.

　계기는 몰래 친가의 지룡과 대화하는 모습을 남동생에게 들킨 일이다. 오토는 별수 없이 가호에 대해 동생에게 이야기했지만, 그걸 동생이 깜빡 친구에게 누설해버렸다.

　다그치는 소년소녀. 오토는 동생을 거짓말쟁이로 만들지 않기 위해, 가호의 힘을 증명할 수밖에 없었다. 그리고 일단 온 마을의 좃다 벌레를 모조리 그 자리에 불러 모았다.

　──분위기 파악 못하는 좃다 벌레 자식이라고 이름이 널리 퍼진 건 한순간이었다.

　그 이래로 오토는 가호를 봉인하고 다시는 쓰지 않을 것을 결의했다. 몇 년 걸려서 악평을 해소하고 감수성 많은 열네 살을 맞이할 적에는 저주스러운 흑역사를 소거하는 데 성공했다.

——그리고 열다섯 살의 빙계(氷季), 오토는 도시 권력자의 딸을 적으로 돌리는 바람에 고향에서 추방당했다.

일의 경위는 생략하겠지만, 단적으로 말하면 남녀의 치정극에 말려든 결과였다.

그 소녀의 생일 파티 밤, 그녀의 연인이 애인이 자기 아닌 다른 남자와 함께 있었다고 오토네 집에 따지고 들어왔다. "이 좆다벌레 자식!" 하고, 욕설과 함께.

알지도 못하는 누명에 흑역사를 도로 발굴당한 오토는 평상심을 잊었다.

따라서 오토는 봉인을 풀고 자신의 혐의를 풀자고 온 도시의 생물에게 협력을 청했다. 그리고 문제의 밤, 문제의 소녀가 실로 일곱 명의 남자를 돌아가며 놀던 진실을 밝혀내어 딱한 남자에게 "당신은 아무래도 여덟 번째 같아요!" 하고 당당히 보고했다.

남자에게 얻어맞은 다음, 남자관계가 폭로당한 소녀가 고용한 살인 청부업자에게 쫓기는 바람에 오토는 마침내 고향을 버리고 부친의 연줄을 타서 지인의 상회에 고용됐다.

거기서 수행해 행상인으로서 여행을 떠난 게 열여섯 살——오토 스웬이 남자로서 독립한 때였다.

그 뒤로 행상인이 되어 떠난 여행은, 그야말로 고난의 연속이었다.

아무래도 오토는 불운과 재난에 사랑받는 운명으로 태어난 모양이다. 깨지기 쉬운 물건을 운반하면 악천후에 맞닥뜨리고, 여정을 단축하려고 산에 들어가면 산적에게 습격당하고, 다른 행상인과 함께 야영하면 혼자만 온몸을 벌레에 물려 괴로워했다.

그런 불행한 꼴을 당하면서도 오토가 파멸하지 않고 살아남을 수 있던 것은 서글프게도 불운에 걸맞을 정도로는 장사의 재능이 있었기 때문이다. 크게 벌지도 손해 보지도 않고, 상인으로서는 퇴폐적인 균형 감각으로 순식간에 4년이 지났다.

『도련님, 그만 주무세요.』

이는 오토에게 유일한 동행인, 애룡 플르푸와 밤중에 나눈 대화다.

고향에서 추방된 지 5년. 오토가 마음이 꺾여서 친가로 돌아가지 않은 이유에는 이 플르푸의 존재가 실로 크다. 동생에게 가호의 존재가 들통 난 계기, 그 지룡이 플르푸였으니 오토와의 관계는 자그마치 10년이 된다.

『내일 지장 있어요. 큰 거래라면서요?』

플르푸의 배려에 오토는 웃음과 함께 끄덕였다. 내일 기다리는 큰 건수. 그것이 행상인으로서의 전환점이 된다고, 오토는 그렇게 확신했다.

그리고 전환점은 찾아왔다. ──완전히 다 깨져서, 막대한 빚을 떠안은 것이다.

매점한 기름이 팔 물건이 못 되고, 반대로 내놓은 철제품의 수요가 급증했다. 오토는 시세를 잘못 읽어서 행상인 생명이 위기에 빠졌음을 깨달았다.

어떻게든 한 방에 역전하지 않으면, 플르푸를 포기해야 할지도 모른다. 그러기는커녕 친가에 울며 매달릴 결과가 될 가능성도.

오토에게 그것만은 절대로 밟고 넘어서면 안 될 영역이었다.

오토는 가족을 사랑하고 있었다. 사랑받았다는 자각이 있었다. 그리고 어릴 적의 자신이, 가족에게 계속 폐를 끼친 것도 자각하고 있었다.

그 어린 10년 동안에, 오토는 이미 평생분의 폐를 가족에게 끼친 것이다. 지금부터 남은 일생을 들여 그 10년간을 변제해야만 한다.

빚을 지고 갚는 관계는 바르고, 정확해야 하는 법. 오토 스웰은 장사꾼 집안의 아들이므로.

――돈벌이가 있다는 지인의 제안을 받고 오토는 바로 거기에 뛰어들었다.

의뢰는 상품이 아니라, 용차를 탈것으로 확보하는 것이었다. 오토는 누구보다 빨리 달려가서는 『이건 이제 그만두죠, 도련님.』 하고 플르푸가 말리는 것도 듣지 않고 가호를 구사해 목적지로 일직선으로 내달렸다. 그리고――.

"이런, 이런, 이런…… 그렇게 급하게 어디로 가는, 겁니까!"

――그리고 호된 꼴을 당했다.

눈매가 이상한 놈들에게 붙잡힌 오토는 자신의 불행이 극에

달했음을 확신했다. 플르푸와 따로 떨어져 차가운 동굴에 꽁꽁 묶인 오토는 고요하게 절망했다.

절망. 그렇다. 절망한 것이다. 인생에서 처음으로, 오토는 절망했다.

왜냐하면 오토는 이때, 가호의 힘을 완전히 해방하고 있었다. 탈출할 수단을 찾아내기 위해, 숲이나 동굴의 생물에게 도움을 청하고자 가호에 의지해 그리운 지옥 속에서 활로를 찾아낼 작정이었다.

──하지만 그토록 번잡하게 여기던 지옥의 합창이, 이곳에선 하나도 들리지 않았다.

맛본 적이 없는, 압도적인 정적. 지옥을 각오한 오토는 그 정적에 진짜 지옥을 보았다. 『죽음』이 다가오는 발소리는 고요하단 사실을, 이때 처음으로 이해했다.

끝났다고 생각했다. 손발의 힘이 빠지고 눈의 빛이 꺼진다. 하나도 성취하지 못하고 마지막에는 차가운 동굴에서 끔찍하게. ──그 절망은, 난데없이 끝났다.

"뭐꼬, 마녀교 모지리들. 앞뒤 안 가리고 다 해 먹었구마! 까불고 있다카이!"

동굴에 큰소리가 메아리치고 망아의 경지에 있던 오토는 현실로 끌려왔다.

고개를 들어 쉰 목소리로 도움을 불렀다. 그 말을 듣고 나타난 것은 카라라기 사투리의 덩치 큰 견인족(犬人族)이었다.

"형씨, 재수가 좋데이! 우리덜이 안 왔으믄, 틀림없이 놈들한

티 죽었어! 대장 꼬마에게 감사해야겠구마!"

"대, 대장 꼬마……?"

"우리덜 지휘관, 대장이고 꼬마니께 대장 꼬마데이! 형씨한 티는 생명의 은인이겠제!"

"네, 네에……. 아, 알겠습니다. 감사합니다. 그럼, 그 사람에 게도……."

인사해야겠다고 고개를 든 순간에, 오토는 불현듯 알아챘다.

눈앞의 견인이 오토를 놀란 표정으로 보고 있었다. 그 반응의 의미를 알지 못한 오토에게 그는 품속에서 하얀 손수건을 던져 주고 말했다.

"뭐꼬, 울 끼믄 안 보이게 올라카이. 사내자식이 남 앞에서 끅 끅대믄 쓰나."

"어, 허…… 우, 울어요?"

"눈물 아이고 마음의 땀이란 기가! 고거 카라라기에서도 솔찮 게 말허지. 와하하하하!"

그 말만 하고 견인은 오토를 배려하듯이 등을 돌렸다. 오토는 뭐가 뭐냐고, 받아든 손수건을 뺨에 대고── 거기서 비로소 눈물을 깨달았다.

뚝뚝 흐르는 눈물. 그것은 자각하자마자 단숨에 기세를 더하기 시작하고.

"아, 제길……. 뭐, 뭐냐고, 이런…… 이런 거……."

그치지 않고 세차게 흐르는 눈물에 오토는 손수건으로 얼굴을 누르고 필사적으로 저항했다.

넘쳐 나오는 눈물의 원인은 모르겠다. ——아니, 거짓말이다. 사실은 깨닫고 있다.

"주, 죽지 않아서…… 다, 다행이야……."

아직 아무것도, 성취하지 못했다. 받은 은혜에, 하나도 보답하지 못한 것이다.

여기서 죽으면 오토는 태어난 의미마저 없는 채로 끝날 판국이었다.

지금 이렇게 살아남은 것으로 오토는 그 사실을 깨달을 수 있었다.

——오토의 인생은 눈물을 흘릴 때마다, 다시 태어나는 것을 실감했다.

이 세상에 삶을 받은 첫 번째 탄생의 울음소리.

친가의 사랑을 알고 자신의 마음이 있는 곳을 안 두 번째 탄생의 울음소리.

그리고 『죽음』의 절망과 엇갈려 살아갈 목적과 의미를 이해한 세 번째인 이날.

——오토 스웬은 이 날, 다시 탄생의 울음소리를 터트렸다.

2

"——사실은 이런 시간 끌기, 부탁받지 않았지만 말이죠."

지면을 박차고 어울리지 않는 육체노동에 매진하면서 오토는 쓴웃음 지었다.

볼썽사납게 울부짖던 기억 따위는 잊고 싶지만, 공교롭게도 운 기억은 어느 것이나 소중한 것이니 잊으려 해도 잊을 수 없다.

그때, 오토를 구한 리카드라는 수인(獸人)은, 오토가 대성통곡한 것을 아무에게도 말 안 하고 비밀로 해 주었다. 그 빚은, 언젠가 반드시 갚아야만 한다.

그리고——.

"빚을 지면 반드시 갚는다. ——누가 뭐래도, 전 상인이니까요."

——생명을 구해 준, 대장 꼬마.

나츠키 스바루에게도 오토 스웬은 갚아야만 하는 빚이 있다.

생명을 구원받은 은의에, 이 생명을 걸고 보답한다.

대차관계는 확실히. 장사꾼으로서 당연한 마음가짐이다. 무엇보다——.

"——친구, 이니까 말이죠!!"

상인으로서의 오토도, 한 인간으로서의 오토도, 지금 여기서 버티고 설 것을 자기 자신에게 부과하고 있다. ——여기서 남자로서의 오토도 더하고 싶다.

따라서 오토 스웬은 승산이 희박할 터인 전장에 스스로 도전한다.

승산을 무시한 내기에 나서서 자신의 존재로 판에 얹을 수 있는 모든 것을, 나츠키 스바루의 승리를 위해서 쌓으리라.

그것이 오토의 상인 정신이고, 우정의 증거이므로.

"크어엉——!!"

——멀리, 남기고 온 함정 방향에서 짐승의 노호가 하늘을 흔드는 것이 들렸다.

그 소리를 계기로 오토는 자신의 가호를 해방—— 그리운 지옥 속에 몸을 내맡기며 자신의 온 힘을 쥐어짜내고자 달렸다.

3

『굉장한 거, 와.』

——알아요. 네, 알고말고요.

『뒤, 엄청나, 금방 와, 지금 왔어.』

——그러니까 안다니까요. 그것도 계산, 예상대로니까요.

『죽어버려. 죽어버리는구나. 불쌍해.』

——부탁이니까, 비관적이 되는 거 그만두지 않을래요?!

『언령의 가호』를 해방해 숲을 달리는 오토의 귀에 무수한 목소리가 날아들었다.

그것은 온 숲의 새나 벌레, 작은 동물, 온갖 의사 있는 생물의 소리이며, 그 안에서 자신을 향한 목소리를 선별, 분간해 들어서 검사하는 건 영혼이 갈리는 고행이다.

오토와 가호와의 관계는 20년의 인생과 딱 일치한다. 하지만 그 20년 동안에도 이만큼 막무가내를 시도한 적은 한 번도 없다.

광대한 숲속, 오토의 고막이 짚어내는 목소리 수는 방대하다.

하늘에, 물에, 흙에, 돌에, 생물은 무수히 존재한다. 그 모든 목소리가, 들렸다.

그것은 단순히, 많은 사람의 목소리를 듣기만 하는 문제가 아니다.

『언령의 가호』는 오토에게 이해를 강요하는 것이다. 즉, 오토의 뇌는 흘러드는 생물의 목소리를 이해하기 위한 처리에 쫓긴다. 그것도 한계를 초월해서──.

"읍……."

머리에 날카로운 통증이 퍼져 오토는 순간적으로 옆에 있던 나무에 기대었다. 이마의 땀을 닦으려다가 소매에 피가 묻은 것을 발견했다. 코피다. 주룩 하고 흐르는 출혈은 뇌에 한계를 넘게 한 폐해인가. 그러고 보면 이명도, 엄청난 기세로 끊임없이 울리고 있다.

"아, 몰랐네. 계속 쓰면 이런 꼴이 되나요, 제 가호. 갈수록 다루기 힘들까…… 편리하기만 하지 않으니 골치란 말이죠."

어젯밤부터 짧은 간격으로, 거의 끊임없이 가호를 쓰고 있다. 온 숲의 생물과 대화하고, 협력을 요청하고, 함정을 설치하고, 작전을 세웠다. 피를 토할 정도로 전력으로.

거칠게 코피를 닦고 오토는 푸념을 내뱉으면서 달리기를 재개했다.

발놀림은 미덥지 못하다. 하지만 전개한 가호는 중지할 수 없다. 가호를 통한 인해(人海)가 아닌 『생물해전술』이 없으면, 자신은 이 도주극도 멀쩡히 지속하지 못하는 것이다.

온 숲의 생물의 눈을 의지하고, 목소리를 의지하고, 오토는 시간을 벌 수밖에 없는 것이다.

"나츠키 씨는…… 에밀리아 님과, 대화를 나눴을까요……."

행방을 감춘 에밀리아와, 스바루가 말을 주고받기 위한 시간을 번다.

오토가 깨질 것만 같은 두통을 참으며 코피를 흘리고 발악하는 건 전부 그 때문이다. 그 행동이 승리로 이어지기에── 아니, 승리는, 동기 안에서는 별로 크지 않다.

결국은 스바루에게, 에밀리아와 마주할 시간을 주고 싶다. 그 동기가 강했다.

스바루가 에밀리아를 발견하지 못한다는 걱정은 안 한다. 찾아낼 것이다. 찾아낸 다음, 어떡할지는 당사자들 하기 나름이고, 자신은 거기까지만 도울 뿐이다.

──어째서, 자신은 이렇게나 스바루의 편을 드는 것일까.

두통과 귀울림을 흩트리기 위해서인지 오토의 사고에 그런 의문이 끼어들었다.

스바루가 생명의 은인이니까, 그 빚을 갚으려고 협력하는 건 사실이다.

친구인 스바루를 위해서, 친구로서 힘을 빌려주는 것도 거짓말이 아니다.

그렇지만 자신은 그저 그것 때문만으로, 요구받은 것 이상을 하자고, 이해득실을 무시하며 이만큼 필사적일 수 있는 인간이었을까.

"……아아, 그렇구나."

고민하는 가운데, 오토는 별안간 길이 트인 느낌이 들어서 웃었다.

깨달은 것이다. 왜 자신이 이렇게나 필사적으로, 스바루 역성을 드는지.

"이해받지 못하는 고통은…… 난 누구보다도, 잘 알잖아요."

타인에게 들리지 않는 목소리가 들리는 『언령의 가호』는, 오토에게 고독한 길을 강요했다.

한때는 가족의 애정을 멀리하고, 많은 친구와의 사이에 도랑을 만들고, 가호는 오토에게 자신을 다른 이에게 이해받지 못하는 괴로움을 초래했다. 자신만이 알 수 있던 말을, 다른 이에게 전하지 못하는 괴로움. 그것은 체념으로 변해 자신에 대한 실망으로 변해가는 것이라고.

──그것은 오토에게, 떠안은 것을 털어놓기 전의 스바루가 한 고뇌와 똑같다.

그러니까 오토는 스바루를 믿고, 그의 모습에 과거의 자신을 겹쳐서 달리기 시작했다.

지금, 알았다. 겨우 알았다.

별것 아니다. 오토가 구하고 싶은 건, 나츠키 스바루만이 아니다. 그를 도움으로써 오토는 과거의 자신을, 오토 스웬을 구원하고 싶었다.

"찾, 았……다!!"

"억──?!"

자기 안에 있는 또 하나의 본심을 깨달은 순간, 오토는 충격에 떠밀려 날아갔다. 두통에 집중력이 흐트러져 그 틈에 타격을 받았다. 부드러운 흙에 안면부터 고꾸라졌다.

"풉, 퉤! 벌써, 여기까지…… 으극!"

"어딜! 다시는, 아무것도 하게 안 놔둔다!"

낙엽을 뱉어내고 일어나려던 배에 발끝이 들어갔다. 숨이 턱 막히고 폐의 내용물을 짜내어서 비명을 지른다. 위를 보며 오토는 땅바닥에 굴렀다.

대(大) 자로 뻗어서 하늘을 쳐다보았다. 나뭇가지 틈새로 보이는 하늘, 햇살의 기운―― 신음하는 오토의 시야에 언짢은 표정의 가필이 거꾸로 비쳐들었다.

가필은 흙으로 더러워진 앞머리를 쓸어 올리고 자신의 코를 손가락으로 문지르고는 말했다.

"……실컷 잔재주 부렸겠다. 코는 안 듣지, 벌레 때문에 시야는 가리지. 울음소리로 귀도 속아서 고생했다고. 하지만 이걸로 끝났어."

"그, 글쎄요……. 아직, 승부는 모를쿠헉."

"말했잖아. 아무것도 하게 안 놔둬. ――니놈을 얕본 대가가, 이 어르신의 이 꼴이니까."

오기 어린 말도 용납지 않고, 쓰러지는 오토의 배에 가필이 발을 올렸다. 그대로 발에 힘을 주자 작은 체구에 어울리지 않는 각력에 오토의 온몸이 비명을 질렀다.

끼기기긱 뼈가 들썩이고 오토는 죽는 소리를 흘리며 손발을 버둥거렸다.

"욱, 이, 기익⋯⋯!"

"거친 짓은 하기 싫다. 시간도 없어. 얼른 돌을 내놔. 충분하잖아."

조금씩 부하를 걸어 오토로부터 돌을 도로 빼앗으려는 가필. 입가에 거품을 물고 괴로워하면서, 오토는 품속을 뒤져 훔친 휘석을 잡았다.

역량의 차이. 웃고 싶어질 만큼 명쾌하다. 생물로서 토대가 다르다. 지독한 고통, 여기서 패배를 인정해서 뭐가 잘못인가. 시간도 열심히 잘 끌었다. 이 돌을, 돌려주면──.

"후핫."

"⋯⋯뭘 웃고 지랄이야?"

짓밟히며 코피로 더러워진 얼굴로 웃은 오토에게 가필이 얼굴을 찌푸렸다. 섬뜩해하는 반응, 어릴 때도 봤다. 이물을 보는 눈, 오토도 같은 의견이다.

지금의 자신은 정신이 나갔다. 그토록 죽기 싫다고 절망한 차가운 동굴. 그로부터 불과 며칠 만에, 이번에는 스스로 생명의 위기에 도전해서── 이다지도 당당하니까.

"여기서 포기하면, 아깝지. ⋯⋯모처럼, 통쾌한 배역을 받았으니까요."

오토의 말, 그것이 시설에서의 대화에 기인한 것이라고 가필은 금세 깨달았다. 과분한 배역이라고, 오토를 경시한 발언의 앙갚음이라고.

"이 새끼……!"

스바루의 말대로다. 못한다고, 그렇게 여겨지는 일을 해낸다, 그것이 재미있다. 성격은 더럽지만 확실히 이 쾌감은 중독적이다.

나쁜 친구에게 물드는 감각에 오토가 웃으니, 가필의 분위기가 변했다.

녹색 눈에서 사나운 분노가 가시고 대신에 깃든 것은 갈고닦은 전의. 그것이 가필이, 오토를 적이라고 인정한 증거였다.

여기서 해치워야만 한다고, 가필이 오토를 인정한 증거다.

"……마지막으로 한 가지, 괜찮을까요?"

배에 올린 발을 치우고 경의를 보내는 것처럼 자세를 바로잡은 가필에게 말을 걸었다. 그 말에 가필은 "엉." 하고 조용히 턱을 주억였다.

유언이 아니지만, 그 말을 들을 자비가 가필에게도 있단 뜻이다. 그가 야만스러울 뿐인 인간이라면 오토의 숨통을 끊고 끝이었다.

가필은 전사다. ──그렇기에, 마지막에 마련한 시간 끌기에 걸려들었다.

"제가 길잡이한 꼴이지만…… 여기까지 꽤 숲을 뒤엎었죠, 가필."

"──뭐라고요?"

"집안이 발칵 뒤집힌 주민들이 말하고 있어요. ──벌을 주라고."

배에 손을 짚고 상반신을 일으켰다. 그리고 말하는 오토 주위에 빛이 들러붙었다.

그것은 가시화될 만큼 축적된 방대한 마나다. 온 숲의 협력자가 오토에게 나눠준 마력의 근원—— 단 한 발뿐인, 큰 기술을 위해서.

이변을 가필이 눈치챘다. 이를 드러낸다. 움직인다. 하지만, 늦다.

"——알 도나."

온 숲에 가득 찬 마나가 오토의 게이트를 중계해 영창에 따라서 세계에 간섭한다.

폭발적으로 부풀어 오른 마력이 대지에 잠기고 어마어마한 기세로 발생한 토사류(土砂流)가 숲의 나무들을 분쇄, 길 위에 있던 가필에게 덤벼들어 질량의 폭력이 단숨에 두드려 찧었다.

"꺼, 어어어억——!!"

숲에 울려 퍼지는 포효, 그거마저 토사의 파도에 삼켜져 으스러졌다.

평생, 다루지 못할 영역에 있을 마법을 행사하고 오토는 그 결과에 숨을 헐떡였다.

이것이, 이것이야말로 마지막 함정, 트릭, 오토가 꼭꼭 숨긴 비장의 한 수였다.

이 하루 만에 온 숲의 생물과 접촉을 취하며 시마가 잠복한 곳을 밝혀낸 것과 병행해서, 많은 함정을 설치해—— 이 마지막 대마법의 사전 준비를 마쳤다.

『언령의 가호』는 도주에 전념하기 위한 『도구』도, 그것을 미끼로 빈틈을 끌어낸 목을 채기 위한 『함정』도 아니다. 『도구』와 『함정』을 합친, 『무기』였던 것이다.

가필은 오토의 책모에 죄다 빠졌다. 피라미라고 얕잡아보다가 함정에 걸려서 인식을 고치고, 끝에는 전사라고 인정하는 바람에 빈틈을 만들었다.

모두 오토의 계획대로. 즉, 이번에야말로 이로써——.

"——니놈도, 가진 패 다 썼단 거군."

"좀, 봐주시죠……."

토사류가 잦아들고 먼지구름이 자욱하다. 뭉게뭉게 핀 그 먼지구름을 헤치고 황량해진 숲의 흙을 밟으며 나타난 것은, 걸레짝이 됐음에도 건재한 가필이었다.

그 가필의 모습에 오토는 결국 존경마저 담아서 한숨지었다.

"솔직히, 놀랐다."

"너무나, 제가 수단을 가리지 않고 발버둥 쳐서 말인가요?"

"아니야. 이렇게까지 당할 줄은, 진짜로 생각 못했다. 그러기는커녕, 포기했다고 생각해서 맘대로 널 깔아봤지. ——용서해라. 난, 사나이에게 같잖은 짓을 했어."

차분한 표정의 가필에게, 오토는 그런 사과는 필요 없다고 고개를 저었다.

원했던 것은 '졌다.' 는 한마디다. 그러나 오토의 전심전력은 그 모든 역할을 완벽하게 달성해도 가필의 저력을 모조리 덜어내지 못했다.

더 수단이 없다. 오토의 저항은 이로써 끝이다.

"할 수 있을 만한 일은, 했을까요……."

중얼거린다. 모조리 다 꺼내놨다. 그 실감은 있었다.

그런데도 여전히 닿지 않았으니까, 그건 이미 어쩔 수가 없다.

그러니까──.

"잘 가라. ──일어났을 때는, 다 정리하고."

"제 개인전은, 여기까지로 해두죠……."

숨을 길게 내쉰 오토의 중얼거림에 가필의 눈이 부릅떴다.

그 발언은 승부를 내던진 인간이 입에 담는 것 치고는 패배감과 무관한 것이어서──.

"설마……."

아직 뭐가 더 있느냐며 가필은 전율과 함께 주위의 기척을 더듬었다. 온몸의 솜털을 곤두세우고 경계를 드러내며 주변에 눈길을 주었다. 사방팔방, 기척은 없다.

기우. 그런, 얼빠진 결론은 내지 않고, 가필은 위를 보았다.

거기에──.

"크어엉──!!"

이를 드러낸 가필이 쇄도하는 그림자에게 포효하려 했다. 하지만 순간적으로 반응이 늦었다. 경악이 목에 틀어박혀 가필의 그다음 행동까지도 저해했다.

포효가 터진다. 그것은 살의도 적의도 아니라, 이름이 되어서.

"왜, 네가! 라아아아아암──!!"

"──엘 후라!"

가필의 절규에 거목에서 날아 내려온 소녀—— 람의 영창이
겹쳤다.

다음 순간, 작렬하는 바람의 칼날은 인정사정없이 가필에게
꽂혔다.

4

읊어지는 영창에 세계가 다시 써져서 바람은 칼날로 변해 사
냥감을 노리고 쇄도, 작렬했다.

종횡무진하게 보이지 않는 칼날은 미쳐 날뛰고, 숲을, 흙을,
살점을, 요란하게 토막 냈다.

그것은 결판을 노린 일격, 정통으로 맞으면 치명적인 결정타.
그러나——.

"까불지, 마——!!"

포효하는 가필이 내디딘 발이 발꿈치로 숲의 대지를 사각으로
뜯어냈다. 그것은 벽이 되어 가필에게 엄습하는 바람의 칼날을
둔화시켰다. 물론 그 정도로 완전히 막을 수 있는 위력의 마법
이 아니지만, 한순간 틈이 발생하면 회피하기에는 충분하다.

크게 뒤로 뛰어서 가필은 바람의 폭심지로부터 이탈했다. 그
것을 지켜보고 흙 위에 선 소녀—— 람은 작게 콧방귀를 뀌며
힐끔 옆을 보았다.

그곳에, 분전한 결과, 걸레짝 상태로 내몰린 오토가 주저앉아
있었다.

"알고 있었지만, 꼴불견이라 두고 못 볼 모습이야."

"사력을 다해 싸운 사람한테 그건 좀 너무하지 않나요……."

"사력을 다했다? 가프의 『지령(地靈)의 가호』가 있는데, 비장의 수로 땅 속성의 도나 계통을 선택하는 꼬락서니로? …… 이건 글렀어."

"이렇게나 안식의 요소랑 무관한 메이드 처음 봤어!"

아우성치는 오토를 무시하고, 람은 지팡이 끝을 흔들면서 앞을 바라보았다.

그곳에 둘의 대화를 굽어보며 콧잔등에 주름을 잡은 가필이 자세를 잡고 있다. 그는 날카로운 이를 딱 깨물고 화가 치미는 듯 람을 쳐다보고는 말했다.

"한 번만 묻는다, 람. 왜, 그쪽 편에 붙었어? 아앙?"

"뭔가 이상한 점이 있어?"

"아는 거냐? 그쪽에 붙는다면, 어. 로즈월 자식의 뜻을 등지는 거 아니냐. 놈은…… 적어도 공주님한테 『시련』을 시켜먹을 속셈이 없다고."

"람 앞에서 로즈월 님을 대변하다니, 많이 컸구나. 알고 지낸지 오래됐으니까 알 수 있잖아? 람은, 절대로 설득에 귀를 안 기울여."

가슴을 펴고 람은 자신의 굳건한 의지를 주장했다.

"니 고집이 골수에 박힌 걸 왜 모르겠냐. 그 점이 좋아서 반했다고. 그래서 모르겠군. 로즈월 자식의 메이드잖아?"

"당연하지. 그러니까 주인의 비원을 위해서 전심을 다한다.

──단, 람의 방식으로 말이야."

가필의 의문에, 시시콜콜하게 정성껏 대답할 작정은 람에게는 없다.

그녀는 탄식하더니 나무에 기대면서 일어나는 오토에게 시선을 돌렸다.

"자세 봐. 여자한테만 싸우게 할 생각이야?"

"사, 사람 막 부리네! 무셔! ……이 사람의 동생인데, 그 자고 있는 애 정말로 착한 거 맞나. 나츠키 씨가 거짓말하고 있단 느낌이 들기 시작했는데요."

"투덜대는 소리 시끄러워."

휘청거리는 몸, 간신히 멎은 코피. 일어나 봤자 전력으로 꼽을 상태는 물론 아니다. 그런데도 오토는 일어서고, 람도 그것을 당연히 여긴다.

두 사람의 그 태도에 가필은 짜증스럽게 혀를 찼다.

"정도껏 해! 니들은 왜 죽어라 발목 잡고 있어? 여기서 이 어르신을 막는 사이에, 뭐가 어떻게 된단 거야! 그렇게나…… 그놈한테, 믿을 가치가 있는 거냐?!"

"나츠키 씨한테, 가치? 아니, 가치의 유무로 말하자면 없지 않을까요."

"……아앙?"

생각도 못한 대답에 가필이 어안이 벙벙해졌다. 하지만 오토는 모자를 떨어뜨린 머리를 긁고 이마에 붙은 머리카락을 치우더니 시원하게 웃으며 말했다.

"현재, 나츠키 씨에게 그만한 가치는 없다 싶어서요. 단지 전 상인이라서 이것도 투자의 일환이라고 생각 중이죠. 투자한 곳이 망하지 않게, 어떤 꽃이 필까 기대하며 벌레를 쫓고 가지를 치고…… 지금은 그런 기분일까요."

손이 가는 사람이죠. 오토는 진심으로 지친 분위기로 어깨를 축 늘어뜨렸다. 오토의 그 발언에 람은 "핫." 하고 콧방귀를 뀌었다.

"솔직히 바루스의 어디에 그렇게까지 기대하는지 람은 모르겠어. 바루스는 약하지, 쓸모없지. 차 하나 제대로 못 탈 만큼 무능하단 건 람도 가프와 같은 의견이야."

"그건 말이 과하……진, 않을지도 모르겠지만요."

"단지 바루스는 가장 중요할 때 묘하게 타이밍이 좋은 남자야."

쭈뼛쭈뼛 옹호하려는 오토를 무시하고 람은 담담하면서도 강하게 단언했다.

그 말에 오토는 눈이 동그래지고, 가필은 얼굴을 찌푸렸다.

"타이밍이야. 운이 좋을 뿐인 남자, 그게 바루스."

평소에는 쓸모없고, 뭐가 장점인지도 모를 남자면서, 나츠키 스바루라는 인간은 이상하게 있어 줬으면 하는 곳에 있어 줬으면 할 때 있는 남자다.

끌리는 요소는 털끝만큼도 없고, 이성으로서의 매력은 한 점도 없다. 그의 뭐가 좋은지 람은 알 수 없고, 답답한 기분을 느낄 때도 있었다. ──언제였던가. 지금은 됐다.

어쨌든 나츠키 스바루는 그뿐인 남자다.

그렇기 때문에 이번도 람은 이야기를 받아들였다. ——어젯
밤, 오토가 스바루의 계획을 털어놓았을 때, 자신의 판단을 믿
는 형태로.

　"바루스가 타이밍이 좋다는 점만은 신용해도 좋아. ——기회
를 봤다고, 바루스가 그렇게 생각하고 행동에 옮겼다면 그것이
승리를 거둘 수 있는 유일한 계산이야."

　"……이러니저러니 해도, 람 씨도 나츠키 씨를 신뢰하고 있
네요."

　"람 님이야."

　"엄청 공격적으로 쑥스러움을 숨긴다?!"

　히죽대는 낯짝으로 옆에 선 것이 마음에 안 들어 람이 매서운
시선으로 오토의 입을 막았다.

　하지만 의견은 일치했다. 스바루의 목적에 편승해 공동전선
을 맺은 두 사람이다. 이 시간 끌기 싸움을 스바루에게 말하지
않은 것도, 서로 이해한 사항이다.

　이미 충분하게 시간을 벌었다는 손맛은 있었지만——.

　"——길을, 터 줄 맘은 없구만."

　"————."

　가필의 물음에 람과 오토는 침묵으로 대답했다.

　오토는 무릎을 털고, 람은 지팡이를 잡은 손을 확인했다.

　전투할 자세를 풀지 않는 둘에게 가필은 고개를 가로저었다.
단단한 이가 딱딱 부딪치는 소리만이 숲에 울렸다. 그리고 가필
은 얼굴을 엉망진창으로 구겼다.

"──그냥, 됐어."

나직이 나오는, 갈라진 목소리. 오토와 람은 동시에 눈썹을 찡그렸다.

그 둘의 눈앞에서 가필은 자신의 두 어깨를 껴안듯이 몸을 웅크리고 포효했다.

"크어어엉━━━━!!"

『성역』의 전 지역에 울려 퍼질 듯한, 흉맹한 짐승의 포효가 대기를 세차게 뒤흔들었다.

온 숲이 떨고 목숨을 구걸하며 머리를 조아리는 압박감──대호(大虎)가, 현현했다.

"━━━━."

온몸을 금빛 짐승 털로 덮은 짐승의 모습에 오토는 바람을 받는 착각을 맛보았다. 하지만 몸은 떨지 않았다. 겁먹지도 않았다. 이성의 굴레가 풀렸을지도 몰랐다.

무엇보다 바로 옆에, 자기보다 작은 람이 미소를 띠고 있던 게 보였다.

"가프는 알기 쉽게 판단을 그르쳤어. ──이 승부, 우리가 이겼어."

오토는 '진짜냐.' 하고 존댓말도 잊고서 속으로 딴죽 걸었다.

그런 오토 옆에서 람은 가볍게 발꿈치를 띄웠다. 그 행동을 몇 번쯤 반복해 준비 운동을 마친 람은 마치 산책 나가는 듯한 발걸음으로 정면의 거대한 짐승에게로 걸어갔다.

"잠깐! 람 씨?!"

그 대범한 행동에 오토가 눈을 부릅떴다. 그러나 람은 발길을 멈추지 않고 맹호 앞으로.

흉수(凶獸)로 변신한 가필, 그 두 눈에 이성의 빛은 없다. 눈앞에 선 귀여운 소녀는 짐승에게는 단순히 말랑한 고깃덩이, 약하고 무른 존재에 불과했다.

따라서 짐승은 그에 어울리는 태도로 치켜든 발톱을 가엾고 자그마한 몸뚱이에다 후려쳤다.

그 순간──.

"미적지근해, 가프. ──누구를 상대하는 줄 알기나 해?"

몸을 숙여 짐승 발톱을 피한 람이 딱하다는 듯 말하고, 활짝 드러난 아래턱에 주먹을 꽂아 넣었다.

가녀린 소녀의 주먹── 그것이 포탄 같은 위력으로 짐승을 드높이 날려버렸다.

"컹──?!"

"주먹다짐으로 람에게 이긴 적이, 한 번이라도 있었어?"

공중에서 반전해 짐승이 지면에 착지했다. 짐승은 소녀가 가엾은 사냥감이 아님을 이해했다. 사납게 날뛰며 사지를 튕기며 덤벼들었다. 그 안면을, 다시 주먹이 격추했다.

"세상에."

그 충격적인 광경에 오토는 저절로 눈이 휘둥그레졌다.

전투는 문외한이 봐도 람이 우세. 체격의 차이를 살려서 사각으로 도는 소녀에게 짐승은 기술이고 나발이고 없는 앞발을 마구 휘두르다가 헛손질하고는 맞기만 할 뿐이다.

"가능…… 가능해! 이건, 가필을……!"

시간 끌기는커녕 승리로 가는 전망이 보인 것 아닌가.

그 광명을 뒷받침하듯이 람의 주먹이 맹호의 안면을 옆쪽에서 후려갈겼다. 위력과 기세에 짐승은 휘릭 뒤집히며 흙먼지와 함께 요란하게 날아갔다.

그리고——.

"——푸."

참지 못한 신음성과 함께 람의 이마에서 거센 유혈이 허공에 튀었다.

——지나치게 빠른 한계에, 람은 어금니를 깨물어 그 자리에 버티고 섰다.

뿔이 부러진 몸으로 피의 각성을 촉구하면 즉각 한계가 오는 건 알고 있었다. 그런데도 조건을 갖추고 단기 결전으로 몰고 가면 지지 않을 거라 생각했는데.

"——강해졌구나, 가프."

나직이 중얼거린 람의 목소리에는 좀처럼 타인에게 들려주지 않는 감정이 넘치고 있었다.

부드러운 미소를 새긴 채로 람은 뛰어드는 맹호의 몸통을 무릎으로 찔러 올렸다. 딱딱한 감촉이 튕겨 나오고, 무릎뼈가 심대한 피해를 입었다. 이미 육체의 활성화에 이용한 마나가 고갈되어 그 몸의 강도는 외견과 같은 가녀린 소녀에 불과하다.

발톱이 무수히 뻗어 나오고, 그 공격을 감과 재능에 기대어 회피하며 뒤로 뛰었다.

"――으, 후."

　숨을 깊이 들이마시고, 내쉬었다. 그 직후, 핏덩이가 왈칵하는 소리와 함께 바닥에 떨어졌다. 그것이 흡사 몸에 남은 힘 전부였던 것처럼 자세가 휘청 무너지며 무릎을 꿇었다.

　그 빈틈을 맹호는 이번에야말로 놓치지 않았다. 큰 입을 벌리고 송곳니가 정면으로 달려들었다.

　거기에――.

　『크어엉――――!!』

　주먹에 휘석을 움켜쥔 오토가, 그 가는 목에서 믿지 못할 사나운 포효를 터트렸다. 그것은 흉수가 사냥감에 달려드는 순간에 터트린 포효와 같은 것이었다.

　사전에 들었던, 오토가 가진 가호의 힘이다. 모든 생물과 대화하는 가호의 힘으로, 오토는 이성을 잃은 짐승을 향해 짐승의 언어로 말을 건 것이다.

　그 포효가 어떤 의미를 가진 것이었는지 람은 모른다.

　단지 한순간, 맹호의 움직임에 당혹감이 어려 람에게 돌진을 피할 만한 틈을 주었다. 그것만으로도 대수훈, 오토도 그 성과에 회심의 웃음을 짓고……

　"엇, 으와아아아――?!"

　돌진하는 짐승 앞에 있던 오토가 그 맹렬한 돌진을 맞고 날아갔다. 회전하는 오토는 그대로 덤불에 처박히고, 모습이 사라졌다.

　살아남았는지 죽었는지, 완전히 오토의 내구력에 달렸다.

람은 그의 판단과 행동의 결과에 대해 의식을 쪼개지 않았다. 그러지 않는 것이야말로 오토의 행동에 보답할 가장 적합한 행위라고 판단했다.

그리고 오토의 명예로운 죽음이 만든 시간에 람은 다시 지팡이를 뽑았다.

그 지팡이 끝부분은 치고받는 한중간에도 계속 쏟았던 마나의 인광을 두르고 있다.

"크릉————?"

그 위협을, 맹호는 뒤늦게 깨달았다. 람에게 돌격한다. 늦다.

"——알 후라."

어마어마한 빛이 부풀어 오르고 바람을 받은 짐승이 큰 입을 벌리며 하늘에 포효가 울려 퍼졌다.

——그리하여 『클레말디의 헤매는 숲』 공방전은 종결됐다.

제6장 『믿음의 이유』

1

무릎을 껴안고 웅크린 에밀리아를 발견해 스바루는 생뚱맞은 안도를 느끼고 있었다.

에밀리아를 발견한 것이 한 가지, 에밀리아가 이곳에 있어 준 것이 또 한 가지. 이곳밖에 없을 거라는 확신과 이곳에 있어 줬으면 좋겠다는 바람, 두 가지가 이루어져서.

"그건 그렇고, 머리 굴렸는걸, 에밀리아땅."

"———."

"확실히 여기라면 아무에게도 안 들키고 혼자 틀어박힐 수 있지. 애당초 들어올 수 있는 녀석이 한정됐고, 들어올 수 있는 녀석들은 하나같이 들어오기 싫어하는 녀석들이기도 하니까."

적어도 에밀리아 말고 이 장소——— 에키드나의 묘소에 들어올 수 있는 후보자는 세 명.

한 명은 『시련』을 거부하며 혐오하고, 한 명은 창조주에게 거역한 벌을 받아 역할을 잃었으며, 마지막 한 명은 마녀의 노여움을 사서 자격이 회수됐다.

그 밖에 자격을 가진 자들은, 부과된 계약을 준수해서 안에는 들어서지 않는다. 그야말로 이곳은 에밀리아가 숨는 데 안성맞춤인 장소였다.

그런 감탄을 담은 스바루의 말에 에밀리아는 고개를 숙였다. 그리고 숙인 채로 말이 흘러나왔다.

"어째서…… 스바루는 여기 있는 거야?"

"이유를 물으면 대답하기 어려운걸. 내가 에밀리아땅을 줄곧 생각하고 있어서, 내가 가장 에밀리아땅의 마음을 따라갔기 때문이려나."

하긴 정말로 그렇게 됐더라면 이런 상황은 되지 않았다. 고민을 품고 밤을 보낸 에밀리아를, 여기서 웅크리게 할 만큼 몰아세울 상황은.

그리고 이 순간도, 에밀리아는 스바루의 대답에 "그게 아니야." 하고 고개를 가로저었다.

"그게 아니고…… 스바루가 여기에 온 이유가 아니라……. 이곳은 자격이 있는 사람밖에 못 들어올 텐데, 스바루는."

"어떻게, 로즈월처럼 몸이 터지지 않느냐고? 사실은 터지지 않는다고 쳐도 꽤 오기로 버티고 있어. 쓰러지는 수준까지 안 가는 건 내 게이트가 초라한 덕분일까. 재능이 없는 데 감사할 일도 있구나."

"그렇구나……."

오기로 버티고 있다는 스바루의 대답에 에밀리아의 눈에 걱정이 차올랐다. 세운 무릎 틈새에 턱을 두고 갸우뚱한 에밀리아의 시선이 스바루의 옆얼굴에 날아왔다.

시선의 색은 불안과 체념—— 에밀리아답지 않은, 처음 보이는 감정이었다.

"……에밀리아땅이 여기에 있는지는, 반은 믿고 반은 빌었어."

"반, 반……."

"이곳저곳 뛰어다녔는데 발견되지 않았으니 발상을 뒤집은 거지. 어디?가 아니라, 왜? 쪽으로. 그랬더니 여기일 거라고. 찾아서 안심했다고."

"……안심, 했을 뿐?"

"응?"

안심시키고자 웃어준 스바루에게 에밀리아가 짧게 물었다.

조용하고 꺼질 듯한 목소리. 눈썹을 세운 스바루를 에밀리아는 빤히 바라보았다.

"날 여기서 발견해서, 안심했을 뿐이었어? ……화, 안 내?"

"뭐야, 에밀리아땅. 설마, 나한테 혼나는 거 무서워해?"

쭈뼛쭈뼛 떠는 에밀리아의 목소리에 스바루는 무심코 입술에 미소를 띠었다. 행선지를 고하지 않고 없어졌다가 발견하자마자 꾸지람당하는 걸 겁낸다. 완전히 어린애다.

"화 안 내. 초조하기도 했고, 솔직히 숨이 넘어갈 같았지만, 화 내지는 않아. 여기서 찾은 것도 포함해서 잘됐다고 생각해."

"……그렇구나."

안도 때문에 열심히 말하고, 스바루는 에밀리아의 굳은 마음을 풀어주려고 했다.

"화, 안 났구나."

그런데도 에밀리아의 중얼거림에 담기던 것은, 안도가 아니었다.

"에밀리아?"

"스바루, 나한테, 화 안 내는구나. ——화도, 안 내 주는구나."

자그맣고, 쉰 목소리는, 떨고 있었다.

의아해한 스바루가 눈썹을 모았을 때에는, 이미 깨닫는 게 늦었다.

아래를 보고 입술을 깨문 에밀리아는 눈을 부릅뜨고 있다.

그 눈 한가득 눈물을 담고 그것이 넘쳐 나오지 않으려 참는 것처럼.

"왜, 화 내 주지 않는데."

"아——."

"나, 함부로, 굴었잖아? 곤란하게, 했잖아? 가만히 있지 못해서, 걱정 끼치고……. 도망친 거 아니냐고, 불안하게 만들고…… 그런 짓, 했어. 했잖아. 그런 거, 화내는 게 당연하잖아? 스바루도, 분명히……."

부르는 스바루의 목소리를 가로막고 에밀리아가 빠른 말로 감정을 쏟아냈다.

자신의 이기적인 행동을 주장하고, 규탄시키려고 고발하는 에밀리아. 귀기가 도는 그녀의 기세에 움츠러들고, 스바루는 자신이 오해했음을 깨우쳤다.

에밀리아는 스바루에게 혼나는 것을 두려워했던 게 아니다.

에밀리아는 자신의 행동을 책망받지 않는 것을 두려워하던 것이다.

왜냐하면 그것은――.

"어째서, 화내 주지 않는데……? 화 안 내는 건, 기, 기대하지 않기 때문 아니니? 실패하는 내게, 그런데도 다정하게 대해 주는 건…… 실망하지 않았기 때문인 것 아니야? 잘 안 될 거라고, 그렇게 생각하기 때문인 게…… 아니야?"

그것은 어쩌면 여태까지 에밀리아가 마음 깊은 곳에 줄곧 가둬 두고 말로 표현하지 못하고 있던 불안이었을지도 모른다.

『시련』에 대한 도전에 실패하고 자신의 한심함에 마음이 꺾인 에밀리아를, 스바루는 몇 번이나 따뜻하게 맞이했다. 그때마다 에밀리아는 구원과, 불안을 느꼈다.

낙담은 기대의 뒷면이다. 하지만 스바루는 에밀리아에게 한 번도 그런 모습을 보이지 않았다.

실패를 거듭하고 그것을 다정하게 계속 위로받으면 일시적으로 마음이 구원받아도, 더 큰 불안에 마음이 타버릴 것만 같아진다.

스바루나 팩이 다정하게 대해 주는 것이, 에밀리아는 줄곧 무서웠던 것이다.

"아니야, 에밀리아. 난 그렇게 생각하지 않아."

에밀리아의 마음에 일어나는 파문. 그 크기에 스바루는 필사적으로 손을 뻗었다. 여기서 그녀의 마음을 놓아버리면 돌이킬 수 없어진다. 다시는, 붙잡을 수 없어진다.

"내가 네게 화내지 않는 이유는, 그렇게 생각하기 때문이 아니고……."

"그렇다면……! 그렇다면 어째서, 어째서…… 약속, 지켜주지 않았는데?"

순간적으로 튀어나오려던 말은 거론된 『약속』에 막혔다.

급소가 찔린 스바루가 입을 다물자 에밀리아는 도리질 쳤다. 그 모습에 변명할 수는 없다. ──스바루가 어젯밤, 에밀리아의 손을 놓은 것은 사실이다.

"아침까지, 손을 잡고 있어 달라고 부탁했는데! 스바루도 알았다고 약속해 줬는데…… 어째서 손을 놓은 거야? 어째서 약속 지켜주지 않은 건데……?"

약속을 어긴 것을, 울먹이는 소리로 매섭게 규탄당했다.

이유를, 늘어놓자고 생각하면 가능했다. 『성역』의 해방을 위해서, 가필에 대해 알기 위해서. ──어느 것이나 얄팍하고 가벼운 말이다. 그리고, 그리고, 그것만이 아니다.

스바루가 약속을 깨트리고 에밀리아 곁에서 떨어진 이유는, 그것만이 아니었다.

"스바루도, 팩도…… 약속, 어기고, 어디 가버려. 날 두고, 어디로 가버린다고……. 거짓말쟁이. 스바루는 거짓말쟁이. 팩은 거짓말쟁이. 거짓말쟁이, 거짓말쟁이……!"

고개 숙이고 눈물을 흘리는 에밀리아가 스바루의 어깨에 머리를 부딪치고 힘없는 손으로 가슴을 때려대었다. 위력이야 없는 거나 마찬가지. 그런데도 몸이 베이는 듯한 아픔이 있었다.

그것은 필시 무신경한 스바루가 상처를 준, 에밀리아의 아픔이다.

　"야, 약속은 중요하다고…… 전에도, 말했는데! 정령술사에게, 내게, 약속은 중요하고…… 그러니까, 지켜줬으면 한다고…… 지키지 못한 것, 스바루는 사과해 줬을 텐데…… 그런데 또, 약속, 어겼어……."

　"에밀리아……."

　"약속, 어기는 건 안 돼……. 거짓말은 안 된단 말이야. 약속은 지켜야 해……. 왜냐면, 그러지 않으면…… 그러지 않으면, 나…… 어머니와 쥬스에게……."

　스바루의 어깨에 얼굴을 밀어붙인 채, 에밀리아는 갈 곳 없는 감정을 발산했다. 솟아오르는 설움과 배신에 대한 분노에, 그녀의 사고는 갈가리 찢겨나갔다.

　"거짓말은, 안 돼애……. 안 된다고……."

　흘러나오는 목소리는 비탄으로 가득해서, 스바루는 심장에 손톱이 박히는 아픔을 맛보았다.

　『약속』── 그것은 스바루와 에밀리아 사이에 몇 번이나 다른 의미를 가지고 울리는 말이다. 그것을 경시해서 상처받고, 슬프게 한 적은 기억에 선하다.

　그런데 또다시, 『약속』은 다정한 어감이 아니라 엄혹한 무게로 두 사람을 옭아맸다.

　껴안은 무릎 사이에 머리를 파묻고 에밀리아는 지금도 흐느끼고 있다.

그런 그녀의 모습에 스바루의 마음은 1초마다 죄책감에 토막이 났다. 무슨 말을 입에 담아야 할지, 훌쩍이는 소리를 들으면서 필사적으로 고심했다.

　사과하면 되는가. 아는 척하는 태도로 타이르면 되는가. 열심히 위로해야 마땅한가.

　사고는 머릿속을 빙빙 돌고, 정답에 손이 닿는 감도 잡을 수 없다.

　무엇을, 어떻게, 어떡하면, 어떻게 해야 하나, 어떻게 하는 게, 제일──.

　어떡하면 제일 스바루의 마음은 전해지는가.

　생각하고 생각하다가, 스바루가 아는 것 중에서, 제일, 제일, 마음에 닿는 말을──.

　"에밀리아. ──나는, 널 좋아해."

　그것은 이 자리에서 입에 담기에는 몹시 부적합한 고백이었다.

　"……어?"

　스바루의 고백에 에밀리아가 뭔가 잘못 들었나 싶어 고개를 들었다.

　지금도 눈물이 맺힌 남보랏빛 두 눈에 스바루가 비쳤다. 물방울 위에 이지러진 자신의 모습── 그 모습이 결코 자기 마음속만은 흔들지 못하게끔 굳세게 버텼다.

　지금 여기서, 그녀에게 전할 말만큼은 헤맬 게 없으므로.

　"매일 밤 매일 밤, 같은 『시련』에 몇 번이나 몇 번이나 달려들어 가지곤. 『시련』이 뭐라고. 끽해야 과거 아니야. 지나간 일 가지고 언제까지 꿈질대지나 마라."

"……아, 으."

"대신 해 주겠다고 하니, 내가 해야 하는 일이니까 하고 오기나 부리지. 그래서 클리어할 수 있으면 또 몰라도 그 결과가 실패이면 입만 산 거잖아."

"스, 스바루……."

"결국 애완동물 겸 보호자가 없어졌더니 자기 혼자선 똑바로 서서 걷지도 못해. 대성통곡해서 걱정 끼치고, 역할도 내던지고 심통 나 자버리냐. 슬슬 더는 못 어울려 주겠다고."

내뱉는 듯한 스바루의 비난에 에밀리아의 눈이 확 부릅뜨였다. 촉촉하던 눈은 놀란 나머지 눈물을 놓치고, 입술은 말도 못 꺼내고 허약하게 떨렸다.

틀림없이 이 이상 없을 만큼 에밀리아의 마음은 스바루에게 상처 입었다.

여태까지 한 번도, 나츠키 스바루가 에밀리아에게 겨눈 적 없는, 악의와 혐오. 그것을 받고 에밀리아의 표정이 천천히——메마른, 웃음을 지었다.

"그……그렇지. 스, 스바루도…… 나, 나를, 그렇게 생각하는 게, 당연하고……."

"————."

"심한 말, 들어도 별수 없는 짓만…… 했는걸. 나, 여기에 오고 나서, 으응, 훨씬 전부터…… 폐 끼치기만, 할 뿐이고…… 그러니까, 나는……."

떨리는 에밀리아의 자기부정을, 스바루는 말없이 긍정했다. 목을 푸들대며 에밀리아는 오열과 비슷한 것을 삼키고 여전히 애처로운 웃음을 지은 채로 말을 이었다.

"그러니까, 나는…… 팩에게도, 스바루에게도…… 버, 버림받는 게, 당연하고……."

"──확실히. 이만큼 실패뿐이고, 그런데 개선의 조짐도 안 보여. 어떻게든 해 주겠단 것보다, 아무렇게나 돼버려란 기분이 드는 것도 당연한 노릇이지."

자기부정 끝에, 에밀리아가 자신의 무력함에 결론을 내리려고 한다. 그것을, 스바루 또한 신랄하게 긍정하고, 결론에 이르는 노정을 가로챘다. 그리고──.

"──그래도."

결론에 직면하기 직전에, 스바루는 한 번 말을 끊었다.

에밀리아가 고개를 들었다. 눈에 떠오른 것은 스바루에게만 쓰라리도록 알 수 있는 감정.

그것은, 옛날 스바루가 품었던 자기 자신에 대한 절망으로.

그렇기에──.

"나는, 널 좋아해. ──에밀리아."

과거 스바루를 놔주지 않았던 저주와 같은 말로, 스바루는 에밀리아를 놔주지 않았다.

"_____."

충격에 떠는, 긴 속눈썹이 테두리를 장식한 눈을 바라보며 스바루는 고백했다.

"나는, 널 좋아해. 좋아하고 좋아하고 좋아해서, 속절없이 좋아해."

"어, 어째서…… 갑자기, 왜……."

"무지 예쁜 그 은발도 좋아하고, 촉촉해서 보석 같은 남보랏빛 눈도 좋아하고, 듣기만 해도 꿈꾸는 기분이 드는 목소리도 무지 좋아하고, 늘씬한 팔다리나 티 없이 하얀 살결이나, 신장 차이나 너무 이상적이라 못 견디겠고, 같이 있기만 해도 두근거리는 게 멈추지 않아서 아주 죽겠어."

"아, 아……."

"좀 맹한 면도 좋아하고, 뭐든지 열심인 점이 귀엽고, 누군가를 위해서 필사적일 수 있는 점을 존경하고, 자기 일 뒤로 미루는 점은 내버려둘 수 없다고 생각하고, 네 모든 표정을, 옆에서 줄곧 보고 싶다고, 생각해."

"이, 이럴 때에…… 장난치지 마!"

입에서 술술 미끄러지듯 넘쳐 나온 것은 에밀리아에게 품은 마음이었다.

정열적으로 고백한 스바루. 그러나 에밀리아는 언성을 높여 고함쳤다.

"왜 갑자기 그런 말 하고 그래! 그런 이야기 안 했었잖아! 스, 스바루는 내가 못났다며! 나 같은 거, 두고 볼 수 없다고…… 그렇게!"

"어, 그래. 그만큼 몹쓸 모습 보면 정 떨어지는 게 당연하지. 나도 보통은 못 본 척하고 도망칠 거야. 에밀리아가 아니라면."

"어째서!!"

결과의 한심함을 긍정해놓고서 가장 중요한 근저를 스바루는 부정한다.

그게 수긍할 수 없다고, 그게 용납할 수 없다고 에밀리아는 분노로 눈썹을 세웠다.

"못나다고, 구제불능이라고 아는데…… 어째서 못난 날 용서하는 거야!"

"그 대답뿐이라면 벌써 몇 번씩 말했어. 내가, 너를, 좋아하기 때문이야!"

에밀리아가 울먹이며 다그치자 스바루 또한 이마를 들이받듯이 언성을 높였다.

기가 죽은 에밀리아가 몸을 젖히지만 이번은 그만큼 스바루가 거리를 좁혔다. 두 사람은 서로 숨결이 닿을 거리에서 검은 눈과 남보랏빛 눈을 교차시키면서 말을 주고받았다.

"나는 널 좋아해. 그러니까 아무리 아쉬운 모습을 보여도 에밀리아의 새로운 일면을 발견했단 느낌이야. 힘이 모자란 모습뿐이라도 바로 여기가 힘낼 때라며 응원할 거야. 네가 너 자신에게 아무리 염증이 나더라도 난 널 싫어하지 않아."

흔들리는 에밀리아의 눈을, 스바루는 결코 놔 주지 않는다.

"네가 한심한 자기 자신이 싫어져서, 주위에 미움받아도 어쩔 수 없다고 고민해도…… 나는 네게 계속 기대하고, 네가 약한 걸 이유로 미워하거나 단념하지는 않아."

에밀리아의 심정은 이해한다. 그녀는 부정받고 싶어 했다. 자신에게 가치라곤 없다고 자타로부터 공인받는 걸로, 구원이 없다고 아는 걸로 구원받는 경우도 있다.

그 사실을 스바루도 알고 있다. 하지만 거기서 손이 잡혀 이끌리는 구원 또한 알고 있다.

옛날에 스바루도 비슷하게 자기 자신을 단념하려다가, 버림받지 못했으니까.

"난 네게 홀딱 반했어. 네 모든 것이, 내게는 찬란해 보여. 물론 못난 부분도 있지. 너는 천사도, 여신도 아닌 평범한 아이로…… 힘들고 울고 싶어질 때도 있고, 싫은 일에서 도망치고 싶어지는 기분이 있는 것도 알아."

그런데도, 그런데도 말이다.

"하지만 그런 약한 모습이나, 추하다고 할 수 있는 부분까지 포함해서, 나는 에밀리아라는 존재를 통째로 좋아해. 그러니까…… 지금도 나는 네게 실망 같은 건 안 했어."

"으──! 그런 건! 너, 너무 제 맘대로 굴잖아!"

스바루의 입에서 나오는 무수한 마음을 에밀리아는 고집스레 들어주지 않았다.

혼란을 미처 제어 못하는 채로 잇따른 말을 부정한다. 그것만을 희망으로 삼고.

"그런 식으로 못 쓴다고 실컷 말했으면서, 그런데도 좋아한다니…… 어떻게 믿어! 스바루가 왜 날 믿을 수 있는지…… 나, 전혀 모르겠단 말이야!"

"그게 아니야! 처음부터 틀렸다고! 뭐가 어떠니까 믿을 수 있다, 그러니까 좋아한다. ──그런 게 아니라고. 난 널 좋아해. 그러니까, 믿을 수 있다. 이거지!"

"좋아한다는 것만으로, 믿을 이유가 어떻게 돼!"

"큭──! 좋아한다는 것만으로도 못 믿는다면, 누가 좋아서 너같이 귀찮은 여자 때문에 이렇게 괴로운 꼴 당해서까지 도우러 오겠냐!"

언성이 높아지고 서로의 감정이 격돌했다.

벽에 손을 짚고서 스바루가 일어나니 에밀리아 또한 마주 보기 위해서 일어났다.

이마가 부딪칠 것 같은 거리에서 서로 눈썹을 곤두세우고 스바루와 에밀리아는 감정을 부르짖었다.

침을 튀기고, 얼굴을 붉히고, '네가 잘못했어.' 라고, 여태까지 한 번도 언성 높여 말을 주고받은 적 없는, 두 사람이.

"널 좋아해! 머리가 이상해질 만큼, 죽어도 될 만큼 널 좋아해! 그러니까 아픈 것도 괴로운 것도 참고, 지금도 토할 것 같은데 네 앞에 서 있다고!"

"그런 짓! 나, 부탁 안 했어! 자기 맘대로만 떠들고…… 스바루야말로 내 마음은 하나도 생각 안 해! 그렇게…… 스바루가 나 때문에 앞장서서, 늘 상처 입는 거…… 무슨 기분으로 보고 있는지, 전혀 몰라!"

"알까 보냐, 생각도 안 해! 내가 생각하는 건 네 앞에서 폼 잡을 방법뿐이다! 어떡하면 네가 가장 좋아할지, 어떡하면 네가 가장 기뻐하는 표정을 지을지…… 사람이 이래저래 고생하고 있다고. 조금은 생각대로 귀여운 얼굴 좀 해라!"

"인형처럼 말하지 마! 기쁘게 하겠다고, 그렇게 생각해 준다면…… 어, 어째서 약속 어기고 그래! 부탁한 것, 지켜주기만 하면 되는데! 어째서 그건 해 주지 않는데! 나를, 사실은 싫어하는 거지!"

"좋아해!!"

"거짓말쟁이이!!"

자포자기 기미로 속내를 쏟아낸 스바루에게 에밀리아의 카랑카랑한 목소리가 겹쳤다.

옛날, 이 마음을 전하는 데 얼마나 에두른 줄 아는가. 전해야 할 말을 전하기 위해서만 스바루가 얼마나 많은 장해를 넘어왔던가.

숫제 싸구려가 될 만큼 거듭된 사랑의 고백. 그러나 그 전부가 스바루의 본심이자, 일생일대의 고백이며, 영혼을 적신 전심전력의 진정이다.

"거짓말 아니야! 널 좋아해! 너야말로 날 어떻게 생각하는데! 만날 변죽만 울리고! 네가 귀여운 얼굴하고 가망 있겠다 싶게 굴 때마다, 내가 얼마나 마음 흔들리는지 알기나 하냐! 갖고 놀지 마!"

"가, 갖고 논 거 아니다 뭐! 평범하게 구는데 이상한 말 하지 마! 지금, 생각할 게 많이 있어서 힘든데, 스바루를 어떻게 생각하느냐니…… 그런 생각 못해! 이러지 마! 날 난처하게 하지 마!"

"난처하게 하는 게 누군데! 나고! 너야!"

"스바루고! 나잖아?!"

논리성이 한 조각도 없는, 발작을 일으킨 어린애 사이의 감정론이다.

드잡이할지 모르는 기세로 스바루와 에밀리아는 목청 높여 감정을 서로 쏟아냈다.

오래도록 정적 속이었을 묘소에서 두 사람의 무익한 언쟁이 그치지 않고 메아리쳤다.

"너는 무슨 말 해도 몰라! 스바루는 거짓말쟁이인걸! 약속을 어기고 아무렇지도 않은 얼굴로 내 앞에 와서…… 누, 눈치채지 못했을 거라 생각했지! 똑바로 보고 있었으니까! 스바루가, 나랑 한 약속 지켜줄지, 똑바로 보고 있었거든!"

"뭔 성격 나쁜 짓 하고 있냐! 남을 시험하는 짓하고, 마녀냐, 너는!"

"약속 어긴 거짓말쟁이한테 그런 말을 들을 이유 없어!"

"내가 약속을 어긴 거랑, 그거하고는 다른 이야기지!"

아무렇지도 않게 문제를 갈아치우려는 스바루에게 에밀리아가 성난 나머지 말이 막혔다. 감정이 추월하는 바람에 마음이 말로 나오지 않았다.

가쁜 숨을 쉰다. 호흡을 반복하고, 울상을 지으면서, 에밀리아는 물었다.

"어째서…… 어째서, 약속을 어겼어……?"

"……약속을 어긴 건, 미안해. 네 손을 잡은 채로 아침까지 같이 있어 주고 싶다고, 그렇게 생각했던 건 사실이다."

"그런 말 안 물었어. ──어째서, 약속을 어긴 거야."

"……말 못해."

이를 앙다물고 에밀리아의 질문에 스바루는 괴롭게 신음하면서 고개를 가로저었다.

이 마당에 이르러서 질문에 대답하지 않는 스바루에게 에밀리아는 손바닥으로 얼굴을 가렸다.

"약속은 안 지켜. 어긴 이유도, 안 가르쳐 줘. ……그래서, 어떻게 해달란 거니. 좋아한다고, 그렇게 말해 준다면…… 똑바로, 그렇게 해 줘! 안 그럼 나도 스바루를 못 믿어……!"

"에밀리아."

"약속을 지키고, 아침까지 같이 있어 주면! 난 꼭 스바루를 믿을 수 있었어! 스바루를 믿고 꼭 모든 걸 맡길 수 있었어! 그런데, 스바루는 약속을 어기고……."

얼굴을 엉망진창 구긴 에밀리아가 자신의 가는 어깨를 껴안았다. 도리질 치듯, 흔들리는 남보랏빛 눈에 불안과 공포가 깃들고, 에밀리아는 스바루가 아니라 자기 자신에게 물었다.

"팩이 없어지고, 기억이…… 조금씩, 돌아왔어. 내 안에, 모르는 경치가, 기억나지 않는 대화가, 자꾸자꾸 흘러넘쳐."

"─────."

"지금까지도 똑바로 기억하고 있었을 텐데, 모르는 기억뿐……. 나, 얼마나 많은 걸, 잊고 있었던 거야? 맘대로 잊어먹고, 없었던 걸로 하고……!"

그것은 팩이 에밀리아와의 계약과 맞바꾸어 불러낸, 그녀가 외면하고 싶었을 터인, 마개로 막아놓았던 진짜 기억이다.

떠올리고 싶지 않은 과거, 그 마개는 열려서 추억이 되살아났다. 그러나 그것은 에밀리아로서는 자신의 본질을, 믿을 수 없어질 정도의 공포를 수반한 것이고.

"이 기억, 전부 돌아왔을 때…… 나, 어떻게 되는 거야? 지금의 나는, 나야? 중요한 일 많이 잊어먹고, 어머니도, 잊고…… 그런데, 나는, 잘못되지 않은 거야?"

인생이 추억을 쌓는 여로라면 기억은 그 사람을 그 사람이게 하는 본질이다.

그렇다면 가짜 기억을 밑바탕에 둔 인생은 모든 게 다 잘못되고 마는 것인가. 시작이 잘못이라면, 걸어온 길도, 당도한 장소도, 전부 잘못인가——.

『——중요한 건 처음도 중간도 아니라, 끝이니까.』

별안간 뇌리에 울린 목소리가 있었다.

귀에 익을 터인 아련한 목소리는 스바루에게 친근하고, 하지만 더 이상 만날 수 없는 사람의 목소리.

헤어질 적, 끝의 끝에, 숙제로 스바루에게 내준 자상한 선물.

——아아, 그렇지, 엄마.

시작이 어떻든 간에, 어떤 과정을 걸었든 간에, 끝의 끝의 끝까지, 그것이 잘못이었는지 아니었는지, 누가 결정할 권리가 있을까 보냐.

"에밀리아가 어떤 추억을 떠올려도, 아무것도 안 변해. 나는 너를 좋아해. 언제나, 너를 좋아하는 그대로야."

"으──. 못, 믿어. 스바루가 좋아한다고, 그렇게 말해 주는 나…… 어, 없어져도, 아직도, 그런 식으로…….''

"말할 수 있어. 설령 뭐가 어떻게 되든 간에, 너는 없어지지 않아. 나는, 널 좋아해."

"……거짓말쟁이, 주제에. 미, 믿게, 해 주지…… 않았으면서……."

"──그럼, 믿게 해 주마."

떨리는 목소리로, 떨리는 눈으로 에밀리아가 스바루를 거부하려고 했다.

말로는 전해지지 않는다. 태도로도 승복하게 할 수 없다.

그렇지만 마음을 전할 수 있는 수단은 말만 있는 게 아니라고. 그렇기에──.

"스바……."

"싫다면, 피해."

숨결이 닿을 정도의 거리── 아니, 숨결마저 둘 사이를 가로막지 못할 정도의 거리.

에밀리아의 어깨에 손을 뻗어 스바루는 그녀에게 얼굴을 접근했다. 다가오는 스바루를 보고 에밀리아는 눈에 당혹감을 띠며 몸이 굳었다.

1초, 기다린다. 흔들어 풀어낸다면, 거기서 끝이다.

"────."

하지만 에밀리아는 눈을 감았다.

그것이 포기였는지, 망설인 결과였는지, 스바루는 모른다.

"──음."

서로의 숨결이 하나가 되고 에밀리아가 숨을 죽이고, 스바루가 아픔에 눈썹을 찡그렸다.

작게 소리가 난 것은 기세에 둘의 이가 부딪혔기 때문이다. 처음에 맛본 욱신대듯 희미한 아픔. 그러나 그 아픔은 금세 강렬한 열기 앞에 머리 한구석에서도 사라져 없어졌다.

부드러운 입술. 맞닿기만 한 입맞춤.

에밀리아로서는 처음이고, 스바루로서는 에밀리아와의 두 번째 입맞춤.

차가운, 『죽음』의 맛이 난 첫 번째와는 다르다. 두 번째 키스는 뜨거운 『생명』의 맛이 났다.

"──아."

"널 좋아해."

어느 쪽이 먼저랄 것 없이 입술이 떨어지고, 뺨이 상기된 에밀리아에게 스바루는 주저 없이 고했다.

"아무리 못난 모습 봐도, 이런 식으로 말다툼해도, 그래도 난 변함없이 에밀리아를 좋아해. 그건 무슨 일이 있어도 변하지 않아. 전보다 좋아졌을 정도다. ──그러니까 나는, 너를 항상 믿고 있어. 어째서냐고 묻는다면."

"좋아, 하니까……."

스바루의 말 마지막을 받아서 멍하니 에밀리아가 자신의 입술을 만졌다. 아직 그곳에 남은 감촉을 확인하듯이 부드러운 입술을 손가락으로 덧썼다. 하얀 뺨에, 눈물이 흘렀다.

"모르는 기억이 흘러넘쳐서 불안한 게 당연하지. 모르는 자신이 나올 것만 같아서, 무서운 기분이 드는 것도 이해해. 하지만 지나온 길은 사라지지 않아. 에밀리아는, 걱정 없어."

"어떻게, 그렇게…… 말할 수 있니……?"

"중요한 건 처음이 아니야. 끝이기 때문이지. ——내, 세상에서 제일 존경하는 여자가 말했었어."

평소에는 세상에서 제일 눈치가 없는 주제에, 세상에서 제일 중요한 것을 가르쳐 주는 엄마에게.

숙제의 답은 잘 알아내지 못했지만, 배워 나가고 싶으니까.

함께 배워 나갈 수 있다면 좋겠다는 마음을 먹게 하는 아이가 눈앞에 있으니까.

불안에 우두커니 서 있는 에밀리아에게만은 멋있는 모습만 보이고 싶은 것이다.

"괜찮아, 에밀리아. 설령 뭘 떠올려도 난 네 편이야. 까먹었던 거든 뭐든 다 떠올려 봐. 그런데도 아직 무섭다면, 찾아보자."

"찾는다……니, 뭘……?"

"내가 에밀리아를 좋아하는 마음으로 내달리는 것처럼, 에밀리아도 여러 가지 불안을 걷어차고 내달릴 수 있어질, 소중한 마음을 말이야."

누군가를 위해서라면, 에밀리아는 자신이 상처받는 선택도 두려워하지 않는다. 그렇게 타인을 우선하는 그녀의 자세는 고상하고, 아름다워서, 스바루는 존경하고 있지만.

누군가를 위해서라는 말은 자상하며, 슬프다. 얼굴이 안 보이는 누군가에 대한 마음은 분명히, 얼굴이 보이는 누군가를 그리는 마음에는 닿지 않으니까.

"그 소중한 마음이, 내게 쏠리기를 기대하고 싶은 바지만 말이야."

"내…… 소중한, 마음."

스바루의 말이 귀에 들어오지 않는지, 에밀리아는 자신의 가슴에 손을 얹었다. 그 손끝이 더듬는 것은 금이 가고 빛이 꺼진, 팩이 있어야 할 결정석이다.

있어야 할 유대의 흔적. 그러나 에밀리아는 그것을 단단히 움켜쥐었다.

"이 기억을, 전부 되찾는 중에…… 있으려나. 내, 소중한 마음."

"그래. 분명히 있을걸. 계속 걸을 수 있는 이유가."

"──응."

반신반의라고까지는 말 안 하지만 전부 수긍한 것은 아닌, 에밀리아의 끄덕임.

에밀리아의 그 모습에 스바루는 눈을 감고 천장을 쳐다봤다.

──이전, 자신이 비슷하게 구원받았을 때의 말은, 더 자상했던 느낌이 든다.

더 자상하고, 더 엄격하고, 더 강한 말로, 구원을 받은 느낌이 든다.

──나는, 에밀리아의 힘이 되고 있을까.

"──────."

실제로 그걸 묻는 건 너무나 멋이 없으니까 말 안 하지만.

한숨짓고, 힘을 뺐다. 그 즉시 잊고 있던 묘소의 거절이 스바루의 정신을 직접 후려갈겼다. 무심코 벽에 손을 짚고 허물어지는 것을 어떻게든 버텼다.

"스바루! 꽤, 괜찮아?"

"아무것도 아니야……라고 허세 부리고 싶지만, 좀 있어. 지금, 꽤 위태로워. 일단 하던 치정싸움 마저 할 거면 밖에서 하고 싶은데."

"아유…… 그럴 생각 없으면서."

해쓱한 얼굴로 강한 척하는 스바루에게 에밀리아의 입술이 희미하게 웃음을 지었다.

힘없는 웃음은 에밀리아가 평소 상태를 되찾으려고 약간 적극적이 됐음을 나타나는 것이다. 아직 불안은 있고, 답도 나오지 않았다. 그런데도, 웃음을 지어서.

"――――."

비틀비틀, 벽에 기대어 통로를 걷는 스바루에게 에밀리아가 부축하는 손길을 주저했다. 어쩌면 앞선 입술 접촉의 잔재가 영향을 미쳤을지도 모른다.

지금 와서 생각하면 대담한 짓을 다 했다고 얼굴이 화끈해졌다.

단지 그런 감상들도 지금 이 순간만은 뒷전이다.

"――――."

통로의 종단에, 기운 주황색 햇살이 비쳐들고 있다.

거기에——.

"——여어, 기다리게 했군."

"쯧."

그렇게 말하고 손을 든 스바루에게 짜증스럽게 혀를 차고.

"——별로 안 기다렸어."

——그곳에, 석양과 피로 온몸을 붉게 물들인 가필이 두 사람
을 기다리고 있었다.

제7장 『크웨인의 돌은 혼자서 못 든다』

1

──묘소 앞에 선 가필은, 만신창이였다.

온몸을 피로 새빨갛게 물들이고 가쁜 숨으로 어깨를 오르락내리락하고 있다. 얼굴이나 몸에 구타의 흔적, 단련된 육체도 허리 두르개를 남기고 거의 알몸에 가깝다.

신발마저 잃어버리고 맨발로 우두커니 선 모습에, 스바루는 들고 있던 손을 내렸다.

"……되게 원시적인 스타일이군. 전투 화장치고는 기합 너무 들어가지 않았냐?"

"신경 쓸 거 없다. 요 근처에서 좀 넘어졌을 뿐이니까."

스바루의 너스레에 가필은 언짢은 눈매로 콧방귀를 뀌었다.

헛소리지만 부상당한 가필에게 스바루가 놀란 것은 사실이다. 그가 묘소에 나타날 것은 예상하고 있었지만, 상처투성이인 건 완전히 예상외. 그 원인은──.

"오토 이 멍청이. 역시 엉뚱한 짓 했군……!"

"얕잡아 봤다고. 그만큼 해낼 수 있는 놈일 줄 몰랐어. 덤으로 람까지 꼬드기질 않나……. 덕분에 이 꼬라지다."

"람이, 오토랑?"

부아 치민 듯 얼굴을 일그러뜨리며 가필이 스바루의 상상을 긍정, 보충했다.

그 말을 믿으면 그의 온몸에 새겨진 상처는 오토와 람의 공적이다. 대관절 비전투원인 두 사람은 얼마나 분전한 것인가. 아마도 시간을 끄는 일 때문에.

스바루와 에밀리아에게 대화할 시간을 만든다. 그 때문에, 두 사람은 분전해 주었다.

"하지만 너희가 죽으면 아무 의미도 없다고……."

최악의 가능성을 상상하고 스바루의 뺨을 유달리 차가운 땀이 흘렀다.

격전을 설명하는 가필의 모습. 둘의 분전은 그의 손톱이 결말을 냈다고 해도 이상하지는 않다. 그것이, 터무니없이 두렵다.

"——스바루."

주먹을 쥐고, 입술을 깨문 스바루를 부른 것은 은방울 음색이다. 바라보니 옆에 선 에밀리아가 스바루의 어깨를 만지고 우려를 간직한 눈으로 검은 눈을 들여다보았다.

그 눈은 아직 자기 안의 감정과 타협을 짓지 못하고 있다. 에밀리아 입장에서 이 상황은 죄다 영문 모를 판국일 것이다. 곤혹감이 강한 게 당연했다.

그런데도 에밀리아는 의혹보다 우려를, 스바루를 배려하는 것을 우선하고 있었다.

"……한심한 모습 보여서 미안. 누가 옆에 있는지 기억나서, 힘이 들어갔어."

"응, 알았어. 무리, 하면 안 돼."

다정한 말에 끄덕여 대답하고 스바루는 다시 묘소 앞의 초원에 선 가필을 보았다. 돌계단을 사이에 두고 내려다보는 스바루의 눈길에 가필이 콧잔등에 주름을 잡았다.

"가필, 람과 오토는 어쨌지?"

"이 어르신이 여기 계신다……. 이게 답이라고는 생각하지 못하냐?"

"공교롭게도 눈치 없는 데에는 정평 났거든. 네 입으로, 똑바로 말해 주지그래."

날카로운 이를 딱 부딪친 가필이 사납게 응수하자 스바루는 뺨을 일그러뜨렸다. 양쪽의 날이 선 시선이 교차하고, 가필은 낮게 목을 그렁거리며 말했다.

"니들이 뭘 꾸미든 말든 관계없어. 여기서 시시한 소망을 끊어 주마."

그것은 질문의 대답이 아니라 명언할 작정은 없다는 의사표시였다. 그것이 도리어 가필의 송곳니가 두 사람을 어떻게 했는지를 여실히 설명했다.

가필이라는 인물이, 류즈나 시마가 이야기한 바와 같은 인물이라면——.

"안 죽였군?"

"관계없다고 했잖아! 생사와는…… 생사와는, 관계없다고.

여기서, 이 어르신이 묘소의 입구를 뭉개서, 그걸로 끝장을 낸다면."

이마에 손을 짚고 짜증스럽게 가필이 내뱉었다. 그 난폭하고 단적인 결론은, 『시련』봉쇄로서 최적의 해답이다. 하지만 스바루에게는 그 말이 변명을 찾는 것처럼 들렸다.

가필이, 람이나 오토를, 스바루를 죽이지 않고 끝낼 변명을.

"그런 짓 하면 『성역』은 영원히 닫힌 모형정원이 될 거다. 그래도 되는 거냐."

"——그래도 돼. 그것 말고 모든 게 나빠."

스바루의 말을 튕겨내고, 가필이 묘소의 돌계단에 발을 올렸다. 망설임을 뿌리치는 듯한 전진에 고집스러운 그의 결의와 초조함이 엿보인 느낌이었다.

피로 범벅이 된 만신창이로, 결론만을 원해서 가필은 묘소의 파괴를 결단했다.

그러나——.

"……뭔, 수작이야. 아앙?"

돌계단 도중, 발을 멈춘 가필의 동공이 가늘어졌다. 고양잇과 맹수가 연상되는 눈빛이 꿰뚫는 것은 그를 막듯이 앞으로 나선 에밀리아였다. 가필에게 에밀리아는 전력이 미지수인 존재, 자연히 경계심 강하게 이를 딱 올리며 위협했다.

"비켜. 니 걱정거리, 이 어르신이 이 손으로 없애 주마. 그러면……."

"가필. ——당신, 뭘 그렇게 무서워하고 있어?"

쌔액. 에밀리아의 지적에 가필의 숨이 갈라졌다. 순간, 가필은 얼떨떨해졌으나 곧 분노로 얼굴을 붉혔다. 이가 떨렸다.

"이 어르신이, 무서워하신다……?"

"무서워하고 있잖니. 그러니까 큰 소리를 내고, 힘껏 팔을 뻗어서, 지면을 짓밟고, 자기 자신에게 무리시키고 있잖아?"

"뭘! 이 어르신의! 뭘 알겠단 것처럼……!"

"알 수 있어. ──왜냐면, 나도 줄곧 많은 걸 무서워하면서 살아왔는걸."

자신이 약하니까, 무서우니까, 알 수 있다.

자신의 가슴에 손을 짚고 깨진 결정석의 감촉을 확인하는 에밀리아. 그녀는 남보랏빛 눈에 오가는 비애를 숨기지 않는 채로 눈을 부릅뜬 가필에게 호소했다.

"오늘까지 줄곧, 난 겁내며 살아왔어. 함께 있던 팩에게 싫은 일도 맡기고, 기대고, 잊고…… 그것을 겨우 기억해내서, 조금은 알 수 있던 것 같아서."

"시끄러."

"아직 기억해냈을 뿐이고, 뭘 해야만 하는지 잘 이해 못했어. 하지만 '뭔가' 가 있어. 그 '뭔가' 를, 나는 찾아내야 해. 분명히 그것은 내게 있어 이 묘소 안에 있고…… 그러니까 여기는 비켜줄 수 없어. 하지만."

"닥쳐. 꺼져. 내게…… 이 어르신한테, 아무 말도 하지 마."

"하지만 당신은 그 '뭔가' 를, 사실은 벌써 찾아낸 거 아니니?"

물음에, 가필의 인내심이 한계를 맞이했다. 두 눈에 분노 이상의 감정이 깃들고 가필은 에밀리아에게 손톱을 겨누려고 했다. 하지만──.

"──뭐든지 다 어중간하군, 가필."

에밀리아의 지적에 찔려서 폭력에 호소할 수밖에 없어진 가필. 그 충동적인 행동의 미숙함에 스바루는 느릿느릿 고개를 가로저었다.

가필의 분노가 스바루 쪽으로 돌아갔다. ──아니, 그런 의도는 필요 없다.

이것은 타산도 계획도 아니다. 말해 주고 싶으니까, 말해야만 하기에 말해 준다.

"자기가 못한 일이니까, 다른 사람도 못한다. 난 이렇게 생각하니까, 저 녀석은 틀림없이 그런 녀석이다. ──너, 독선이 아주 꼬였구나."

"──────."

"확실히 네 말대로, 에밀리아는 『시련』에 몇 번이나 실패했어. 보기 싫은 과거를 보게 되고, 훌쩍훌쩍 울었단 것도 부정 못해. 팩이 없어져서 볼썽사나울 만큼 당황해하던 것도 그렇고, 아직 회복했다고도 확실하게 말 못하지."

옆에 선 에밀리아를 턱짓하고, 스바루는 가차 없이 추태를 탓했다.

갑작스러운 이의 제기에 가필은 미심쩍은 표정을 짓지만, 에밀리아는 엄숙하게 받아냈다. 결코 듣기 좋을 리는 없을 평가를, 정당한 것이라고.

자신의 수치와 마주 보고 정면으로 받아낸다. 그것을 스바루는 자랑스럽게 생각했기에──.

"지금, 『시련』에 도전해도 결과는 변하지 않을지 몰라. 오늘도 져서 또 울며 돌아올지도 모르지."

"그걸 알고 자빠졌는데 왜 몇 번씩 계속⋯⋯."

"하지만 에밀리아는 도전할 거야. 몇 번이든. ──지고 도망친, 너하곤 달라."

과거에 꺾여 『시련』에 겁내고 아무리 발이 움츠러들어도 자기 자신의 마음에는 거짓말을 할 수 없다.

어떻게든 하고 싶다고 비는 에밀리아가 이루지 못할 소원은 없다고 믿는다.

"그렇게 기대란 말로 속이고, 반한 여자에게 지옥을 몇 번이나 보일 작정이냐⋯⋯."

그 단언에 이를 갈던 가필의 이가 깨졌다. 그에 상관하지 않고 가필은 부르짖었다.

"자신의 후회에 어느 누가 이긴다고?! 그건, 『시련』은 그걸 가르치기 위한, 악질적인 마녀가 준비한 넘을 수 없는 벽이다! 그걸 왜 모르는 거냐고!"

"⋯⋯후회는, 힘들고 괴로운 법이야. 한심해서 볼 낯이 없다고 나도 생각했어."

"아앙?!"

"과거에 본 아픔은 진짜야. 하지만 그것까지 뭉뚱그려서 난 수긍했다고 봐. 네 말대로 마녀는 악질적이고, 믿었다가 배신당한 원한은 절대로 못 잊어."

임시적인 세계, 꾸며낸 부모, 기억의 재현에 불과한 신기루 같은 결별이었다고 해도.

스바루는 자기 안의 후회를 똑바로 보고, 그때 한 가지 답과 이별을 얻었다.

——그것을 선사해 준 마녀에 대한 원한은 가시지 않는다. 하지만 이 마음은 거짓이 아니다.

"난 마녀에게 감사한다. 과거를 다시 볼 수 있어서, 잘됐어. 도망치고, 도망치고, 계속 도망쳤지만…… 끝내 도망치지 못해서, 잘됐어."

스바루의 마녀에게 느끼는 고마움은, 에밀리아도 가필도 이해할 수 없으리라. 둘에게는 스바루가 묘소에 한 번은 도전한 사실을 이야기하지 않았다. 그렇기에 그것은 어쩌면, 헛소리나 거짓말로 받아들일지도 모른다. 그래도 상관없었다.

적어도 스바루 안에서, 『과거』라는 존재를 대하는 자세가 정해졌으니까.

그리고——.

"가필. ——너는, 자신을 두고 간 어머니를 미워하는 거냐?"

"뭣……?!"

스바루의 물음에 가필의 낯빛이 극적으로 바뀌었다.

분노로 붉어지고 경악으로 창백해지다가, 그리고 끝으로는 색을 잃고 눈이 휘둥그레졌다.

"할멈이냐……? 이 자식, 맘대로 남의 과거를……!"

"미안하군. 집에 들어갈 때는 신발을 벗는데, 사람 마음에는 흙발로 성큼성큼 들어서는 게 나츠키 가문의 가풍이다."

마녀의 말에, 친누나의 말에, 조모 중 한 명에게, 그리고 또 다른 조모에게.

어젯밤, 스바루는 가필의 몸을 염려하는 시마의 입에서 『알마』의 추측이 옳았음을 들었다. 가필이 본 과거──그것이 어머니와의 이별 순간이었음을.

가필의 마음을 알기 위해서 스스럼없이 마음을 짓밟은 것을 고한다.

"네가 본 과거를, 나는 단편적으로 알고 있어. 너와 프레데리카의 어머니는 너희를 두고 『성역』을 나섰지. 넌 그것을 보고, 그래서, 어쨌지?"

시마로부터 들은 내용을 이야기하면서 결론만 공백으로 비우고 물음을 던졌다.

스바루의 물음에 가필은 도리질 쳤다. 딱딱 소리 내는 것은 그의 이였다. 패기가 아니라 그저 공포로 떨고 있다.

그 모습을 응시하며 스바루는 놓치지 않겠다고, 스스로 한 걸음 내디디며 거듭 물었다.

"프레데리카는 『성역』을 나섰어. 언젠가 네가 『성역』을 연다고 믿고, 바깥세상에 이곳 사람들의 거처를 만들기 위해서. 너는, 안에서 뭐하고 있었지?"

누나가 내미는 손의 온기를 거절하고 『성역』 안에 계속 웅크린 가필.

가슴에서 타인의 상처를 헤집는 행위에 대한 죄책감이 움튼
다. 그 감각을 찍어 누르고 스바루는 가필의 진실을 다그쳤다.
상처에 손가락을 쑤셔 넣어 피를 흘리게 하면서.

"어머니에게 버림받고, 그 어머니가 미우니까, 어머니를 앗
아간 바깥세상이 미우니까, 넌『성역』을 닫은 채로 두고 싶은
거냐. 여기서, 상처받기 싫으니까!"

"아니야⋯⋯! 네가 뭘 알아⋯⋯. 아는 척 주둥이 놀리지 마!"

"그래! 내가 한 건 맘대로 떠올린 상상이고, 아는 척하고 주둥
이 놀리는 거지. 네 본심은 너밖에 몰라. 난 말 안 해도 알아주는
가족이 아니라고!"

스바루의 매서운 단정에 반사적으로 받아친 가필을 말로 후려
쳤다.

"말 안 하면 모른다고! 말로 표현 안 하면 전해지지 않아!"

"――으."

"너희를 버리고 간 어머니가 미우면, 지금 당장 밖으로 뛰쳐
나가서 복수든 뭐든 해! 안에 들어온 우리에게 풀지 마! 그렇
지? 화풀이인 거지?!"

가필의 표정이 구겨졌다. 돌계단에 올린 발이 내려가고 멀어
지려고 했다.

놓치지는 않는다. 가필의 팔을 잡고 스바루는 물어뜯듯이 얼
굴을 들이댔다.

숨이 닿을 거리에서, 피에 젖은 비장한 얼굴을 노려보며 물었
다. 계속 물었다.

"넌 가족이 미운 거야. 그렇지 않으면……."

"아니야! 이 어르신은…… 이 어르신은……!"

류즈의 말, 시마의 진실, 에키드나의 조언, 로즈월이나 프레데리카의 태도, 람이 가필에게 보내는 부드러운 시선―― 거기에, 스바루는 다른 답을 보았다.

가필의 행동 근본에 있는 게, 어머니에 대한 증오와, 바깥세상에 대한 공포.

그 결론에 제동을 건다. 그 결론에, 이의를 주창한다.

지금도 그는 스바루와 에밀리아를 죽이는 것이 아니라 묘소를 파괴함으로써 『성역』의 해방을 방해하려고 했다. 에밀리아가 『시련』을 받게 두지 않겠다는 것도 『성역』의 해방을 두려워하는 이상으로, 과거에 시달리는 에밀리아를 두고 볼 수 없기 때문이다.

그 행동의 근본에 있는 건, 가필이 모든 것을 미워하고 있기 때문이 아니다.

――가필은, 과거가 미워서, 꺼리고 있는 게 아니다.

"너는 사실은, 어떻게 생각하는 거야! 그걸, 말해 보라고!!"

"이 어르신은…… 나는…… 엄마가……."

숨을 집어삼키고 하늘을 쳐다본 가필은, 치를 떨며 울 것만 같은 목소리로 말했다.

"――행복해지길, 바랐어……!"

2

"거추장스러웠던 거잖아?! 나랑 누나가, 행복해지는 데에 거추장스러웠던 거잖아?!"

넘쳐 나온다. 여태까지 10년간, 가필이 쌓아둔 마음이.

"알아, 당연하지! 나랑 누나는 버림받았어. 그렇잖아?! 바란 것도 아닌 애고, 덤으로 『튀기』라고. 그런 거, 밖에서 살아가는 데 거추장스러울 거야 뻔하지! 놓고 가서, 버리고 가서, 뭐가 이상해……. 아무것도, 잘못되지 않았어……!"

떨리는 목소리는 숨기지 않고, 떨리는 눈만은 숨기려고 하듯이 손바닥으로 얼굴을 가리고서.

"버림받는 게 당연해. 그러니 버린 엄마를 원망하진 않아. ……당연하잖냐. 나랑 누나는 훼방꾼이고, 엄마는 행복해지러 밖에 나간 거야!"

아직 어린 시절의 가필은 자신들을 두고 『성역』을 떠나는 어머니를 배웅했다.

그리고 『시련』에 도전한 가필은, 어머니가 자신들을 버리는 모습을 다시 지켜보았다.

가필은 두 번, 어머니에게 버림받은 것이다. 어린 마음이 금이 간 것을 누가 탓하랴.

하지만 진정 가필을 몰아세운 것은, 자신을 버리고 가는 어머니의 모습이 아니었다.

"근데 난 봤어. 할머니한테 말 안 하고 들어간 묘소에서, 봤다고……. 우리를, 두고 나간 엄마가…… 나가자마자, 낙석에 휘말려서, 그대로……!"

"큭——!"

"누나는 몰라……. 엄마는 어디 먼 곳에서 살아있다고, 누나는 믿고 있어. ……하지만 사실은 달라! 엄마는, 우리를 버리자마자, 죽어버렸다고!"

울부짖듯이, 가필은 자신이 목격한 진실의 단편을 쏟아냈다.

그 잔혹한 진실에 사정을 아는 스바루도 모르는 에밀리아도 맥을 못 추었다.

"죽어버렸다고……. 행복해질 수, 없었단 말이야……."

얼굴을 손바닥으로 가린 채로 가필은 거친 오열을 하염없이 흘렸다.

"왜지? 행복해지기 위해서, 바깥세상에 나간 거 아니었냐고."

스바루는 대답해 줄 수 없었다.

"행복해지고 싶으니까, 우리를 두고 갔던 거 아니었냐고."

에밀리아는 대답을 해 줄 수 없었다.

"우리를 버리고 갔는데, 행복해지지 못하고 바로 죽으면……."

해답이 없는 물음을, 대답할 수 없는 두 사람에게 가필은 계속 던졌다.

그것은 필시 가필이 줄곧 마음 깊은 곳에서 하염없이 외치던 물음으로——.

"우리의 쓸쓸한 마음은, 버림받아 서러운 마음은, 어떡하면 되냐고?"

──10년 동안, 답을 계속 찾아 헤매고도, 그것은 찾아내지 못한 것이다.

"엄마는, 행복해지길 바랐어⋯⋯!"

울먹이는 소리에 힘이 담겨 있었다. 얼굴을 가린 손바닥을 치우고 가필이 이를 으드득 갈았다.

깨질 듯이 이를 앙다물고 찢어진 입술에서 피를 뚝뚝 흘리며 포효했다.

"서러운 생각도, 버림받은 쓸쓸함도, 그 행복을 위해서 의미가 있었다고, 내가 그렇게 생각해 주길 원했어! 내가 엄마를, 미워할 수 있게 해 주길 원했어⋯⋯!"

어머니에 대한 마음은 갈 곳을 잃고, 가필의 마음은 『성역』 안에 갇혔다.

쏟아낼 곳을 잃은 격정이, 영혼을 양분 삼아 끊임없이 불길을 태웠다.

그 한없이 풀리지 않는 마음과 불꽃 속에서 가필은 자신에게 맹세한 것이다.

"──바깥세상 같은 데, 절대로 못 보내."

떨리는 목소리였다.

분노이며, 슬픔이며, 격정의 잔재이며, 지금도 여전히 타오르는 불꽃이었다.

"변하는 것만이 행복이 아니야. 답이 없는 놈들도 많이 있다고! 그놈들은 어쩌라고! 그놈들은, 행복해지기 위한 희생양이 되어서, 서럽게 살면 되냐! 나나, 누나처럼 되면 되는 거냐고!"

바깥세상과 격리된 『성역』을 등지고, 가필은 두 팔을 벌렸다.

"내가, 이 어르신이—— 지킨다."

두 다리를 굳세게 디디고, 포효를 그친 가필은 차분히 일렀다.

"이 어르신이, 지킨다. 이 어르신의 손이 미치는 범위는, 이 어르신이 전부 지킨다. 지키고, 지키고, 지킬 테니…… 아무도 잃게 하지 않을 거야……. 아무도 엄마처럼 되게 하지 않을 거야……."

분노가 아닌 것, 슬픔이 아닌 것, 그것이 가필의 마음을 떨리게 했다.

10년분의 결의, 10년분의 각오, 10년분의 소원. 그것을 담아 가필은 외쳤다.

"이 어르신이, 결계가 될 거다!! 진정한, 바깥과 안을 가르는, 결계가!"

"가필!!"

"그러니까! 이 어르신이! 『성역』을, 모두를! 할머니를 지킬 거야! 이 어르신밖에 못한다고! 이 어르신밖에 모른다고! 몰라도, 된단 말이야!!"

피를 토하는 듯한 포효를 터트리고 가필이 크게 뒤로 뛰었다. 돌계단을 오르는 것을 포기하고, 가필이 초원 중앙에 사지를 짚으며 착지했다.

온몸의 털이 쭈뼛 곤두섰다. 무슨 짓을 할 작정인지, 손에 잡힐 듯이 알았다.

"——스바루."

"괜찮아, 에밀리아."

에밀리아의 부름에 끄덕이고 스바루는 스스로 돌계단을 내려가 초원으로 향했다.

저녁놀 색에 물드는 초원에서 스바루는 서서히 모습을 바꾸는 가필과 대치했다.

"이, 고집불통 벽창호가."

이미, 말로는 가필을 막을 수 없다. 그렇다면 할 일은 하나다.

"널 철저하게 밟아서 가르쳐 주마. ──너는 착한, 왕바보자식이란 걸!!"

"──오오오오!!"

울부짖는 소리와 함께 대지가 함몰하고 사지를 짚은 가필이 변모한다. 육체는 뼈가 삐걱거리는 소리를 내고서 거대화하고, 훤히 드러난 살갗을 금색 짐승 털이 뒤덮는다.

나츠키 스바루를 죽이기 위해서, 가필은 이성 없는 짐승으로 변신해 포효했다.

"크어어어어어──!!"

그것은 죽이기 위한 결단이다. 가필은, 스바루를 죽여야만 했다. 죽이지 않고서는 막을 수 없다. 이 10년간이, 가필에게 이빨을 거두게 하지 않았다.

그렇기에 가필은 최후의 수단으로 수화했다. 생명을 빼앗는, 그 행동을 위해서.

──이성을 잃은 짐승으로 변해 결정적인 순간에서 눈을 돌리기 위해서.

"하지만 그건 실수라고, 가필."

상대를 죽이고 싶지 않아서 발톱을 박지 못하는 건 온정이다.

주변 사람들의 마음을 지키기 위해서, 『성역』을 지키겠다고 결단한 것도 온정이다.

하지만 끝내 죽일 수 없는 상대를 죽이기 위해서, 순수하게 소원했을 터인 마음을 변명 삼아 자신의 소행에 눈을 감고 생각하기를 멈추는 짓은 온정과는 관계없다. 그것은 약한 마음이다.

그리고 나츠키 스바루는 그 약점을 찌르는 행위를 주저하지 않는다.

"부탁한다, 내 몸아. 여기가 승부할 곳이야. 찌부러지지 말아다오!"

수화한 가필의 사지가 휘고, 스바루를 물어뜯고자 이빨을 들썩였다.

순간, 스바루는 자신의 몸 한복판, 단전에 이어지는 문을 의식하고 영창했다.

"──샤아아아마아아아아아크!"

대호가 뛰쳐나오기 직전, 온 마음을 담은 외침에 세계가 호응했다.

이해를 거부하는 어둠이 폭발적으로 분출되어 날카로운 발톱을 뻗은 짐승을 통째로 집어삼켰다. 생명을 거두어야 했을 발톱은 닿지 않고, 짐승의 살의는 심연 저편으로 사라졌다. 그 직후──.

"──아."

스바루는 치명적인 충격이, 자신의 몸 가장 깊숙한 곳을 파괴했음을 깨달았다.

쓰지 말라고 들은 게이트의 혹사. 해서는 안 된다고 금지당한 마법의 행사.

단골 술사, 왕국 최고의 치유술사의 분부를 어긴 대가를, 다시는 마법을 쓸 수 없을지도 모른다고 다짐받은 말을 배신한 대가를 받는다.

스바루의 중심에 있던 문이 붕괴하고, 마음이 난폭하게, 난잡하게 상실감에 쥐어뜯겼다.

"고맙다."

여태까지 몇 번이나, 기대고 의지해 온 선이 끊어진다.

그 돌이킬 수 없는 상실감에 스바루는 이별의 말을 입에 올렸다.

몇 번이나 의지하던 마법이, 마침내 정나미를 떼버렸다. 별수 없다. 하지만, 감사한다.

그 감사를 가슴에 품고 강하게 앞으로 내디뎠다.

"————."

목표는 한 방에 결정 났다. 발동한 마법의 어둠은, 짐승의 큰 덩치를 전부 덮지 못했다. 마법의 재능 없음. 인생 최후의 자력 마법으로 이 정도. 덕분에 텅 빈 오른쪽 어깨에 일직선——.

"——내 무대까지 내려와라, 가필."

통나무처럼 굵은 오른쪽 어깨에, 스바루는 손바닥에 움켜쥔 파란 휘석을 힘껏 내리쳤다.

빛이, 흘러넘쳤다.

"——욱!"

어마어마한 광량에 휘말려서 스바루는 풍압을 느낀 것처럼 뒤로 쓰러졌다. 엉덩방아를 찧어 뒷걸음질 치는 눈앞에서 검은 연기에 삼켜지는 짐승은 무슨 일이 일어났는지 아직 이해 못하고 있다.

하지만 빛을 발하는 휘석은 주위의 마나를 모조리 집어삼키며 짐승을 둘러싸는 몰이해의 어둠마저 자신의 양식으로 삼았다. 그리고 그것은 휘석에 눌린 가필도 예외가 아니다.

"뭐엇——?"

후려갈긴 몰이해로부터의 해방, 직후에 엄습하는 강렬한 허탈감.

검은 연기가 개이고 빛이 서서히 약해졌을 때, 그곳에 있던 것은 사나운 대호가 아니다. ——수화가 풀려 온몸의 골격이 인간 크기로 돌아오는 가필이었다.

인간의 모습을 되찾은 가필은 누구보다 자기 자신이 믿을 수 없는 얼굴로 경악했다. 두 손을 들어 올려 후두둑 짐승 털이 빠지는 하얀 손가락을 비췻빛 눈으로 멍하니 확인했다.

"무슨 일이…… 왜, 이 어르신이, 원래대로 돌아와…… 어엉?"

더듬더듬 자기 몸을 만지고 원인을 규명하려는 가필이 어깨의 휘석을 알아챘다. 그것은 가필도 잘 아는, 사도의 증표인 휘석이다.

프레데리카가 스바루에게 들려준 휘석은 달라붙은 듯 그 몸에서 떨어지지 않았다.

"이건…… 누나의, 돌…… 근데, 왜 이런 데…… 이 어르신의 힘이 빠지고……? 이 돌에, 무슨 수작을 부려서……."

"글쎄다. 그 돌 안에, 터무니없는 먹보 고양이라도 들어있는 거 아니야?"

수화에 체력을 빼앗겼는지, 숨을 헐떡이는 가필이 어깨를 쥐어뜯었다. 하지만 휘석은 그의 손가락을 거절하고 육체에 박힌 채로 떨어지려고 하지 않았다.

『──내 어시스트는 여기서 끝이야.』

빛이 점멸하는 휘석── 파란 결정석이, 그런 식으로 웃어 준 느낌이 들었다.

끝까지 입 다물고 커뮤니케이션 부재, 그 상태로 계속 고민한 바지만──.

"말 못하면 말 못하는 대로, 반짝반짝 시끄러운 놈이군……."

힘이 빠진 코멘트로, 결정석의 어시스트── 비장의 수의 발동을 스바루는 확인했다.

"──보고 있어, 에밀리아."

천천히 일어나서 심호흡하는 스바루는 등에 느껴지는 기척에 그렇게 말했다.

등진 돌계단 위에는 에밀리아가 둘의 싸움을 내려다보고 있다. 필시 스바루에게 승산이 없게 보인 싸움일 것이다. 틀림없이 말리고 싶다고 걱정해 줄 것이다.

그런데도 에밀리아는 싸움을 말리지 않았다. 옛날, 스바루가 추한 오기를 마냥 부리던 싸움을 펼쳤을 때, 그토록 화내며 스바루를 말리려던 에밀리아가.

그곳에 있는 것이, 신뢰라고는 단언 못할 뭔가가 있음은 스바루도 이해했다. 그 뭔가에다 이름을 붙일 필요는 없다. 적어도 지금 이 순간은.

"날 봐라, 가필."

"아, 아⋯⋯?"

"날 막고 싶으면, 네 손으로 막아. 쫄아서 자기 피로 도망치지 마. 쫄보 자식아. 너, 얼마나 사람을 우습게 보는 거냐."

발을 내디디고, 우두커니 선 가필의 정면에 섰다.

서로 손이 닿을 거리에서, 소모한 상태의 가필과, 완벽한 상태의 스바루다. 한심한 이야기지만 지금이라면. 같은 무대에 선, 지금이라면──.

"네가 뭘 아무리 말하건 간에, 우리는 바깥세상에 간다. 우리를 막으려는 너를, 내가 막는다. 에밀리아는 묘소에 도전한다. 『성역』은 열린다. 네가 안 바라도."

"꼴리는 대로 지껄이지 마시지! 누가 부탁했어! 누가 허락했지?! 여기는, 여기는 이대로, 변하지 않는 채면 된다고!"

"변하지 않는 채, 멈춘 채, 줄곧 이대로 있을 수 있겠냐. 그런 당연한 사실, 몇백 년이나 이러기 전에, 누군가가 말해 줬어야 했어."

"변하지 않는 걸! 바란다! 계속 바라는 놈도 있잖냐!"

"네가 영원히 이곳을 계속 지킬 수 있다면, 그것도 좋을지도 모르겠다만."

시간도 시대도, 언젠가는 가필을 두고 가버린다.

변하지 않는 『성역』이라는 장소에, 변하지 않고서는 상실하는 순간이 반드시 온다.

"우리가 다 같이 덤벼서 널 몰아넣고 있는 것처럼, 혼자선 방법이 없을 때가 반드시 올걸. 내일에라도. ──지금 이 순간에도."

말을 마친 스바루는 팔을 들어 올려 파이팅 포즈를 잡았다.

말다툼으로는 끝이 안 난다. 원래 휘석을 박은 다음의 계획은 백지에 가까웠다. 서로 말로 결판나지 않는다고 알았으면 남은 수단은 하나뿐이다.

의견이 어긋난 남자와 남자가, 서로 심혼이 바닥날 때까지 싸울 수밖에.

"거꾸러져라, 가필. ──수의 힘을, 깨달아라."

"다른, 표현은, 더 없냐!"

스바루의 대사에 가필이 부르짖고 동시에 내지른 주먹이 서로의 안면을 치고 나갔다.

날카로운 아픔에 신음을 흘리고 두 사람은 크게 뒤로 물러났다. 스바루의 주먹은 몰라도 가필의 일격은 비극적으로 약체화했다. 지금도 그의 어깨에 박힌 휘석이 그 몸에서 마나를 빨아들여 주먹다짐의 성립에 조력해 주고 있는 덕분이다.

오토가, 람이, 휘석── 팩이 없었으면 이 무대에도 오를 수 없었다.

"헤헤, 덕분에 어떻게든 싸움질이 되어서…… 푸악!"

무방비한 뺨에 큰 걸 직격당했다. 시야가 아찔 흔들려도 버티고 섰다. 답례로 상대의 배를 걷어차고, 내려간 안면에 박치기를 먹였다. 요격됐다. 딱딱한 충격에 눈이 돌아가고 코피가 떨어졌다. 스바루도, 가필도.

얼굴을 피로 더럽히면서 옆에서 보면 허접하기 짝이 없는 주먹다짐을 속행한다. 일격, 일격이 궁상스럽지만 심지에 울리는 것은 주먹에 담긴 마음이 원인이다.

스바루는 육체적으로, 가필은 육체와 정신 모두의 소모로, 피해가 확대된다.

"작작, 좀…… 하라고!"

전력과 소모가 동등하다면, 싸움의 추세를 가르는 것은 길러온 기술이었다.

스바루의 공격을 피하고 몸을 돌리는 가필의 팔꿈치가 명치에 틀어박혔다. 고통에 신음하며 움직임이 멎으니 숨골에 손날이 들어가고 무릎 꿇은 안면을 무릎이 쳐 올렸다.

거세게 시야가 흔들렸다. 그대로 뒤로—— 쓰러지지, 않는다.

"이 새끼, 아직…… 얼른 자빠져 자! 포기하면 이 어르신이 끝장내 주마!"

"좋아하는 애 앞에서 꼴사나운 짓 하게 하지 마라……. 포기하기보다, 포기하지 않는 쪽이 당연히 멋있잖냐. 너도, 남자라면 폼 잡으라고, 바보자식아."

반한 람 앞에서도 가필은 폼 하나 잡지 않았던 것일까.

코를 막는 피를 뿜어내고 스바루는 흉악하게 웃음 지었다. 그 표정에 가필이 숨을 집어삼키고 무슨 일인가 주춤하는 기색을 알 수 있었다.

"＿＿＿＿＿."

용케, 여기까지 하고, 가필의 강함을 칭찬하는 마음이 스바루에게는 있다. 그와 동시에, 어째서 여기까지 하고, 그의 강함을 슬프게 느끼는 기분도 있었다.

가필이 오기를 부리며 아무리 분전해도 바꿀 수 없는 미래가 있다.

어쩌면 『성역』을 덮치는 미래를 전하면, 그를 여기서 움직일 수 있을지도 모른다. 하지만 그건 그의 문제에 결판이 난 것이 아니다.

몸은 일시적으로 움직일 수 있어도 마음은 계속 이곳에 남는다. 지켜보는 눈길도, 뻗어 주는 손길도 무시하고, 가필은 어머니의 죽음을 애도하는 척하며 계속 웅크리는 것이다.

"잘 봐라, 가필. 네가 무서워하는 벽 따위, 아무 데도 없어."

"벽은 있어! 이 어르신이 그래! 이 어르신이, 안과 밖을 가르는 절대적인 벽이다! 이 어르신도 할머니도 다른 놈들도! 멈춰 섰어! 그걸로 끝이다! 다 끝이라고!"

"끝이니 뭐니 제멋대로…… 제멋대로 단념하지 마!"

포기 끝에 끝이 있다고, 자신의 미래를 닫은 가필에게 분노가 솟았다.

가슴속이 뜨겁다. 주먹다짐에, 말다툼에, 뭐가 뭔지 알 수 없어지기 시작했다.

배 한복판에서, 뭔가가 굼실댄다. 게이트는 죽었다. 마법은, 더 이상 쓸 수 없다.

그렇다면 지금, 이 몸의 밑바닥에서, 존재를 주장하기 시작한 이것은 무엇이란 말인가.

"언제든! 어떤 때든! 하고 싶다! 바뀌고 싶다고! 그렇게 생각한 순간이 출발선이잖냐!!"

좌절해서 모든 걸 다 잃고, 포기에 잠겨 발을 멈추고, 무릎을 껴안고 웅크려서.

자기 자신에 대한 낙담, 다른 사람에 대한 실망, 소중한 사람이 버리고 갔다는 고독감에 절망해도.

"다시 고개를 들고 걸어가는 것을, 누가 어떻게 포기하라고 할 수 있느냐고."

포기해라, 그만둬버려, 웅크리고 있어. ──가당찮다. 죄다 무가치한 헛소리다.

무릎을 껴안은 녀석이 있고, 말을 걸어줄 용기가 있다면, 기왕이면 응원해라.

힘내라. 해치워버려. 뭐가 뭔지 모르겠지만, 일어나서 달리면 어딘가에 당도한다.

──가슴속이, 뜨겁다.

"그렇잖아, 가필……!"

눈앞의, 허약하게 눈을 일렁이는, 자그맣게 보이는 남자의 이름을 불렀다.

──뱃속이 불타고 있다.

　"그렇잖아, 에밀리아……!"

　등 뒤에서 스바루와 가필을 지켜보는, 약함과 뭔가의 틈바구니에 있는 그녀의 이름을 불렀다.

　──눈 속에서, 넘쳐 나오는 것이 있다.

　"그렇잖아── 안 그래, 렘!!"

　고개를 들고, 입을 열고, 눈을 부릅뜨고, 일어설 계기를 준 사람의 이름을 불렀다.

　포기하고 발을 멈추었을 때, 그걸로 끝일 리가 없다고, 가르침을 받은 적이 있었다.

　그때에 받은 힘이, 만인에 닿아야 마땅하다고 나츠키 스바루는 바라기에.

　"────."

　스바루 것이 아닌 힘이, 몸 밑바닥에서 굼실대며 탄생의 울음소리를 질렀다.

　태어나는 것을 축복하듯이, 탄생하는 것에 환희하듯이.

　"제기랄……! 나는──!"

　외치고, 가필이 손톱을 쳐들었다.

　이미 가필은 말이 아니라 행동 전부로 스바루의 주장을 부정했다.

　말도 없이, 마음을 인정 못하고, 가필에는 그것밖에 방법이 없었다.

많은 것에 눈을 감고 미래에 눈을 돌리고, 스바루와 마주 보지 않는 그는 그렇기에 깨닫지 못했다.

——자신이 뛰어드는 그 앞에, 『보이지 않는 손』이 기다리고 있는 것을.

"이 무슨, 인상 안 좋은 신기술이냐."

세상이 슬로 모션으로 변하고, 달려드는 가필이 똑똑히 보인다.

적의를 활짝 펼치며, 그런데 얼굴은 발작을 일으킨 어린애처럼 구기고서.

그 턱 끝부분을 조준했다. 그것만으로도 된다고, 말이 아니라 마음이 이해했다.

——따라서, 온 힘을 거기다 때려 넣었다.

"컥——?!"

해방된 힘이 쾌재를 외치며 무경계한 가필의 바로 밑에서 격추했다.

보이지 않는 일격은 주먹 모양을 만들어 가필의 안면을 치고 지나가 하늘로 쳐 올렸다.

"끄, 억……."

그 모습을 지켜본 직후, 스바루 또한 그 자리에 무릎을 꿇었다. 자기 안에서 뭔가가 송두리째 빠져나가 영혼이 갈리는 괴로움에 격하게 구역질했다.

타액도, 피 한 방울도, 아무것도 나오질 않았다. 그토록 사력을 다한 일격이었다.

이번에야말로 튼튼한 가필도──.

"이봐, 이봐. 현실이냐……."

하늘로 날려 올라가 낙법도 못 취하고 지면에 메다 꽂힌 것을 확실하게 봤다. 애당초 스바루와 부딪치기 전에 만신창이로, 거기서 쉬지 않고 연속 전투였다. 덤으로 오른쪽 어깨에는 무진장하게 마나를 빨아내는 정령을 붙이고, 이런 지경에서 어떻게.

"너, 진짜로 얼마나 터프한 거야……."

"얄, 보지, 마……. 내, 가, 이 어르신이, 꺾이지 않으면…… 아직……."

몽롱한 머리를 흔들며, 그러고도 가필은 두 다리로 서 있었다.

초점이 안 맞는 시선. 단지 집념만이 그를 일으켜 세워 마지막 한 수를 거부하고 있다.

"하. 두 손 들었군. ……이만큼 해서야, 인정할 수밖에 없지."

스바루는 모든 작전을 다 꺼내고, 첫 번째 히든카드와, 갑자기 생긴 비장의 수도 썼다. 오토와 람의 분전, 팩의 조력, 그만큼 하고, 쓰러뜨리지 못했다.

가필은 강하다. 약해도, 강하다. 그것을 정녕 마음속 깊이 인정하겠다.

그러니까──.

"이젠, 누구에게도……!"

휘청거리는 발걸음으로 가필이 웅크린 스바루에게 걸어갔다.

가필도 한계지만 스바루도 한계다. 아무 힘도 없는 일격에도 의식을 붙잡고 있을 수 없을 것이다. 따라서 가필은 모든 신경을 손톱에 쏟아서 스바루에게 쏟아낼 셈이다.

그렇기에 그는 깨닫지 못했다. 소리를 내면서 접근하는, 땅울림을.

──가필을 패배로 몰아넣는, 마지막 한 수를.

"이걸, 로, 끝……이다, 악?!"

"우──!!"

결정타의 한마디를 덮어쓰며 가늘고 높은 지룡의 울음이 내달렸다.

땅울림을 내며 돌진한 칠흑의 지룡이 가필을 힘껏 날려버린 것이다.

"──꺽?!"

말 그대로, 온몸이 날아가는 충격에 눈이 허옇게 뒤집히고, 가필은 걷어차인 돌멩이처럼 휠휠 날아갔다. 지면을 두 번, 세 번 튕기고 대 자로 눕는다.

그 몸은, 이번에야말로 꿈쩍도 못했다.

그것을 지켜보고, 마지막 일격을 꽂아 넣은 공로자가, 하늘을 우러르며 함성을 질렀다.

"어떠냐, 가필……."

드높이 뽐내는 파트라슈 옆에서, 스바루는 지면에 엎어진 가필에게 말을 걸었다. 그에게 들릴지 안 들릴지, 알 수 없을 만큼 쉰 목소리로.

피차 전력. 카드를 모조리 쓰고 승패를 가른 결정타, 그것은 무엇이었는가.

간단한 이야기다. ──강한 가필은 혼자서 싸우고, 약한 스바루는 혼자가 아니었다.

"즉, 이것이── 수의, 힘이다."

"다른…… 표현은, 없냐고……."

움직이지 못하는 가필이 원망스럽게 스바루의 말에 반응했다.

그 목소리에 스바루는 희미하게 웃음기를 머금고 말했다.

"그럼 모두의 마음을 모은, 유대의 승리다."

"하아……『크웨인의 돌은 혼자서 못 든다』란, 뜻이냐……."

말을 남기고 가필이 마침내 침묵했다.

그 모습을 지켜보고, 몇 초 기다리다가 이번에야말로 승리를 확신해 스바루는 고개를 위로 돌리고 말했다.

"겨우, 그럴싸한 격언을 들었군……."

그렇게 만족스럽게 뇌까리고, 의식째 상반신을 내던지고 지면에 쓰러졌다.

3

지룡이 우렁차게 우는 소리가 『성역』의 하늘에 울려 퍼지고 싸움의 결판이 메아리쳤다.

가필에게 마지막 일격을 가한 파트라슈는 그 고귀한 얼굴에 웬일로 고양감을 내비치며 굴욕을 해소한 달성감에 호흡을 거칠게 쉬었다.

──파트라슈에게 가필은 굴욕적인 패배를 선사한 원수였다.

『성역』을 방문한 첫날, 용차를 끌던 파트라슈는 결계를 넘은 침입자를 잡으러 온 가필로부터 스바루를 지키기 위해서 분전했으나 완패했다.

그 설욕의 기회를 호시탐탐 노리던 파트라슈는 훌륭하게 그것을 성취했다.

"크릉──."

명예를 만회한 파트라슈의 기쁨을 시야에 두고 에밀리아는 깊은 숨을 내쉬었다.

그것은 그야말로 호흡을 잊은 듯한 격렬한 싸움이었다.

결판을 지켜보라고, 스바루에게 들은 에밀리아는 장렬한 싸움을 끝까지 지켜보았다. 격돌하는 둘의 모습에 몇 번, 달려가 말리고 싶었을까.

그러나 그때마다 스바루와 목소리와 시선이 에밀리아의 약한 마음을 막았다.

손을 대는 것도, 말로 끼어드는 것도, 용납되지 않는 장면.

답답해서, 견디기 어려워서, 그런데도 눈을 피하는 것만은 해서는 안 될 장면.

단지 그 광경에, 둘의 말다툼에, 충돌에, 뭔가가 가슴을 뜨겁게 했다.

스바루가 저토록 오기를 부리고, 가필이 저토록 울부짖고, 남자 사이의 칙칙한 주먹다짐 끝에 판가름 난 다툼── 그 배경은 에밀리아에게는 단편적으로밖에 모른다.

그래도 아마, 이 가슴에 오가는 뜨거운 '뭔가' 가 고스란히 대답이면 되는 것이리라.

"앗, 안 되지! 치료해 줘야지! 스바루가 죽겠어!"

제 정신을 차리고 에밀리아는 돌계단을 뛰어 내려가더니 미끄러지듯이 스바루 옆으로 달려갔다. 그런 스바루 옆에서 파트라슈는 경계하듯이 에밀리아를 노려보았다.

"아, 그렇게 걱정스러운 표정 안 해도 괜찮아. 팩이 없어서, 좀 제어는 불안하지만 간단한 치료 정도라면 미정령(微精靈) 아이에게 힘을 빌리면 가능하니까."

말하면서 에밀리아는 주위의 미정령에게 말을 걸어 은은한 빛에 힘을 빌렸다. 부드러운 빛이 스바루와 가필을 둘러싸고 그들의 상처가 천천히 아물기 시작했다.

스바루의, 괴로워하는 표정이 조금씩 누그러졌다.

그 모습에 희미하게 웃고 에밀리아는 스바루의 머리를 자신의 무릎 위에 살짝 올렸다.

이렇게 스바루에게 무릎을 내주는 것도 어쩐지 완전히 친숙한 전개다. 가능하면 이런 식으로 다친 스바루를 무릎베개할 기회는 적은 편이 좋은데.

"깨어나면, 엄—청 많이, 묻고 싶은 게 있다고."

하지만 그 이상으로, 지금은 이야기하고 싶은 것이 많을지도 모른다.

중얼거리는 에밀리아는 어린애 같은 얼굴로 자는 스바루의 앞

머리에 살짝 손가락을 집어넣었다.

　스바루가 얼굴을 찡그렸다. 그 모습에 이번에야말로 입술이
미소를 띠고.

　——오토와 오토에게 업힌 람이 합류한 것은 그 직후였다.

제8장 『러브레터』

1

 ──그것은 자신이라는 존재의 깊은 곳에 뿌리를 내리고 존재를 주장하고 있었다.

 뜨거운지 차가운지, 그마저 모를 열기를 띠고 나츠키 스바루의 구석에서 구석까지 순환하는 검은 응어리, 그 기이한 감각에 스바루는 짚이는 곳이 있다.

 그러니까 '왜' '어떻게' 의 의문은 있어도 '무엇 때문에' 의 의문은 없다.

 그것이 무엇인지를 고민할 필요는 없다. 고민해야 할 게 있다면, 그것은 한 가지뿐.

 ──『불가시의 일격』, 『보이지 않는 손바닥』, 『지각을 벗어난 충격』.

 하나같이 어감이 나쁘거나 재탕, 스타일리시한 면이 부족했다.

 이것은 결코, 스바루 외에는 보이지 않는 팔, 스바루 외에 조종할 수 없는 손바닥, 따라서──.

"『불가시한 신의 뜻』…… 인비지블 프로비던스라고 이름 짓자……."

"……어, 방금, 뭐라고 했니?"

실눈을 뜨고 애매한 의식대로 중얼거린 스바루에게 의문 어린 목소리가 날아왔다. 시야에 날아드는 것은 눈이 동그래진 천상의 미모—— 천사가 아니라, 에밀리아다.

그 사실을 이해하고 몇 번 눈을 깜빡이다가 스바루는 자신이 꿈에서 깼음을 자각했다. 그와 동시에 머리 위의 부드러운 감촉과, 바로 눈앞에 있는 에밀리아의 모습도.

"아…… 또 나, 에밀리아땅에게 무릎베개 받고 있구나."

"응, 그래. 이걸로, 스바루에게 무릎베개해 준 거 몇 번째더라?"

"여러 상황을 생략하면, 세 번째일까? 일대승부를 극복한 다음의 포상이니까……."

"그래그래."

포상을 만끽하는 스바루의 넉살을 에밀리아가 익숙한 기색으로 받아넘겼다. 그리고 스바루는 의식을 잃기 전의 기억에 접속, 흠씬 얻어맞은 기억을 떠올렸다.

"저기, 에밀리아땅. 내 얼굴 어때? 눈 뜨고 못 볼 상태 안 됐어?"

"으응, 괜찮아. 그렇게 이상하진 않아."

"악의 없을 때의 대답이다 이거!"

이상하다는 표정의 에밀리아가 지켜보는 앞에서 스바루는 가볍게 자신의 손발을 움직여 보았다. 어떻게, 움직이기는 움직일 것 같다. 전신 타박 때문에 뼈가 쑤시지만, 복에 겨운 소리는 못한다.

"아, 욘석. 함부로 굴지 마. 안정 안 하면 못 쓰잖니."

"나도, 에밀리아땅의 무릎이란 낙원을 나가는 건 무지 아쉬운데…… 빨리 찾아내지 않으면 숲에서 오토랑 람이 죽어있을지도 모르니까."

되살아나는 기억에 스바루는 가필을 몰아세워 준 오토를 떠올렸다. 가필 말로는 람도 협력했던 모양이지만, 두 사람의 안부가 걱정된다. 가필의 성격상 생명의 쟁탈전으로는 발전하지 않았을 테지만──.

"숲의 비료가 되기 전에 람만이라도 구해야 돼……."

"맘대로 비료 삼지 말고, 저도 걱정해 주지 않을래요?!"

"이, 이 자기주장이 거센 딴죽은……."

비틀대는 몸에 기합을 넣고서 일어나려던 스바루는 바로 옆에 나온 목소리에 눈이 동그래졌다. 시선을 에밀리아로부터 목소리 쪽으로 옮기니 묘소 돌계단에 앉은 후줄근한 청년이 눈에 들어왔다.

먼지와 흙과 피로 지저분하지만, 틀림없이 오토 스웬이었다. 그는 스바루의 시선에 맞추어 손을 들고 히죽 웃었다.

"저도 어지간하지만, 나츠키 씨도 꽤 지독한 꼴 봤나 본데요. 하지만……."

"짜샤──!"

"까흘──?!"

어딘지 거드름피우는 오토에게 스바루는 달려들어 박치기를 먹였다. 배때기에 한 방 맞고 오토는 스바루 밑에 깔려서 비명을 질렀다.

"가, 갑자기 뭐하는 거예요?! 지금 거, 서로의 건투를 칭찬하는 장면 아녜요?!"

"시꺼, 바보, 바보! 폼 잡는 거 아니라고! 네가 맘대로 구니까 계획이 좋날 뻔했잖아! 하지만 네 어시스트 없었으면 가필을 해치울 수 없었을지도 모르고, 고맙지 않은 건 아니거든!"

"이젠 뭔 말하는지 모르겠어!"

무사해서 안도와, 도움받은 데에 대한 감사와, 그 감사에 대한 쑥스러움이 섞여서 지리멸렬한 스바루에게 오토가 소리 높여 외쳤다.

그 반응, 그야말로 오토라고 스바루는 안도에 가슴을 쓸어내리고 말했다.

"어쨌든 간에, 무사해서 다행이라고. 넌 죽어서 홀로로 나와도 머리맡에 서서 시끄러울 것 같다. ……람도, 괜찮은 거지?"

"깨어나서 쓰러진 람 씨를 발견했을 때는 간이 철렁했지만요. 겉보기만큼 심각한 상태가 아니라서 안심했어요. 오히려 업은 다음의 독설 쪽이 빡셌죠."

"걔는 자기 식구 말고는 입이 매우니까. ……어떻게 꼬드긴 거야?"

"그걸 나츠키 씨에게 이야기 안 하는 게, 협력받기 위한 조건 중 하나여서요."

오토는 두 손으로 입을 막고 이야기할 심산은 없다고 태도로 어필.

솔직히 궁금하기는 했지만 오토의 입을 여는 건 필시 무리다. 그렇게나 말귀 잘 알아듣는 사람은 목숨 걸고 스바루의 헛소리에 어울리는 바보짓은 안 할 것이다.

"요 자식."

"아파! 왜, 방금, 저 맞은 거래요?!"

"쑥스러워서 그런 거야, 쑥스러워서."

스바루와 오토의 대화에 에밀리아는 흐뭇하게 그렇게 말했다. 그 에밀리아 옆에 어느 틈에 파트라슈의 모습이 있다. 코끝을 들이대는 지룡을 에밀리아의 하얀 손가락이 자상하게 어루만졌다. 참으로 뜻밖의 교류다.

"내 에밀리아땅과, 내 파트라슈가 친해졌어⋯⋯. 좋은 광경이군."

"바보 같은 말 하지 마. 이 애, 줄곧 스바루 걱정스럽게 보고 있었다고."

"응, 알아."

야단치는 에밀리아에게 쓴웃음 짓고 스바루는 자기 발로 파트라슈에게 걸어갔다. 그리고 그 검은 비늘에 손을 뻗어 감사를 담아서 쓰다듬으려고 했다. 그러나——.

"끄왁?! 어, 어이하여?!"

꼬리 일격에 손을 빼고 스바루는 울먹이며 파트라슈에게 항의했다. 하지만 파트라슈는 노랗고 날카로운 눈으로 오히려 스바루를 탓하듯이 노려보았다.

언짢은 울음소리까지 지르니 스바루는 쩔쩔맸다.

"통역, 필요해요?"

"아니, 이건 아무리 나라도 통역 없이도 안다고."

배후의 오토의 배려에 고개를 젓고 스바루는 작게 숨을 내뱉었다.

"──걱정시키지 마, 잖아."

"하는 김에 '우쭐대지 마.', '다음은 안 봐줘.', '내 입장도 돼 봐.' 언저리를 추가해도 되는 느낌으로 화내고 있어요."

"진짜로 대체 뭐니 네 히로인력, 내 히로인 레이스에 난입 참가할 거야?"

헤실대는 얼굴로 스바루가 다시 손을 뻗었다. 그러자 이번에야말로 파트라슈는 그 손바닥을 받아들여 별수 없다고 관용스러운 태도로 스바루의 사과하는 뜻을 받아주었다.

오토, 파트라슈. 둘에게는 이 『성역』에서 도움만 받고 있다.

변함없이 힘이 모자라는 자신은 한 고비를 넘는 데 많은 힘을 빌려야만 한다. 언젠가 이 빚을 전부 갚을 날이 오기나 할까.

"그래서, 빚을 져서까지 돌파한 고비인, 가필은?"

"가필이라면, 지금은 저기 있어. 하지만 방해하지 않는 편이 좋을 거야."

"뭘 방해해?"

갸우뚱하는 스바루에게 에밀리아는 입술에 손가락을 대고서 말했다.

"지금, 람이 보살펴 주고 있으니까…… 말이야."

2

"가프, 깼어?"

눈을 뜨고 처음으로 본 것은 사랑하는 소녀의 얼굴이었다.

처음에 보고 싶기도 했고, 보기 싫기도 한, 복잡한 기분이다. 희미하게 가슴이 뛰는 사실에 눈을 피하고 가필은 한 번 목을 그렁거렸다.

"그래…… 눈, 떴다. ──뜨아?!"

"그럼 얼른 비켜. 슬슬 다리가 저리더라."

그 즉시 가필은 부드러운 감촉에서 풀 위로 밀려 떨어졌다. 원망스럽게 돌아보니, 초원에 비스듬히 앉은 람이 자기 허벅지를 털고 "왜?" 하고 언짢은 표정을 하고 있었다.

직전까지, 의식이 없는 가필에게 무릎을 빌려주고 있었다고는 생각지 못할 태도다.

"변함없이, 자상함 하나도 없는 여자군."

"자상하게 대할 가치가 있는 상대에게, 자상하게 대해 줘야만 하는 상황이라면 람도 그렇게 해. 그러지 않는다는 건, 그렇지 않은 상황이라는 뜻이야."

"……이 어르신한테, 그 가치는 없나."

"뭐라고 말해 줬으면 하는지 훤히 보이는 발언이야. 그러니까 가프는 바루스랑 똑같아서 안 되는 거야. 여자의 진심을 듣고 싶으면 더 궁리해."

"으따."

눈을 내리깐 이마를 람의 손가락에 딱밤으로 맞았다.

일격 당한 부위는 구실만 있으면 만지는 버릇이 있는 이마의 흉터였다. 그 하얀 흉터를 매만지고 가필은 옷을 더럽힌 람의 모습에 눈길이 멎었다.

저지른 사람은 다름 아닌 자기지만, 그녀에게는 상당한 무리를 시키고 말았다.

"람은, 몸에 상처 안 남았냐? 뭐하면 이 어르신이 색시로 받아도⋯⋯."

"못 받아. 흠집 낸 책임은 다른 방법으로 져. ──애당초 가프 주제에 건방지다고. 잘도 이긴 람을 방치하고 갔겠다."

"────."

람의 매서운 추궁의 시선에 가필은 입을 다물었다.

그녀의 시선에 어린 분노는 싸움 마지막에 조절을 한 데에 대한 규탄인가. 쓰러진 람과 덤불에 꽂힌 오토, 생사에 결판을 바라지 않은 것은 가필의 약한 모습이다.

정인이라서 망설였다, 그것도 있다. 그렇지만 그러지 않아도 오토에게도, 스바루한테도 가필은 진심이 되지 못했다.

──왜냐면 자신에게는 전사로서 가장 중요한 용기가 없기 때문이다.

그렇기에 피에 의지해 이성이 없는 짐승으로 변신함으로써 결말로부터 눈을 돌리려고 한다. 평소에는 꺼림칙하다고 저주하는 피에, 그럴 때만 의지하는 자신의 일구이언에는 구역질이 나왔다.

그런 기만을 거듭한 가필에게 『성역』을 지켜내기란──.

"가프……. 너, 바보니까 생각할수록 헛일이야."

"……앙?"

"이성 내던지고 수화하란 말이 아니야. 말하겠는데, 수화하면 생각보다 바보가 된다고. 아무것도 생각 안 하고 머리 텅 비워서 싸우는 편이 훨씬 낫지."

땅바닥에 책상다리로 앉은 가필은 따끔거리는 람의 지적에 놀랐다.

패배자인 가필에게 승자 쪽인 람이 으스대며 말하는 건 좋다. 말하는 거야 상관없지만, 그런 말, 지금, 여기서 이야기할 필요가 있는가.

가필에게 앞날 이야기 같은 걸. 그도 그럴 게, 자신은 패배자로서, 상응하는 벌을.

"다음에는 조심해. 앞으로는 람이나 에밀리아 님을 위해서 싸울 거니까."

"──엉?!"

조치를 받아야 할 입장이, 람의 말로 토대부터 흔들렸다.

가필은 얼굴을 붉히고 날카로운 이를 딱 부딪치고 그 발언에 달려들었다.

"헛소리 마! 이만큼 저지르고, 적대하고, 이쪽 기대를 짓밟았는데…… 그러고도 날 용서하고, 이 어르신더러 용서하란 말이냐?!"

"어이없는 소리 마. 용서 안 하니까 헌신하라는 거야. 용서해서 대등해지면 부탁해야만 하잖아. 람이 승자고 가프가 패자. 얌전히 복종해."

"엉망진창이다!"

팅기듯이 일어나서 가필은 땅바닥에 팔꿈치를 찍었다.

한순간 몸이 휘청거리지만 상처 대부분은 아물어가고 있다. 주먹을 굳세게 쥐었다.

"진 거야 인정해! 근데 말이다. 인정하는 거랑 항복하는 건 이야기가 별개지! 이 어르신은, 지금도 팔팔해! 이 어르신의 사정 빼고 해 먹고 싶으면 니들은 이 어르신을 때려죽여야 했었다고! 뭐하면 지금부터 마저 해도……."

"왈가왈부 시끄러워!"

패기와 함께 고함쳤을 텐데, 람의 일갈에 가필의 그것이 무산됐다.

올려다보는 연홍빛 눈에 서린 서슬에 가필은 숨을 집어삼켰다.

"졌잖아. 꼬리 만 고양이 가프. 언제까지 꿍얼꿍얼, 좋아하는 여자 앞에서 얼마나 비참해지면 직성이 풀릴래. 남 탓하던 게 지자마자 자기 탓이나 하고. 물어뜯는 방향이 밖에서 안이 됐을 뿐이잖아. 어처구니없어."

"우, 아……."

연거푸 퍼붓는 말이 너무나 정곡을 찔러서 가필은 말문이 막혔다.

"……그, 그렇다고, 실실 웃으며 니들 줄에 서라 이거야? 그건 더더욱 못해! 진 건 인정해도, 틀렸다고는 인정 안 했어!"

그것은 궁색해서 나온 말도, 발뺌하느라 나온 말도 아닌, 가필의 본심이다.

"그래. 패배는 인정한다. ……머릿수로 진 건 변명이 못 돼. 하지만 이 어르신은, 자신이 잘못됐다고는 생각 안 해. 이런, 어중간한 기분으로."

여태까지의 자신을 배신할 수 없다. 람 일행에게, 모양새만이라도 항복하는 건 불가능하다.

"어중간하게 머물러 있기 싫다면, 멈춰 서지 않았다는 걸 증명하면 되지."

"……뭐, 라고?"

거칠게 숨 쉬는 가필에게 람이 차분한 목소리로 그렇게 말했다. 그녀의 말의 의도를 알 수 없어 가필은 눈썹을 모으고——직후, 눈을 활짝 부릅떴다.

초원에 앉은 람이 팔을 들어 그 하얀 손가락을 저편에 겨누었다. ——그 손가락이 무엇을 가리키는지, 깨달은 가필의 심장이 얼어붙었다.

"바루스가 무슨 말을 했는지, 대강 상상은 가. 그리고 가프가 불필요하게 겁내는 것도 말이야. ——그렇다면 자기 눈으로 확인해 보면 되는 거지."

"묘소, 『시련』……."

혀에 소리로서 실은 순간, 가필의 등을 식은땀이 적셨다. 호흡이 급해지고 심장 박동이 거칠어진다. 그치지 않는 귀울림은 어린 자신의 비명으로도 들렸다.

"가프가 변했는지, 아니면 웅크린 채로 움직이지 못하는 조그만 어린애 그대로인지."

"부정, 하고 싶어지는 표현하지, 마라……."

람의 말에 항변하고 가필은 목을 꿀꺽거렸다. 긴장, 그것은 자신이 '가지 않는다.'고 단언하지 않고 '간다.'와 '가지 않는다.' 양자택일의 틈바구니에 있다는 자각에서 나온 것이다.

──장단에 넘어갔다. 완전히. 람과 나츠키 스바루에게.

그 공포를 기억하는데, 확인하고 싶은 자신이 있다.

몸은 공포로 굳고, 마음은 거절에 아우성치고 있어도, 영혼이 부르짖는다, 날뛰고 있다.

가필 앞을 막아서고 피를 뱉으면서 절규한 나츠키 스바루의 주장이, 그 어린 날의 자신에게 이길 수 있을지 없을지, 확인해야만 한다고.

"각오한 얼굴, 하고 있구나."

깨닫고 보니 떨리는 이가, 온몸의 식은땀이 뚝 그쳐 있었다.

돌아보는 가필 옆에 허리의 이파리를 털고 일어나는 람이 나란히 섰다. 그 옆얼굴에 문득 가필은 생각한 것이 있다.

실상, 람은 가필이 아군으로 붙을지는 중요시하지 않는 느낌이 들었다.

그렇다면 람은 왜 스바루 일행에게 협력하고 지금 여기서 자신을 독려하는가.

——람은 그저, 제자리걸음 하는 소꿉친구의 등을 밀기 위해서만 움직인 것은 아닌가.

그렇다면 자신이 반한 여자는, 얼마나 좋은 여자란 말인가.

"뭐, 괜찮아, 가프."

입을 다문 가필의 침묵을 불안이라고 받아들였는지 람은 웬일로 음성에 온기를 내비치면서 훤히 드러난 가필의 어깨를 가볍게 두드리고 말했다.

"울도록 무서운 꼴을 당하면 람이 위로해 줄게. ——오래 알고 지낸 사이의 정으로."

3

——10년 만에 들어선 묘소의 공기는 그 무렵과 같이 탁했다.

돌로 지은 좁은 통로를 지나 싸늘하게 차가운 바람 속을 거닌다. 콧구멍에 파고드는 먼지 냄새에 얼굴을 찌푸리며 가필은 맨발로 발소리를 내면서 안으로 나아갔다.

"오래 있기는 싫구만."

중얼거리는 가필의 가슴속에서 심장 뛰는 소리는 서서히 빨라지고 있었다.

안으로 나아가면 『시련』이 있다. 『튀기』인 가필에게는 도전할 자격이 있고, 밤을 맞이한 묘소는 도전자를 환영하듯이 빛을 켰다.

안으로 나아가면 『시련』이 있다. 어릴 적에, 털어내지 못한 상처를 입힌 과거가 있다.

안으로 나아가면 『시련』이 있다. 거기에 또 접촉해서 무엇이 변한다는 말인가.

"……한심스럽긴. 그걸 확인하려고 일부러 여기에 온 거 아니야."

그럴싸한 논리를 내세우며 겁내는 자신의 마음을 자조했다.

람에게 호통 듣고 흠씬 두드려 맞아 바보 취급당하는 것도 수긍이 갈 만큼 사내답지 못하다. 자신이 이렇게나 겁쟁이라는 건 알고 싶지도, 깨닫고 싶지도 않았다.

——지금 여기서 묘소의 통로를 파괴해 모조리 없었던 걸로도 만들 수 있다.

『지령의 가호』의 회복력은 절대적이다. 이미 묘소를 부술 만한 힘은 되찾았다. 밖에서 기다리는 람 일행에게 그 행동을 막을 방도는 없다. 그토록 고심한 싸움의 결과를, 죄다 망쳐버릴 수 있는 것이다. ——그 정도 사실을, 그녀들은 깨닫지 못했나.

"빌어먹을."

그럴 리 없다.

남을 의심할 줄 모르는 것 같은 에밀리아나, 중요한 부분이 얼 빠질 듯한 오토는 몰라도 통찰력이 뛰어난 람과 계산 빠른 스바루가 그 가능성을 놓칠까 봐.

즉, 그들은 가필이 묘소를 파괴할 일은 없다고 확신하고 있다. 얼뜨기라고 여기기 때문일까. ——아니면, 전적으로 믿고 있는 것일까.

그 답도 이 『시련』을 극복한 다음에 있다고, 생각해도 될까.

"_____."

우직하게, 가필은 모자란 머리를 구사해 『성역』 안에서 내내 고민했다. 그 10년이 고작 며칠 만에 싹 뒤집혔다.

설마 자기가 또다시 이 묘소의 석실로 발길을 옮기게 될 줄은 상상도 못했다.

"……아앙?"

당도한 최심부, 희미하고 파란 빛에 휩싸인 석실. 10년 만에 방문한 그곳에서, 팔짱을 낀 가필은 위화감에 으르렁댔다. 뭔가, 기묘한 인상이 있다.

밤눈이 밝은 시야에 비쳐드는 석실의 이변. 거기에 가필은 시력을 집중하고——.

『——먼저 자신의 과거와 마주하라.』

목소리가, 들렸다.

순간, 휘릭 시야가 흔들리고 의식이 선명치 못한 것에 뒤덮였다.

과거가, 온다——.

4

꿈속에서 깨어나는 그 감각은 참으로 불가사의했다.

"_____."

가필은 콧잔등에 주름을 잡고 천천히 일어나서 주변을 둘러보았다.

　시야에 날아든 것은 낯익은 숲—— 단, 가필이 아는 경치와 비교하면 아마도 10년 이상 '젊은' 숲이다. 매일, 숲에 접촉해온 가필은 그걸 알 수 있다.

　이곳은 과거다. 『시련』이 시작되어 자신은 10여 년 전의 『성역』에 있다.

　"의심할, 필요도 없지만 말이지……."

　주먹을 움켜쥐고 가필은 쓸쓸한 얼굴로 그렇게 뇌까렸다.

　이곳이 과거임을 말보다 웅변적으로, 젊어진 숲보다 명쾌하게, 가필에게 가르쳐 주는 광경이, 바로 눈앞에 펼쳐져 있다.

　——『성역』의 결계를 지적에 둔 곳에서, 세 여성이 말을 주고받는 광경이다.

　한 명은 어린 용모에 연홍빛 머리카락을 길게 기른 류즈. 다른 한 명은 10세 안팎의, 명주실같이 가늘고 예쁜 금발의 소녀, 누나 프레데리카다.

　그리고 두 사람과 마주 보고 선 것은 하나로 묶은 금발을 땋아 내리고, 눈꼬리가 처진, 온화한 생김새의 여성. ——그 가슴에는, 한 어린아이가 안겨 있고.

　"——엄, 마."

　여성과 어린아이의 모습에 가필의 목에서 허약한 목소리가 흘러나왔다. 그러나 어머니를 부르는 가느다란 목소리는 닿지 않고, 이 광경에 아무런 영향도 주지 못한다.

　당연하다. 아무도 과거에 간섭해 변화를 초래할 수 없다.

"———."

떨며, 우두커니 선 가필 앞에서 어머니와 류즈가 말을 주고받았다.

그런데도 말의 내용도, 말에 대한 반응도, 죄다 가필에게는 닿지 않는다.

류즈의 쓸쓸한 기색도, 눈물을 참는 프레데리카의 마음도, 난처한 듯이 흐릿하게 웃는 어머니의 생각도, 그저 천진하게 웃고 있는 어리석은 어린 자신도.

아무것도 전해지지 않는 건, 이것이, 이때의 가필의 기억이기 때문이다.

어린 가필의 기억에 남아 있지 않으니까, 대화가 재현될 일이 없다. 그저 뒤늦게 무력하던 것을 깨우치도록, 무음 상영이 반복될 뿐이지.

"······어차피, 시답잖은 입씨름이 뻔하지."

이다음에 일어날 일을 감안하면, 주고받는 대화의 내용은 상상이 간다.

숲을 버리고 바깥세상으로 가려는 어머니와, 그것을 만류하는 류즈와 프레데리카. 가필만이 아무것도 모르는 얼굴로 어머니에게 안기는 기쁨을 곱씹고 있다.

그 어린 나이 때문에, 어머니와 사별할 줄도 모르고——.

"큭——! 이, 빌어먹을!"

어린 자신의 웃는 얼굴에 가필은 분노와 함께 손톱을 박았다.

갈기갈기 찢어버리고 싶다. 무지하고 무력하고, 두고 보기만

하는 어리석은 과거의 자신을.

　그런데 손톱은 어린아이의 얼굴을 휙 지나가 그것을 껴안은 어머니의 팔마저도 투과했다. 파고들어 대지를 날려버려 과거를 죽이려고 한다. 가호가 발동하지 않는다.

　──과거에 간섭할 수 없다. 그것은, 『시련』의 절대적인 섭리다.

　"그럼…… 그럼, 왜! 이 어르신에게, 이런 광경을 보여 주고 있어!!"

　뭐가 『시련』이냐. 뭐가 과거냐. 뭐가 『탐욕의 마녀』의 실험장이냐.

　아무것도 변함없다. 바뀌지 않는다. 어머니는 죽는다. 자신은 약하고 아무것도 구하지 못한다. 구원받지 못한다.

　그거냐. 이곳은 그것만을 위한 세계인가. 그것을 배우는, 『시련』인가.

　"───────."

　무릎을 꿇었다. 과거의 비극의 연기자들은 무릎 꿇은 가필을 알아채지 못한다.

　끝나지 않는 후회를 직시하고 10년 전에 새겨진 상처를 헤집어 피를 흘리기 위해서 이곳에 왔다. 그래도 되는가. 그것이 반한 여자에게 걷어차여 도전한 『시련』의 결론인가.

　"싫어……."

　삐걱거릴 만큼 이를 짓씹고 흙을 노려보는 가필의 입술에서 소원이 흘러나왔다.

싫다. 싫다, 싫다. 싫다싫다싫다. 그런 결론, 절대로 싫다.

——왜냐면, 뭔가가 변한다고, 변해 달라고, 가필은 기대하고 있었다.

형편 좋은 이야기임을 알면서도 가필은 기대했다. 10년간, 변하지 않는 것을 옳게 여겼는데 손바닥 뒤집듯이 변화에 기대했다.

왜냐면, 힘없는 남자가 외치고 있었다. 자신을 무찌를 만큼 강하게 외치고 있었다.

과거는, 멈춰 서는 것은, 변하지 않는 것은, 결계는, 『성역』은, 가족은.

멈춰 서서 움직이지 않게 되더라도, 끝은 아니라고.

——시작하고 싶다고, 그렇게 소원하기만 하면 다시 시작하는 건 자유라고 말하지 않았나.

"그렇다면……!"

『——꼭 가야겠는고?』

별안간 고개 숙인 가필의 귓불을 귀에 익은 목소리가 때렸다.

그러나 그것은 본래는 들릴 리 없는 목소리. 닿지 않아야 할, 과거에서 나는 목소리였다.

『네, 갈 거예요. 류즈 님에겐 폐를 끼치겠습니다만…….』

『딱히 그런 건 신경 안 쓰이. 문제는 아이들의 마음일세.』

주고받는 말은, 귀에 익은 가족의 것과, 귀에 익지 않은 가족의 것이다.

떫은 얼굴의 류즈와 어머니가 대화하고 있다. 철이 들고 처음으로 듣는, 어머니의 목소리.

　숨을 집어삼키고, 가필은 그 광경에 의식을 빼앗겼다.

　어머니는 품속의 가필을 사랑스럽게 바라보며 그 몸을 흔들어서 어르고 있었다. 그 어머니를 올려다보며 치맛자락을 잡은 프레데리카가 목소리를 쥐어짰다.

　『어, 어머니……. 저, 저는…….』

　『미안하단다, 우리 프. 네게도, 걱정을 많이 끼치겠어.』

　『괜찮아요. 저는 괜찮아요……. 하지만 가프가 가엾어서.』

　『같이 가고 싶지만, 엄마 덜렁이인걸. 아마 우리 가를 힘들게 할 거야. 프, 엄마 애인데도 야무진 애니까, 부탁할게.』

　외로움을 타면서도 프레데리카는 어머니에게 배웅하는 말을 전했다.

　어머니가 『성역』을 떠나는 것을, 누나가 긍정했던 것을 가필은 처음 알았다. 류즈도 떨리는 프레데리카의 어깨를 안고 그 의사를 존중하고 있었다.

　『이걸 둘에게. 우리 프랑, 우리 가에게.』

　어머니가, 자신의 목에 걸고 있던 목걸이를 풀었다. 두 개의 그것은, 끝부분에 파란 휘석이 박힌 것. 사도의 자격과는 관계없다. 그저 예쁘니까 차고 있었다.

　그리고 예쁘고 사랑스러운 것이기에 귀여운 아들과 딸에게 선물로 준다, 그뿐.

　그뿐만으로도, 가필은 돌을 줄곧, 놓지 않고 있었고.

　『우리 가, 엄마, 다녀올게.』

부르면서 어머니는 가필에게 목걸이를 걸고 미소를 보냈다. 그 어머니의 결의도 모르고 어린아이는 천진하게 웃고 있다. 이마에, 살짝 어머니는 입술을 댔다.

입맞춤은 지금은 하얀 흉터가 새겨진 위치와 같은 곳으로.

『꼭, 네 아빠를 데리고 올게. 그때까지 기다려 주렴.』

"으━━!"

자애에 가득 찬 눈과, 배려로 넘치는 말.

떼놓기 어려운 추억을 놓지 않겠다고, 어머니는 몇 번이고 거듭거듭 가필에게 입을 맞췄다.

그러고 나서 간신히 어린 가필을 류즈에게 건넸다.

단단히 가필의 몸을 안고 끄덕이는 류즈에게 어머니는 미소지었다. 어머니는 그 뒤로 프레데리카와 얼싸안고, 아들에게 한 것과 비슷하게 사랑하는 딸의 이마에도 입을 맞췄다.

그 모습을 가필은 멍하게, 그 자리에 주저앉은 채로 바라보고 있었다.

━━이것은 대체 무엇인가. 이 광경은, 대관절, 누구의, 기억이었는가.

10년 전, 아무것도 알지 못한 자신이 목격한 『시련』은, 과거는 분명히 더 구제할 도리가 없었다. 분명히 살을 에는 것 같은 절망의 기억이었다.

그도 그럴 게 어머니는 자신과 누나를 버리고, 자신의 행복만을 찾아 나갔을 터였다. 거추장스러운 자신들을 인생에서 잘라내고 자신의 인생을 걸으러.

이래서는 모조리, 모조리 다, 뒤죽박죽이지 않은가.

"어머니는 저도, 가프도, 사랑해 주었답니다."

지금의 자신에게 날아온 목소리에 가필은 용수철처럼 고개를 쳐들었다.

무릎 꿇은 가필에게 말을 건 것은 어린 모습의 누나였다. 자신과 똑같은 비취빛 눈에 ,간섭할 수 없어야 할 과거에 가필은 꿰뚫렸다.

세계는 정지해 있었다. 어머니는, 류즈는, 어린 자신은. 그저 누나와, 지금의 자신만이.

정지한 세계에서 누나는 갸우뚱하며 가필에게 물었다.

"가족을 위해서 어머니는 『성역』을 나갔다. 그 사실에, 불만이 있는 거여요?"

"웃기, 웃기지 마! 사랑받고 있어서, 그게 뭐라고! 이 어르신에게 뭐가……."

"사랑받지 않는 편이, 마음이 편하니 말이어요."

어린 프레데리카가 말이 막힌 가필을 가엾어하듯이 말했다.

신장 차이는 말 그대로 어른과 아이만큼이나 벌어졌다. 그런데도 누나는 키는 전혀 관계없이 손이 많이 가는 남동생에게 가차 없이 말을 퍼부었다.

"애정이 일방통행이라고 생각하면, 자신의 상처를 정당화할 수 있다."

"아니야……!"

"사랑하고 있고, 사랑받고 있고…… 그랬었다고 깨달으면,

『성역』에 남는 선택을 한 자신을, 정당화할 수 없어지니까요."

"아니야! 아니야, 아니야! 아무것도…… 모르면서! 엄마가, 이다음!"

"──모를 리, 없잖아요."

분노에 맡기며 외치려던 가필은 얼음에 찔린 것처럼 목소리를 잃었다.

어린 뺨을 굳히며 프레데리카는 눈물을 참는 표정으로 가필을 보고 있다.

──지금, 누나는 뭐라고 말했는가. 알고 있었다고, 그렇게 말했는가.

"모를 리가 없잖아요. 만약 어머니가, 『성역』을 떠나서 곧바로 불행에 처했다면…… 그걸 듣지 못했을 리가 없잖아요."

"그렇다면…… 그렇다면, 왜……?!"

"그걸 어린 당신이 듣지 못한 이유는, 알 수 있잖아요? 가프. 당신은 이제, 어린아이가 아니니까요."

어머니에게 무슨 일이 있었는지, 프레데리카는 알고 있었다. 아마 류즈도, 다른 주민도.

어린 가필만이, 변함없이 계속 어렸던 자신만이, 몰랐다. 묘소의 『시련』을 보지 않으면 아마 지금도 모르는 채로──.

"어머니에게 사랑받았던 것, 사실은 기억하고 있었잖아요."

많은 배려를 짓밟으며 가필은 고집스러워졌다.

"이마의 상처는 어머니의 입맞춤을 잊고 싶어서, 없었던 걸로 하고 싶어서 입힌 거잖아요."

이마의, 하얀 흉터── 어린, 어머니에게 안겨 있던 가필에게 는 없던 상처.

이 상처가 생긴 것은 처음 『시련』에 도전한 직후다. 어머니의 죽음을 알고 착란 상태에 빠진 가필은 벽에, 지면에, 머리를 찧어서 지워지지 않는 상처를 새겼다.

상처는, 면죄부였다. ──어머니의 마음을 잊고, 뒤틀어서, 자신을 가여워하기 위한.

"──과거, 끝나는군요."

프레데리카가 중얼거렸다.

정신이 드니 과거의 세계의 윤곽은 흐릿해지며 서서히 형상을 잃어가고 있었다.

과거가, 끝난다. 『시련』에 찾아드는 끝은, 과연 성패 중 어느 쪽에 이르렀는가.

"기다려, 기다려 줘⋯⋯."

하지만 지금은 그런 건 아무래도 좋았다. 그저 사라지는 세계 의 붕괴에 조금씩 흐려지는 어머니에게, 류즈에게, 어린 누나 에게, 가지 말아 달라고 애원했다.

"나는⋯⋯ 어떡하면 돼?"

"참⋯⋯ 이렇게 작은 누나한테까지 기대지 않으면, 답도 못 내겠어요?"

"한심한 건 알아! 하지만 누나밖에 기댈 사람이 없어. 누나, 가르쳐 줘⋯⋯. 누나는 왜 밖에. 이 어르신도 밖에 나가면, 되 는 거야⋯⋯?"

"가프는, 어떡하고 싶어요?"

한심하게, 손을 끌어주길 바라는 가필을 프레데리카가 가로막았다.

한순간, 가필은 말이 막혔다. 자신이 하고 싶은 것에 대해 이야기하지 않았다. 지금, 원하는 것은 무엇을 해야 하는가. 그 지침, 답, 그것을 듣고 싶어서.

"가프는, 어떡하고 싶어요?"

우물대는 동생에게 누나는 어이없음과 사랑이 어린 미소로, 같은 질문을 반복했다.

그렇기에, 가필은 숨을 집어삼키고 대답했다.

"나한테 바라는 일을, 하고 싶어."

"누가, 바라는 일을요?"

"내가…… 이 어르신이, 필요한 녀석들이, 바라는 일을 하고 싶어."

"왜, 그렇게 생각하는 거여요?"

"그 녀석들이…… 떠올리게 해 줬기 때문이야."

무엇을 말이냐고 누나는 말로 꺼내지 않았다.

하지만 자신과 같은 비취빛 눈이 말보다 더 강하게 물어보고 있었기에.

"──엄마가, 날 사랑해 줬다는 것을."

──다음 순간, 꿈의 세계는 하얗게 흐려지고, 과거는 멀리, 가족은 멀리, 저편으로 사라졌다.

5

『시련』에 도전하는 가필을 배웅하고 약 한 시간이 경과했다.

그동안 스바루 일행은 묘소 앞의 초원에 앉아서 그의 귀환을 긴장과 함께 기다렸다.

"만약에, 약속을 어기고 묘소를 부수면 어떡할까요……. 따흥!"

이는 자리를 누그러뜨릴 생각으로 분위기 파악 못하는 발언을 한 오토가 람에게 날아차기를 먹은 한 장면이다. 다행히 이 재수도 없는 오토의 걱정은 괜한 걱정으로 끝났다.

"……가 도령!"

카랑카랑한 소리로 외친 것은 묘소를 지켜보는 무리에 가담해 있던 류즈── 시마다.

가필과의 싸움이 종결되고 묘소에 도전한 그를 기다리는 동안, 스바루가 휘석 너머로 불러 이곳에 합류해 달라고 한 것이다.

그 시마와는 별개로 지금은 『류즈 델마』인 류즈도 합류했다. 사정을 모르던 에밀리아는 류즈와 시마의 동석에 놀라고 있었지만.

"그래서, 시마 씨는 류즈 씨의 언니야? 동생이야?"

이런 수준의 이해였기에, 자세한 설명은 여러 가지로 정리한 다음 하기로 했다.

어쨌든 그 시마의 목소리에 전원이 일제히 묘소를 쳐다보았다. ──그 입구에 선 것은, 통로를 지나 돌아온 금발 청년, 가 필 틴젤이다.

"저 녀석…….."

『성역』의 바람을 받으며 눈을 가늘게 뜬 가필에게 평정을 잃 은 기색은 없다. 그 얼굴에 스바루는 마치 허물이 떨어진 듯한 인상을 품었다.

"핫!"

그 표정대로 가필이 돌계단 위에서 초원으로 도약했다. 그리 고 스바루 일행 앞에── 아니, 류즈와 시마, 두 조모 앞에 착지 했다.

일어나서 가필은 두 사람을 번갈아 돌아보았다. 한 명은 오래 도록 함께 보낸 조모이며, 다른 한 명은 은인이라고 불러야 할 조모로.

"가, 가 도령. 저기, 나는…… 우리는."

"안 어울리는 낯짝 하지 마셔, 할멈들. ……걱정, 끼쳐서 미안 해."

"가 도령."

"건 그렇고 뭐지? 할멈이랑 같은 낯짝이 늘어선 건 눈에 익은 데 같은 할멈이 늘어선 건 익숙하지 않은데 그래."

무뚝뚝하게 말하고 가필이 나란히 선 두 조모의 머리에 동시 에 손길을 얹었다.

그 손놀림에 류즈와 시마는 굳었다가, 곧 울 것만 같은 얼굴로 그 행동을 받아들였다.

이 가족의 관계는 복잡하다. 특히 『시작의 네 명』인 류즈는 전원, 가필에게 똑같은 조모에 해당한다. 그것은 간단히 답이 나오지 않는 난제다.

　단지 지금의 세 사람의 모습에 걱정할 필요는 없지 않은가 하고, 스바루는 그렇게 생각했다.

　"가프, 어떻더니?"

　그 가족의 교류를 지켜보다가 가필에게 물은 것은 자기 팔꿈치를 껴안은 람이다.

　최종적으로 『시련』으로 등을 떠민 람, 그녀의 말에 가필은 작게 으르렁대다가 말했다.

　"눈에 띄게, 어떻단 성과는 없군. 뭐 이런 건가 싶은데?"

　"왠지 슬쩍한 거 자랑하는 중학생 같은 감상이지만…… 해냈, 거냐?"

　"——매듭은, 지었다고 본다."

　스바루에게 그렇게 응수하고 가필은 깊게 코에서 숨을 내쉬었다. 그 말에 한순간 전원이 숨을 집어삼켰지만, 곧바로 다른 감흥이 넘쳐 나왔다.

　즉, 가필은 『시련』 속에서, 자신의 과거에 승복하는 결판을 낸 것이다.

　그것은 『시련』을 넘을 수 있다는 사실, 『성역』의 해방에 접근했다는 사실의 증명이기도 하다.

　"그럼, 너, 이 기세로 남은 『시련』도…….."

　"장난 까냐. ——그건 이 어르신 역할이 아니야. 안 그러냐고."

"응, 맞아. 뒷일은 내 일인걸. 맘대로 가져가면 안 돼."

혀를 차고 가필이 턱짓으로 에밀리아를 가리켰다. 그 말에 바통 터치라는 듯이 가슴을 펴는 에밀리아. 그 듬직한 기개에 스바루는 무심코 뺨이 느슨해졌다.

그런 스바루에게 "아―." 하고 어색하게 가필은 머리를 긁더니 말했다.

"그리고…… 뭐랄까."

"뭐야? 그렇게 우물쭈물해도 캐릭터에 안 맞는다고. 넌 명백하게 지략 망한 근육 뇌 타입이니까, 야만족 플레이로 오셔."

"놀려먹는 말인 줄 다 알거든, 자식아. 원하는 대로…… 아니, 그게 아니지."

급한 성질이 터질 뻔했으나, 막상 가필은 아무 짓도 안 하고 팔을 내렸다. 그 수상쩍은 태도에 스바루는 갸웃거리지만, 대신에 람만이 기가 막힌 분위기로 미소 지으며 불렀다.

"가프."

그리고 가필의 허리 언저리를 부드럽게 찔렀다.

그 람의 공격이 치명상이 됐는지, 가필은 체념한 듯이 숨을 내뱉었다.

"이 어르신이, 『시련』에 승복할 수 있었던 건…… 아마 네 덕분이야. 고맙다."

"……너, 고맙다고 한 거냐?"

"두 번은 말 안 해! 단지 중요한 기억은 떠올렸다. 그러니까…… 아아, 제길!"

말하는 중에 수치와 분노가 솟구쳤는지 가필은 이를 드러냈다. 그대로 물어뜯을 듯한 기세로 그는 스바루에게 손가락을 들이댔다.

"알겠냐? 확실히 이 어르신은 졌다! 『시련』의 결과도 바뀌었어! 그래도 말이다. 니들의 모든 게 옳았는지 틀렸는지는, 지금부터 증명해야만 한다고! 이곳이 열려서, 할멈들이 불행해졌다간 용서 안 해!"

"오, 오오. 그건 물론, 우리도……."

"그러니까, 니들이 주둥이만 산 자식이 아니란 점을, 이 어르신이 이 눈으로! 칼같이 지켜봐 주겠어! ──열심히, 잘해 보라고, 『대장』!!"

"────."

난폭하게 스바루의 어깨를 후려친 가필이 뺨을 일그러뜨린 웃음과 함께 내뱉었다.

그 예상 밖의 호칭과 그의 태도에 스바루는 얼떨떨했다. 그 사이에 가필은 얼른 스바루에게 등을 돌려 두 조모 쪽으로 발길을 돌렸다.

그 귀와 목이, 유난히 붉어진 게 스바루에게도 보여서.

"방금, 가필 엄─청 얼굴 빨갛더라."

같은 것을 목격한 에밀리아가 웃음을 머금은 어조로 스바루에게 말했다. 에밀리아에게도 보였다면 그건 착각이 아니다. 당연히 발언도 잘못 들은 게 아니다.

"대장이라니…… 우리 정상은 내가 아니라 에밀리아땅인데."

"가필을 무찌른 건 스바루인걸. 남자와 남자의 충돌? 그걸로 인정받은 거니까, 가필의 대장은 스바루야. 굉장해라, 대장."

비꼬는 게 아니라, 솔직하게 칭찬하는 에밀리아의 말에 스바루는 입술을 시옷자로 구부렸다. 그렇게 난감한 얼굴의 스바루 옆에 와서 "단념해." 하고 람도 어깨를 으쓱였다.

"본인도 흥분해서 못 견디는 거야. 맘대로 하게 해 줘."

"그리 말해도 내가 훨씬 약한데, 착각계 주인공을 해 먹을 작정은……."

"남자 형제가 생긴 것 같은 기분이겠지. 나이도 더 많으니까, 너그럽게 보렴."

"뭐, 그렇다면 별수 없…… 잠깐."

일부, 못 들은 척할 수 없는 발언이 있었다는 사실에 스바루가 스톱을 걸었다. 어이없음과 애정이 서린 눈으로 가필의 뒤통수를 보던 람은 "왜?" 하고 스바루를 돌아보았다.

"방금, 뭐라 그랬어?"

"어느 부분?"

"가필이, 나보다 나이 어리다고 안 했어?"

스바루의 질문에 람은 "아하." 하고 이해가 간 듯이 끄덕이고 대답했다.

"가프는, 올해로 겨우 열넷이야."

"────."

상상 바깥쪽에 있던 정보에 스바루는 말문을 잃었다. 말문 잃고, 눈을 감고서, 하늘을 쳐다보았다.

그리고 가필이 자신을 『대장』이라고 부르기 시작한 점이나 여태까지 나온 수많은 발언이나 행동, 『세계 최강의 남자』를 표방한 사실을 되짚어 보고, 이해했다.

이해하고, 외쳤다.

"——중2잖아!!"

6

"……너무 오래 있어도, 각오가 무뎌질 뿐이지."

가필과의 갈등이 판가름나고, 그의 충격적인 실제 연령이 발각되어 일단락—— 그런 이완된 공기를 다잡은 것은, 풀을 털고 일어난 에밀리아의 한마디였다.

진지한 표정으로 묘소를 바라보는 에밀리아, 그 얼굴에 스바루는 물었다.

"가겠어?"

"응, 갈 거야. ……가필에 이어서, 그리고 추월해 보일래."

"할 수는 있으시고?"

"할 거야. 변하는 걸, 이제 무서워하지 않기로 했으니까."

힘찬 대답은 묘소에서 스바루와 말다툼을 경험했기 때문에 나온 것이다. 그 대답에 가필은 이를 딱 부딪치고, 스바루는 자랑스러워서 가슴이 뜨거워졌다.

그리고 묘소를 향해서 걸어가는 그녀와 나란히 입구까지 함께 갔다. 안에 들어가 옆에서 손을 잡고 있을 수는 없다. 그러니 최소한 출발만이라도 함께하자는 마음에.

"저기, 스바루. 묘소 안에서 있던 일 말인데……."

문득 이웃해서 걷는 스바루에게 에밀리아가 말을 꺼냈다.

뭔가 『시련』 때문에 상담하는 걸까. 그렇게 생각해서 스바루는 뒷말을 기다리지만, 좀처럼 이어지지 않았다. 에밀리아는 힐끔힐끔, 불안스럽게 스바루를 보고 있다.

그 뺨은, 왠지 희미하게 붉어져 있어서.

"에밀리아?"

"그, 그러니까, 묘소 안에서 있던 일 말인데! 그 왜, 아, 아까 그……."

"아까 그거라니…… 아, 으, 어."

살짝 성난 기미의 에밀리아의 말에 스바루는 앞선 사건을 회상하고 얼굴을 붉혔다.

기세와, 그 뒤의 장렬한 전개에 밀려 나갔지만 이제 와서 돌아보면 참으로 대담한 행동에 다 나섰다. 무심코 얼굴에 불이 날 정도로.

깨물 듯이 입술을 빼앗은 행위가, 새삼스럽게 대사건임을 깨달았다.

"안에서, 저기, 스바루가 나랑…… 그, 있지?"

"어, 어어…… 응. 그렇지. 그러네요."

"그러니까 저기, 앞으로 큰일이라고 생각해. 하지만 중요한 일이니까…… 『시련』이랑, 다른 일들 다 정리되고 나서, 천천히 이야기하자. 응?"

에밀리아의 제안에 이미 머릿속이 큰일 난 스바루는 덜컥덜컥 끄덕였다.

스바루로서도 첫 체험, 에밀리아로서도 아마 첫 체험. 서로의 기분을 발산한 판국이라, 상담해야 할 일은 산더미처럼 있다.

"하지만 벌써부터 끝난 뒤의 상담이라니 여유깨나 있는걸, 에밀리아땅."

"여유, 있는 걸까. 모르겠네. 허세 부리는 것뿐일지도 모르는데?"

"하지만, 그건 침착하단 말이잖아? 분명히 잘 풀릴 거야. 내기해도 좋다고."

엄지를 세우고 이를 빛내는 스바루에게 에밀리아는 이상하다는 듯이 갸웃거렸다.

"내기하다니, 뭘 걸려고?"

"나랑 에밀리아땅의 데이트권! 내가 이기면 에밀리아땅과 데이트할 수 있고, 에밀리아땅이 이기면 나랑 데이트할 수 있어."

"그래그래."

여느 때처럼 스바루의 유혹을 에밀리아가 화려하게 받아넘긴다.

그런 대화를 주고받은 중에, 둘의 모습은 묘소의 입구에 도달했다. 묘소는 도전자의 내방을 환영하고 컴컴한 통로는 옅은 빛에 휩싸여 에밀리아를 안으로 꾀고 있었다.

나아가면 『시련』, 과거가 있다. 그런데 에밀리아는 주눅 들지 않고 스바루에게 미소 지었다.

"그러면, 다녀오겠습니다."

"다녀와. 차하고, 남자를 조심하렴."

"이상한 소리 말고."

쓴웃음. 그리고 가련한 미소. 그것을 남기고 에밀리아가 묘소 안으로 사라진다.

묘소를 에워싼 옅은 빛도 통로의 안쪽에는 닿지 않는다. 상쾌하게 떠나가는 등을 지켜보며 스바루는 그저 기도하듯이, 딱 한 번만 두 손을 맞대고 허리를 꺾었다.

여기서부터는 스바루는 아무것도 해 줄 수 없다. 남은 건 전부, 에밀리아 본인의 싸움이다.

"『지금 한걸음의 길티라우』…… 불안한 낯짝하면 사내 값 못한다, 대장."

"네 그 독특한 표현도, 중2라고 아니까 순순히 못 받아들이겠네. 나도 너처럼 위인의 격언 같은 거 인용하던 시절이 있었지."

에밀리아를 배웅하고 돌계단에 앉은 스바루 쪽으로 가필이 다가왔다. 그는 스바루 옆에 서더니 약간 주저하는 눈치로 "저기 말이야." 하고 말을 꺼냈다.

"대장에게, 좀 사과해야 하는 게 있거들랑."

"뭐야, 기특한데? 대장한테 뭐든지 상담해 보련? 말하고서 부끄럽네, 이거."

끝까지 뻔뻔해지지 못하고 스바루는 겸연쩍게 볼을 긁었다. 그리고 가필은 한숨과 함께 말했다.

"이 어르신, 안에 들어갔었잖아. 그래서 안쪽에 갔는데 말이야."

"오오, 그래."

"그래서, 봐버렸어. ──대장이, 저기, 뭐냐. 기를 쓴 결과를."

말하기 어려운 듯 말을 흐리는 가필. 가필이 뭘 말하는 것인지 몰라서 스바루는 의아한 표정을 지었다. 하지만 금방 깨달았다. 짚이는 데가 있다. 얼굴이, 새빨개졌다.

──들켰다! 들켰다 들켰다, 들켰다!!

"아, 아뿔싸……! 깜빡했었다! 그치만, 그게, 그게, 네가 묘소에 들어가는 흐름이 될 줄은 상상 못했고…… 그렇지, 그렇지. 안에 들어갔으면…… 아아아아."

두 손으로 얼굴을 가리고 스바루는 그 자리에 주르륵 쓰러졌다.

수치, 차라리 죽고 싶을 정도의 수치. 이토록 개망신을 겪을 일은 썩 없다. 지금, 가필이 밉다. 어쩌면 죽자고 싸우던 때보다 더 밉다.

"노려본대도 난처하다고! ……근데, 그거 보고 생각했어. 역시, 대장은 끝없이 왕바보자식이지만, 패배한 상대가 대장이라 잘됐다고 말이야!"

"시끄러, 잊어! 못 본 척해도 되잖아! 애도 아니니까…… 아, 애였다! 제기랄!"

애라고 부르든 말든 이미 급소가 잡힌 스바루가 압도적으로 불리했다. 오기로 지른 소리를 웃어넘기고, 가필은 무릎을 탁 쳤다.

그 뜨뜻미지근한 시선을 받고 스바루는 에밀리아의 행운을 빌면서, 동시에 자신이 남긴 『성원』을 그녀가 깨닫지 못했으면 좋겠다고 빌었다.

다른 사람한테 먼저 들켜버린 이상, 그건 무척 우스꽝스러운 연애편지니까.

7

──그리고 당연하지만 그런 스바루의 바람은 닿지 못했다.

"……스바루는, 바보."

긴장과 함께 통로를 지나 『시련』이 시행되는 석실에 들어간 에밀리아는, 옅게 빛나는 석벽을 손가락으로 더듬으면서 웃음을 머금은 어조로 뇌까리고 있었다.

주춤거리게 하는 공포와 싸우며 에밀리아는 각오와 결의를 품고 묘소에 도전한 상황이다. 그런데 정작 석실에 도착한 에밀리아는 생각도 못한 광경에 환영받았다.

"진짜로, 바보라니까."

말의 내용과 정반대로 에밀리아의 표정에는 부드러운 친애가 가득했다.

──그야 그렇다. 이걸 보면 당연히 그렇게 생각한다.

에밀리아의 손가락이 건드리는 벽에 없어야 할 흠집이 있다. 흠집은 벽 일면에, 좁은 석실의 사방을 가득 메울 정도로, 많이, 아주 많이 새겨졌다.

빛의 음영이 그 흠집에 뚜렷한 형태를 주어 에밀리아는 뜨거워지는 가슴에 손을 얹었다.

──새겨진 것은 그림이다. 문자다. 많은 말이, 마음이, 에밀리아를 둘러싸고 있다.

새겨진 그림은 스바루가 몇 번이나 그린 적이 있는 귀여운 팩이다. 다양한 표정의 팩의 그림이 있고, 그것을 둘러싸듯이 아이들이 쓴 듯한 '이 문자' 가 있다.

『힘내, 너라면 할 수 있어.』『나도 팩도 응원해.』『이게 끝나면 데이트하자.』『기대한다고, 에밀리아.』『정말 좋아하니까, 믿고 있어.』

"바보……. 바보, 바보, 바보. ……스바루는, 미련퉁이."

지금부터 『시련』에 도전해야만 하는데, 괴롭고 슬픈 추억이 기다리고 있을 텐데, 응원하는 척하며 울리려고 들다니 너무한 사람이다.

지금, 알아냈다. ──알아낸 점이 있었다.

에밀리아가 이곳에 오는 건 그저께 이래로, 이 그림과 문자를 새길 기회는 어제뿐.

스바루는 시간이 생겨서 에밀리아 곁을 떠난 적이 있었다. 그리고 그사이에 뭔가를 했었는지, 절대로 이야기해 주지 않았던, 그 시간뿐.

──약속을 어기고, 어쩜 이렇게, 참 바보 같은 짓을 한 거람.

"──절대로 절대, 사과할 때까지 용서해 주지 않을 거야."

보듬듯이 문자를 만지고 말을 새긴 소년에 대한 마음을 입에 담았다.

　다음 순간, 의식이 선잠에 끌려가는 감각과, 세계의 윤곽이 뿌예지는 기척.

　『시련』이 온다. 그토록 두려워한 과거가, 찾아온다.

　──그런데도, 에밀리아의 입술은 미소를 띠고 있었다.

8

　──과거로 인도되는 이 경험을 꿈이라고 불러도 되는지 에밀리아는 모른다.

　단지 기억 깊은 곳에 잠긴 그리운 숲, 그곳에 발을 디딜 수 있는 감각은, 확실히 꿈꾸는 기분이라고 부르기에 알맞을지도 몰랐다.

　키가 큰 나무들에 둘러싸여 청량한 바람과 따스한 대지를 발밑에 느끼고, 심호흡한다.

　이곳은 『시련』의 기억에 강하게 남은, 숲을 하얗게 물들인 눈밭이 아니다. 아직 그 광경에는 이르지 못했다. ──에밀리아의 후회는 그 눈밭에 당도하는 도정에 있다.

　그리고──.

　"──여어, 요 며칠은 정말로 손님이 줄을 잇는걸."

　"──────."

　불현듯 날아온 음성에 에밀리아는 말없이 시선만을 돌렸다.

　에밀리아의 기억을 의지해 재현됐을 터인 숲, 그 기억에 확실한 녹색 경치 속, 기억에 확실히 없었을 터인 인영이 하나, 나무 그늘에 헤매어 들어왔다.

그것은 나무에 기대어 느긋하게 에밀리아를 바라보는 백발 여성―― 검은 옷을 두르고 홀릴 만치 아름다운 용모의 『탐욕의 마녀』에키드나다.

마녀는 시선을 깨달은 에밀리아에게 미소 보내며 천천히 나무 그늘을 벗어나 걸어왔다.

"정말로, 손님이 줄을 이어. 환영해야 할 손님도―― 그렇지 않은, 초대받지 못한 손님도."

걸어오면서 에키드나는 담담한 목소리를, 차가운 시선을 에 밀리아에게 보냈다. 거기에 있는 것은 비아냥이 아니라 순연한 모멸과 혐오의 감정이었다.

"그토록 추태를 드러내고 참 용케도 염치없이 얼굴을 내놓는 군. 그 후안무치하고 질긴 면모에는 천하의 나도 놀랐어."

차갑게 얼어붙은 검은 눈은 에밀리아의 가장 친근한 검은 눈 과는 닮아도 닮지 않았다. 그리고 그것은 하프엘프가 아니라 에 밀리아 개인을 겨눈 악의다. ――적의인 것이다.

"좌절해서 흐느껴도, 위로해 주는 남자에게 아양 떨고 용서 를 받는 헤픈 계집년. 몇 번이나 몇 번이나 나만의 세계를 더럽 히는 철면피년. 그에게 용서받는 자신을 사랑하는, 이기적이기 짝이 없는 배덕자년. ――뭐라고 말해 보지? 마녀의 딸."

힐책하는 말의 폭력에 이전의 에밀리아는 마음이 어지러워지 고, 부서졌다.

『시련』에 임하는 에밀리아에게 마녀는 가차 없이, 주저 없이, 욕설을 던지고 마음을 긁어냈다. 그것이 『시련』에 꺾인 모든 것은 아니지만, 소모는 여기서부터 시작됐다.

마녀는, 에밀리아가 『시련』에 도전하는 것도, 극복하는 것도 바라지 않았다.

마녀는, 에밀리아가 『시련』을 넘어서리라고, 기대하지 않았다.

——아아, 그런가. 이것이, 스바루가 말하던, 본때를 보여 줘야 한단 거구나.

수긍이 간다. 과연, 정말이지 스바루의 말이 맞았다.

그러니까 에밀리아는 손을 들고 손가락을 하늘에 내질렀다.

큰소리를 칠 때, 마음속의 용기를 북돋울 때, 나츠키 스바루가 그러듯이.

"——내 이름은 그냥 에밀리아. 엘리오르 대삼림에서 태어난, 빙결의 마녀."

에밀리아가 이름을 밝히자 마녀가 머쓱해하는 걸 알 수 있었다.

그 모습을 고소하게 생각하면서 에밀리아는 하늘을 꿰뚫은 손가락을 마녀에게 들이댔다.

그리고 가련하게, 힘껏 심술궂게 웃었다.

"같은 마녀의 악의 따위에 굴하지 않아. ——나, 귀찮은 여자인걸."

작가 후기

평소 신세를 지고 있습니다. 나가츠키 탓페이 겸 네즈미이로 네코입니다!

리제로 13권, 따라와 주셔서 감사합니다! 후기의 글자가 저번부터 계속 좀 작아서 죄송합니다. 이게 매번 일반적이 되지 않도록 주의하는 마음과 함께 이번에도 글자와 내용이 빽빽하게 보내드립니다!

4장이라고 불리는 성역 편도 겨우 역전하는 추세로 들어가서 지금까지 복잡하게 얽힌 부조리한 상황을 타개하며 해결하는 파트로 돌입 시작합니다. 현재의 문제만이 아니라 과거의 문제와도 마주하는 14권, 기대해 주십시오!

그건 그렇고 이번 표지 일러스트, 마침내 남자뿐(7권의 빌헬름 씨 때조차 아내분 동석)인 상황을 이룩해서 실은 남몰래 달성감도 있었습니다.

그런 실없는 소리를 읊는 와중에, 이번에도 종이 폭이 좁으니 늘 하는 감사의 말로 들어갑니다!

담당자 I님, 12권에서 한 예고대로 13권 애먹었죠! 스바루도 그렇지만 작가도 뇌가 익어버릴 것만 같은 격전. 밤중에 몇 번씩 전화해서 죄송합니다! 감사합니다!

일러스트의 오츠카 선생님, 매번 일러스트에는 크게 감사합니다만, 이번은 특히 표지 일러스트를 포함해 남자 일당의 그림 감사합니다!

은근하게 삽화도 절반 이상이 남자 중심이라서 여태까지 좀처럼 없는 전개죠. 13권까지 나가지 않았으면 못했을 일입니다! 감사합니다!

디자인 쿠사노 선생님, 드디어 남자뿐인 칙칙한 그림을 스타일리시하게 뽑아 주셔서 감사합니다! 끝내준다. 오토가 멋있게 보여!

만화화 담당하시는 마츠세 다이치 선생님, 후게츠 마코토 선생님들. 아직 더 이야기와 함께해 주십니다! 2장은 번외편에, 3장은 백경 공략전에 돌입해서 눈을 못 떼겠군요! 앞으로도 잘 부탁합니다!

그리고 방영 개시한 지 약 1년이 경과했는데 여전히 작가의 흥분이 식지 않은 애니메이션 관계자 여러분도, 작가의 펜을 놀리는 데에 공헌해 주신 것에 대한 감사는 끝이 없습니다! 독자 분들께 받은 편지에도 "애니메이션 멋졌다!"라는 말씀이 다수더군요. 감사합니다!

그 밖에도 MF 문고 J 편집부 여러분, 각 서점 분에 영업 담당자님, 늘 정말로 감사합니다. 매번 하는 말이지만 복이 많다고 절실히 느끼고 있습니다.

　그리고 마지막으로, 이 책을 읽어 주시고 이야기 전개에 마음 동해 주시는 독자 여러분께, 최대급의 끝없는 감사를! 늘 정말로 고마워요!

　4장도 라스트 스퍼트. 해결편 열심히 하겠습니다! 앞으로도 잘 부탁해요!

　그럼 다시, 다음 14권에서 만나 뵙지요! 다음은 제법 충격적인 전개!

2017년 5월 《1년의 절반이 종료!

남은 절반도 온 힘을 다해 내달리자는 기합과 함께》

オト

오토

"그런 이유로, 이 어르신과 람이 다음 권 예고…… 엉, 왜 니가 있어?!"

"솔직히 저도 뭐하다 싶긴 한데, 이번 권 내용을 고려하면 타당한 인선이 아닐까요? 그리고 왜 제가 또 다음 회 예고는 두 번째잖아요!"

"람이 있대서 왔는데 짝꿍이 똘마니라니, 모르는 소리라고……."

"그게 바로 람 씨에게 속은 거죠. ……상심한 가필에겐 미안하지만 이것도 일이니까, 시작해 보겠습니다. 첫 보고는, 8월부터 시부야에서 개최되는 이벤트 정보 『Re:제로부터 시작하는 늘 여름 생활』이네요."

"느, 늘 여름……? 『그리고리의 대성황』 만큼 뭔 소리인지 모르겠구만."

"자세한 내용은 공식 트위터나 공식 홈페이지에서 통지한다고 합니다. 하지만 아마 이벤트명으로 보아 여태까지랑 취지가 꽤 다른 내용이 되지 않을까요?"

"그리고 9월엔 『Re:제로부터 시작하는 에밀리아의 생일 생활 2017』이란 형식으로 공주님의 생일 축하가 있댄다. 반편이인데 복도 많지."

"그 소리, 나츠키 씨가 들으면 심히 화낼 게 눈에 선한데요……. 가필도 익숙해진 것 같으니, 계속 9월 정보를 전해 보죠."

"핫, 마음에 안 드는데, 자식. 왜 이 어르신이 니 말대로……."

"람 씨에게도 좋은 모습 보여줄 수 있다고요."

"……9월의 10일은, MF 문고 J의 『여름 학원제 2017』이 개최된다. 늘 그렇지만 줄줄이 이벤트 이것도 기대해라."

Garfiel

가필

"나츠키 씨도 그렇지만, 이런 구석은 다루기 쉽네……."

"그리고 9월 23일, 공주님 생일에는 리제로의 화집도 발매하는구만."

"오츠카 신이치로 선생님이 그린, 리제로 관련 일러스트집이네요. 서적에는 미수록된 과거의 점포 특전 소설이 부속되기도 해서 꽤 살 보람 있어요. 삽시다, 사요."

"그래서, 이것저것 소개한 건 좋다만. 중요한 14권은 언제 나오는데?"

"리제로 14권 발매는, 깜짝 놀랍게도 9월 예정. 이벤트만이 아니라 본편 쪽도 따라왔으면 하는, 중요한 9월이 될 것 같아요."

"이걸로 좋은가."

"네, 그렇죠. 뭐야, 뜻밖에 잘하던데요."

"아앙? 까불지 마. 이쯤이야 당연히 할 줄 알지. 사람 너무 우습게 보지 말라고, 똘마니!"

"그 똘마니 발언은 절 우습게 봐야 나오는 소리 아니래요?! 나 참, 솔직하게 칭찬했는데…… 친하게 지낼 수 있을 것 같지가 않아요, 진짜."

"그건 이 어르신이 할 말이다. 대장처럼, 쉽게는 인정 못해."

"그럼 어렵더라도 노력해 보죠. 나 원 참…… 고생길이 훤하네."

※일본어판 발매 당시 내용입니다

Re:제로부터 시작하는 이세계 생활 13

2017년 11월 25일 제1판 인쇄
2020년 06월 03일 제5쇄 발행

지음 나가츠키 탓페이 | **일러스트** 오츠카 신이치로

옮김 정홍식

발행 영상출판미디어(주)
등록번호 제 2002-000003호
주소 21311 인천광역시 부평구 평천로 132 (청천동)
전화 032-505-2973(代) | **FAX** 032-505-2982

ISBN 979-11-319-6883-3
ISBN 979-11-319-0097-0 (세트)

Re : ZERO KARA HAJIMERU ISEKAI SEIKATSU volume 13
ⓒTappei Nagatsuki 2017
First published in Japan in 2017 by KADOKAWA CORPORATION, Tokyo.
Korean translation rights arranged with KADOKAWA CORPORATION, Tokyo.

노블엔진(NOVEL ENGINE)은 영상출판미디어(주)의 라이트노벨 및 관련서적 브랜드입니다.

나가츠키 탓페이
작품리스트

———————— ◆ ————————

Re : 제로부터 시작하는 이세계 생활 1~13

Re : 제로부터 시작하는 이세계 생활 단편집 1~2

Re : 제로부터 시작하는 이세계 생활 Ex 1~2

Re : 제로부터 시작하는 이세계 생활 Re:zeropedia

[코믹스]

Re : 제로부터 시작하는 이세계 생활 제1장 왕도의 하루 1~2 (완)
· 만화 : 마츠세 다이치 (원작 :나가츠키 탓페이/캐릭터 원안 : 오츠카 신이치로)

Re : 제로부터 시작하는 이세계 생활 제2장 저택의 일주일 1~3
· 만화 : 후게츠 마코토 (원작 :나가츠키 탓페이/캐릭터 원안 : 오츠카 신이치로)

식인신(喰人神) 소녀 × 신을 베는 남자의 흉악 태그!

나노카의 식신

1

한여름 무더위가 이어지는 어느 날, 행방 불명이 된 소년이 얼어붙은 시체가 되어 발견된다. 경찰은 이 비정상적인 사건을 '재앙신'의 소행이라고 판단했다…….

예로부터 이 나라에는 인간을 해치는 불길 한 신들 '재앙신'이 존재했다. 그리고 그 들을 토벌하는 특수한 힘을 가진 자들을 '기도사'라고 불렀다.

천재적인 자질이 있으면서도 기도사의 길 을 버린 남자 후루카와 나노카와 사랑스 러우면서도 잔혹한 '식신(喰神)' 소녀 라티 메리아. 인간과 재앙신이라는 본디 어울릴 수 없는 이종족 콤비가 불길한 신들을 처 단하는 다크 판타지.

NANOKA NO KUIGAMI 1 by KAMITSUKI RAINY
©2015 KAMITSUKI RAINY/SHOGAKUKAN
Illustrated by nauribon

카미츠키 레이니 지음 | nauribon 일러스트 | 2017년 12월 출간
청춘의 상상, 시동을 걸어라!